MISTER CONSCIENCE

DU MÊME AUTEUR

La République de Gus, A contrario, 2004.

La Saône assassinée, Le Masque, 2004.

L'Enfant au masque, Le Masque, 2003.

Étranges nouvelles de Bourgogne, éditions JPM, 2003.

L'Inconnue de l'écluse, Le Masque, 2002.

Stone, Flammarion, 2002.

Les Sorciers de la Dombes, Viviane Hamy, 2001.

La Peste blonde, Viviane Hamy, 2001, J'ai Lu, 2002.

Implacables vendanges, Viviane Hamy, 2000.
Prix Métiers et Culture 2001.

Les Croix de paille, Viviane Hamy, 2000, J'ai Lu, 2002.
Prix Océanes 2001.

PHILIPPE BOUIN

MISTER CONSCIENCE

Thriller

ARCHIPOCHE

Si vous souhaitez recevoir notre catalogue et être tenu au courant de nos publications, envoyez vos nom et adresse, en citant ce livre, aux Éditions Archipoche,
34, rue des Bourdonnais 75001 Paris.
Et, pour le Canada, à
Édipresse Inc., 945, avenue Beaumont,
Montréal, Québec, H3N 1W3.

ISBN 978-2-35287-010-4

À Jean-Pierre Stouls,
maître en la matière…

Amicalement

Avertissement

La Créature de Frankenstein éprouve des sentiments,
le comte Dracula puise son éternité
dans le sang de ses victimes,
Arsène Lupin se cache dans la Dent creuse…
Est-ce exact ? Est-ce faux ?
Qu'importe !
La vérité appartient à la fiction.
L'imagination la guide.
Et si elle erre dans Bruges, troublante et mystérieuse,
il est hors de question de lui mettre un carcan…

Ph. B.

1

La jeune femme jeta un regard affolé derrière elle.

L'homme était toujours là, elle l'entendait marcher ; il ne la quittait plus depuis l'Arsenaalstraat, une rue retirée du sud de la ville.

En sortant de chez ses amis, aucun bruit suspect ne l'avait inquiétée. La nuit enveloppait Bruges d'une douceur méridionale. Ce début de mois de mai promettait des jours chauds. Les vieux Brugeois le comparaient déjà à celui de 1945, leur mémoire en brûlait encore. Ce n'est qu'au bout des eaux dormantes du Minnewater, face au Béguinage Princier de la Vigne, que, tout à coup terrorisée, elle avait compris qu'il la suivait. Jusque-là, elle ne lui avait prêté aucune attention, c'était un homme parmi d'autres qui regagnait ses pénates. Mais non, son pas résonnait, lourd et régulier, comme s'il voulait qu'elle sache qu'il prenait tout son temps, qu'il jouait avec elle au chat et à la souris, que quoi qu'elle fasse, où qu'elle aille, il la serrerait entre ses griffes.

Ce type était un fou. Et sa folie tombait sur elle.

Le souffle court, elle déboucha sur la Walplein. Déserte à mourir, la place se remettait des clameurs des touristes ; la brasserie De Halve Maan, fermée depuis des heures, n'attirait plus la foule. Quoi de plus normal à 3 h 07 du matin. La cité dormait, ses rues moyenâgeuses s'enivraient de silence, ses discrets lampadaires n'éclairaient que des pierres.

Terrifiée, la jeune femme se retint de crier. À quoi bon hurler ? La nuit, Bruges est une ville morte, un sanctuaire éteint, personne ne viendrait à son secours – ou trop tard, beaucoup trop tard –, mieux valait qu'elle se taise, qu'elle sème l'inconnu en étouffant ses pleurs.

Où se cacher ? Où fuir avec son asthme, cette maudite maladie qui la ralentissait ? Chaque foulée était une souffrance, il lui fallait composer avec.

Elle hésita entre deux cathédrales. Devait-elle tourner à droite, vers les maisons-Dieu pour remonter jusqu'à Notre-Dame, ou à gauche pour traverser le canal et bifurquer vers Saint-Sauveur, plus excentrée que la première, mais qui se dressait sur la route qu'elle comptait prendre ? Avant de se décider, d'un coup d'œil furtif, elle tenta de mesurer la distance qui la séparait de l'homme.

Plus rien, plus d'ombre, plus de pas, il avait disparu.

S'était-il lassé de sa chasse ? Certes pas, il avait dû emprunter une rue transversale pour, tapi sous un porche, la guetter dans la Katelinjnestraat, une artère commerçante qui filait vers le centre. À sa place, c'est ce qu'elle aurait fait. L'homme devait penser qu'elle rejoindrait le Markt. Et comme ce chemin était le plus court pour l'atteindre, c'est là qu'en toute logique il l'attendait patiemment.

Le cerveau en feu, elle réfléchit à plein régime. Que cherchait-il au juste ? À la violer sur les pavés, au risque de se faire repérer par le premier passant venu ? Non, si tel avait été son but, il s'y serait pris plus tôt, dans un coin sombre des jardins du Minnewater. Alors, si ce n'était pas pour abuser d'elle, quelles étaient ses intentions ? La jeune femme dut admettre que ce type était un psychopathe, que ce qu'il voulait, c'était la tuer. De quelle manière ? En l'étranglant ? En la poignardant ? La belle affaire ! Elle n'avait guère envie de le savoir.

Finalement, la peur au ventre, elle décida de maintenir son plan de route, s'enfuit par la gauche, franchit le canal en trottant et, les bronches en charpie, s'engouffra dans une rue plus vide que la banquise.

Face à elle se dressa la tour-clocher de Saint-Sauveur. Le beffroi, au nord, s'éleva dans un ciel privé de lune. Cette semi-pénombre lui parut être un atout, un joker dont elle profita pour se fondre le long des murs. Précaution puérile, mais c'était mieux que rien.

3 h 11 à sa montre. On était le 8 mai, jour de Fête nationale et de grasse matinée. Dans cette perspective, elle avait accepté de souper chez les Schollaert.

Vers 2 h 40, les premiers invités s'étaient éclipsés. La jeune femme avait pris congé peu après, seule, non sans qu'Yvon Schollaert lui ait proposé de la raccompagner : « Ce serait plus prudent, Monika. » Quel danger courait-elle dans les rues tranquilles de Bruges ? Aucun. Et puis elle habitait à vingt minutes à pied de chez lui, dans le Zand, à côté du pont des Lions, un parcours qu'elle connaissait par cœur, plus sûr que les chemins du paradis. De caractère indépendant, Monika avait poliment décliné son offre. Fatale erreur, elle s'en voulait.

Mais le mal était fait, elle devait sauver sa peau.

La fièvre au corps, la gorge sèche, elle courut aussi vite qu'elle le put jusqu'au coin de la rue où, vaincue par son asthme, elle dut s'arrêter net. Saleté de maladie, sa dyspnée l'obligeait à reprendre son souffle. Tout en s'y efforçant, elle se pencha discrètement pour voir si l'homme la suivait toujours.

L'homme... Pour quelle raison disait-elle « l'homme » ?

Après tout, elle n'avait aperçu qu'une vague silhouette. Peut-être s'agissait-il d'une femme ? Hypothèse que sa démarche accréditait. Son allure, étrangement pesante, se voulait menaçante, ses semelles claquaient sur le sol comme un métronome bien réglé. Pour être aussi marqué, le pas du prédateur déguisait-il sa féminité ? Mais quelle femme pouvait la détester au point de vouloir la supprimer ? À trente-cinq ans, toujours célibataire, sans pour autant les collectionner, elle avait eu des amants. Fine, une chevelure d'onyx, abondante et soyeuse, le visage oblong serti d'iris olivine, elle baladait un charme disponible. Quelques hommes mariés s'y étaient aventurés avec une discrétion bourgeoise... C'était il y a longtemps, il y avait prescription... Qu'une épouse « bafouée » veuille se venger d'elle lui sembla irréaliste. Alors, elle reconsidéra son point de vue : son poursuivant ne pouvait qu'appartenir à la gent masculine. Et il fallait le fuir à nouveau, en dépit de son asthme.

Morte de terreur, Monika l'entendit revenir. Il avait fini par comprendre le tour qu'elle lui avait joué. Affolée, elle se remit à courir en pestant contre sa bêtise : pourquoi, fichtre, n'avait-elle pas pris son portable ? Par délicatesse, bien sûr, car quoi de plus détestable qu'un téléphone qui sonne pendant une conversation ? Les Schollaert n'auraient pas apprécié. Résultat, il lui était impossible d'appeler à l'aide. Elle ne pouvait compter que sur ses jambes. Mais pas sur ses talons hauts. Celui de son escarpin gauche se brisa. Elle gémit de rage, repartit clopin-clopant, puis, ralentie par son déhanchement, décida de continuer pieds nus.

Très vite, ses collants se déchirèrent, les pavés la blessèrent, elle souffrit le martyre. Autour d'elle, sublimées par la nuit, entre ombre et lumière, les demeures brugeoises étalaient leur magnificence. De fenêtres à meneaux en pignons ouvragés, leurs façades Renaissance rivalisaient en beauté. On eût dit des clairs-obscurs retouchés par Rembrandt. En temps normal, passionnée d'architecture – son métier d'origine –, Monika les aurait admirées. Mais pour une fois elle leur adressa un regard furieux : le silence de sa ville la révoltait, elle se mit même à la haïr.

Après plusieurs détours, les pieds en sang, en nage, à bout de nerfs, à bout de souffle, elle atteignit

Saint-Sauveur avec l'espoir d'avoir distancé l'homme. Le cœur battant, elle pivota. Personne. Il devait être loin. Son assurance le perdait, elle devait en profiter, la cathédrale était sa chance.

Les jambes flageolantes, la gorge encombrée de râles, Monika contourna ses hauts murs de brique et de pierre, se dirigea vers une porte latérale, dénoua les cordons de son sac, en sortit un trousseau de clés. La plus longue ouvrait la serrure. Rien d'exceptionnel à ce qu'elle en possédât un double, ses fonctions l'y autorisaient.

Le bruit que les dents firent dans le pêne effraya des moineaux, les gonds de l'huisserie gémirent à qui mieux mieux. Leur plainte filtra entre les arbres de la placette, le vacarme fut tel que Monika se figea. Un frisson lui parcourut l'échine, des gouttes de sueur perlèrent sur ses sourcils. Fichu boucan. Elle trembla à l'idée que l'homme l'ait entendu. Prise de panique, elle repoussa la porte sans la fermer à clé.

Seuls quelques cierges éclairaient l'église. Leurs lumignons lui conféraient un aspect sépulcral. Son cachet lugubre laissa Monika de glace, elle en connaissait tous les recoins.

Dans la pénombre, elle distingua le jubé de Quellin le Jeune, les cartons de Van Orley, les blasons, les tableaux, les dalles funéraires et les noirs cénotaphes qu'elle côtoyait le jour.

En clopinant, anxieuse, la jeune femme s'engagea sur le bas-côté nord, s'arrêta devant un confessionnal, entrebâilla doucement sa porte, se faufila à la place du prêtre, s'y calfeutra, s'y lova et, en grelottant, pria Dieu de lui venir en aide.

Les secondes s'égrenèrent. Aucun bruit ne troubla leur ronde.

Plus un murmure.

Le cauchemar était-il terminé ? Soulagée, elle le crut, remercia le Créateur et tous les saints du ciel de l'avoir protégée.

Tout à ses prières, elle n'entendit pas les pas se rapprocher.

La porte du confessionnal s'ouvrit brusquement. Stupéfaite, Monika n'eut le temps que de voir une main gantée s'avancer vers elle, la saisir par les cheveux, la tirer de sa cachette, puis, quand elle fut à terre, d'entrevoir une large lame au-dessus de son cou.

Sa tête roula dans la cathédrale. Son sang, à gros bouillons, se répandit jusqu'aux travées.

2

En sueur, oppressé, Philippe Daysvat se redressa dans son lit. Épouvantable réveil, il n'aurait pu en souhaiter de pire.

Hagard, il regarda autour de lui. La lumière du matin perçait entre des rideaux mal fermés, des rais chargés de poussière taquinaient sa chambre en désordre.

Ses yeux s'attardèrent sur une reproduction de *L'Homme de Vitruve.* Mathilde adorait Léonard de Vinci. Non : elle le vénérait. Cette reproduction était le seul écart à sa règle, tous leurs tableaux étaient des originaux. Mathilde avait le chic pour repérer un petit maître, un luministe bon marché, sa profession l'y aidait beaucoup.

Mais pourquoi pensait-il à elle au présent ? Sa femme était morte, Philippe devait se faire à sa disparition ou entrer dans un asile.

Huit mois déjà, et son deuil n'en finissait pas. S'ils avaient eu un enfant, il lui aurait été plus facile de tourner la page, mais aucun d'eux n'avait songé à cette éventualité. Ou, pour être franc, ni elle ni lui n'avait abordé le sujet. Leur couple était une réussite, ils avaient toujours redouté qu'un bébé le brisât.

Et puis leurs boulots respectifs les avaient trop accaparés – des métiers passionnants qui les empêchaient de voir filer le temps.

Mathilde, de son vivant, diplômée des Beaux-Arts, était illustratrice, une artiste cotée réclamée de toute part.

Philippe, lui, était toujours flic. Ou du moins venait de le redevenir après des mois de convalescence.

Sa respiration recouvra un rythme normal, Philippe jeta un œil au cadran du réveil : 6 h 40. Sa sonnerie devait se déclencher à 7 heures. À vingt minutes près, il ne vit pas l'intérêt de se rendormir.

Résigné, il repoussa les draps, se leva, ouvrit les fenêtres.

En bas de chez lui, des matineux longeaient le canal, les eaux de la Reie scintillaient sous le soleil. Par-dessus les toits, le ciel se parait d'un bleu royal, la journée s'annonçait belle. Et aussi mouvementée, puisqu'on était le 8 mai.

Ce jour serait celui des petits larcins, des vols à la tire, des rapports à taper. Chaque fête, le même refrain se répétait, ses adjoints perdaient un temps fou à enregistrer les doléances des plaignants, dont il fallait au préalable comprendre la langue. Les touristes représentaient des proies faciles ; les loubards s'en donnaient à cœur joie.

D'une allure molle, Philippe quitta sa chambre, entra dans le salon que Mathilde avait décoré de ses mains. L'appartement se situait au troisième étage d'un immeuble séculaire. Dans l'esprit de ses pierres, elle en avait fait un petit musée, un hymne à la Renaissance, son époque de prédilection.

Où qu'il posât les yeux, du bahut à deux corps à la crédence sculptée, des caquetoires aux chayères en chêne massif, des jaquelines à bière aux pots en étain, le moindre espace portait sa signature. Là une tapisserie mille-fleurs, ici un cristal *façon de Venise*, ailleurs des tableaux, des gravures et des cartes ; chaque objet, quel qu'il fût, rappelait à Philippe la présence de sa femme.

Point d'orgue de sa passion, la porte de son bureau était son coup de génie. Dieu qu'elle avait bataillé pour l'installer chez eux ! C'était une splendeur, taillée de figurines étranges, de démons cornus, de pécheurs larmoyants, de scènes d'apocalypse. Elle faisait penser à un tableau de Bosch, le *Jugement dernier*, l'un des fleurons de Bruges. À l'évidence, son créateur s'en était inspiré.

Philippe la regarda en soupirant. Non, il n'était toujours pas prêt à l'ouvrir. Derrière se trouvait l'univers de Mathilde, ses dessins, ses aquarelles, ses pinceaux, ses palettes, un monde à part qu'elle avait quitté peu d'heures avant sa mort, une chapelle qu'il refusait de profaner, ou, plutôt, qu'il craignait de revoir. Tant de souvenirs s'y entassaient, tendres et joyeux, qu'il ne se sentait pas le courage de les réveiller. Plus tard, peut-être…

Du bout du doigt, il effleura une touche de son lecteur de CD. Le *Quatuor n° 2* de Borodine s'envola dans la pièce. Sur ses mesures mélancoliques, il fit une courte halte dans la cuisine, but un jus d'orange, mit la cafetière en marche, puis, ce rituel achevé, passa dans la salle de bains.

Elle ne contenait plus qu'une brosse à dents, qu'un seul peigne et des produits masculins. Au-dessus du lavabo, le miroir refléta l'image d'un homme usé. Pourtant, à quarante-trois ans, il lui suffisait de sourire pour qu'on lui en donne moins. De haute taille, le cheveux châtain clair, les yeux bleus, la mâchoire carrée, les lèvres charnues, il ne manquait pas de ce charme qu'on qualifie de viril.

En grimaçant, il caressa ses cicatrices avant de tâter ses muscles. Des mois de repos forcé les avaient fait fondre, le chemin des dojos leur redonnerait de la fermeté. Mais en avait-il envie ? Il se promit d'y songer.

Ce constat achevé, il entreprit de se raser, s'humecta les joues, saisit sa bombe de gel, s'apprêta à en libérer une noisette fraîche et, subitement, dut suspendre son geste. Le téléphone sonnait. Le combiné se trouvait près du lit.

Il regagna sa chambre en courant, vérifia l'heure par réflexe professionnel – 6 h 52 –, décrocha.

— Daysvat, j'écoute.

Une voix féminine au timbre clair trompeta dans l'écouteur.

— Salut, commissaire, j'espère que je ne te réveille pas.

Inutile qu'elle se présente, il reconnut Nadine Planckaert, l'une de ses adjointes, une jeune femme aux allures de garçon manqué. Longiligne, nerveuse, la blondeur toujours courte, elle ne portait que des jeans et des vestes de cuir. Ses manières affranchies, souvent trop directes, l'énervaient parfois, mais il n'en soufflait mot : Nadine était un bon flic. Cette qualité compensait, à ses yeux, les défauts de l'enfer.

— Non, je suis déjà debout, j'allais prendre une douche.

— T'as bien dormi, au moins ?

Elle savait. Elle était l'une des rares à savoir. Il ne pouvait pas le lui cacher.

— Cauchemar…

— Encore ?

Il en faisait toutes les nuits, ses pilules roses ne pouvaient rien contre eux.

— Pas le même, celui-là était différent.

— Tu veux dire que tu n'as pas revécu ton accident ?

— Exact.

— C'est un progrès… Et t'as vu quoi, cette fois ?

— Un truc atroce, j'ose à peine te le raconter.

Ce qu'il fit malgré tout pour s'en libérer.

Une femme avait surgi dans ses songes. Elle fuyait dans la nuit, poursuivie par il ne savait qui. À bout de souffle, épuisée, terrorisée, elle entrait dans une église pour s'y réfugier. Sa vision, assez floue, la montrait en train de prier pendant qu'un homme s'approchait d'elle. Il tenait un sabre ou une machette – Philippe ne savait plus très bien. Puis, image ultime, l'homme la décapitait d'un coup, le sang de la victime se répandait autour d'elle, en telle quantité qu'il en rougissait les colonnes de l'église. C'est sur ce flash horrible qu'il s'était réveillé.

Nadine se tut. Son silence l'indisposa.

— Pardon, je n'aurais pas dû t'en parler.

— Au contraire, commissaire, t'as bien fait. Mais entre nous, je vais oublier ton cauchemar pour ne pas virer gaga.

— Pourquoi ?

Un blanc. Elle déglutit.

— Une femme a été tuée à Saint-Sauveur dans les mêmes conditions. C'est pour ça que je t'appelle, tu es chargé de l'enquête. Enfile vite un falzar, toute l'équipe t'attend.

Les murs de la chambre ondulèrent, Philippe faillit vomir.

3

Dans une cathédrale Saint-Sauveur en émoi, cernée par des hommes en uniforme, envahie d'experts de la police, le curé répéta son discours à Philippe, non sans lui préciser, excédé, qu'il l'ânonnait pour la quatrième fois.

Son témoignage se résumait à peu de chose.

Il avait ouvert l'église avant la première messe, puis, en regagnant le chœur, s'était étonné de voir du sang sur le sol. Intrigué, il avait suivi son filet jusqu'à un confessionnal. La victime y gisait, du moins son corps sectionné ; sa tête avait roulé sous un prie-Dieu.

Il la connaissait bien, elle s'appelait Monika Van Ruydt – une jeune femme cultivée, sérieuse et sans histoire. Monika travaillait au Département des bâtiments et des travaux publics ; ses fonctions la conduisaient à vérifier, et parfois à rejeter, des devis inhérents à la réfection de la cathédrale. Sa mission expliquait qu'elle en avait les clés. Loin d'être une simple gestionnaire, son rôle dépassait les questions financières. Le curé en attestait : l'architecture lui était familière, on ne lui racontait pas n'importe quoi, plus d'un petit malin s'y était cassé les dents.

Ces rapports de force professionnels firent tiquer Philippe.

— Pensez-vous qu'elle se soit fait des ennemis parmi ces renards ?

— Au point de la tuer ? Et dans ces conditions ? Non, commissaire, aucun différend n'a jamais été jusqu'à la haine.

— Votre réserve vous honore, mon père, mais je me dois d'insister.

— Ce que je comprends très bien, chacun doit accomplir son devoir.

— Alors, dans cet esprit, pouvez-vous me donner leurs noms ?

Jésuitique à l'envi, le ministre de Dieu détestait la délation.

— Avec mes trous de mémoire… Je préfère que vous les demandiez à l'assistante de Mlle Van Ruydt. Je suppose qu'elle a archivé ses dossiers.

Leur échange prit fin sur cette esquive. Le prêtre le salua puis, d'un air princier, partit rassurer ses ouailles. Dès qu'il mit le pied dehors, des petites vieilles affolées s'agrippèrent à sa soutane. Seigneurial et serein, le saint homme leur promit que la messe serait dite et, dans l'attente de la célébrer, les enjoignit de prier pour l'âme de Monika.

Après cet intermède, Philippe fit le tour de ses troupes. Nadine, à sa demande, alla examiner la porte latérale.

Un bataillon de spécialistes œuvrait dans l'église. Avec mille précautions, à l'affût d'un indice, les uns rampaient entre les chaises, les autres progressaient à croupetons dans le chœur, les derniers auscultaient chaque millimètre du transept. Le bas-côté nord les occupait davantage. Un groupe de techniciens le ratissait avec soin, y semait des chevalets numérotés, des repères qu'un jeune homme blond et poupin, empâté comme un adolescent, photographiait sous tous les angles. Philippe s'approcha de lui à pas de loup.

— Salut, Baudouin.

Le blondinet sursauta.

— Oh ! Vous m'avez fait peur.

— Tu es bien émotif, mon garçon... Alors, elle donne quoi cette chasse ?

Apparemment bredouille, il avança une moue dégoûtée.

— Rien de chez rien, l'assassin devait porter des gants.

— Ça commence bien. Et du côté de la victime ?

Un escarpin au talon cassé traînait près du confessionnal.

— Vous voyez cette chaussure, patron ? C'est tout ce qu'on a de consistant sur Van Ruydt. Je suppose qu'elle s'est réfugiée ici quand son talon a pété. M'est avis qu'il lui était douloureux de cavaler pieds nus.

— Possible... Quoi d'autre ?

— Son carnet de rendez-vous. Elle a soupé chez des amis qui nous l'ont confirmé. Ce sont les Schollaert, on ne les présente plus.

— Schollaert ? Yvon Schollaert, le banquier ?

— Soi-même.

— Pffuit ! La dame avait des relations, on va devoir marcher sur des œufs.

D'un froncement de nez, son adjoint acquiesça. Il ne faisait pas de doute qu'ils auraient les huiles sur le dos.

Philippe l'abandonna, le plus dur restait à venir. Il redoutait ce moment pour des raisons personnelles. La vue de la mort ne l'émouvait plus depuis longtemps, mais celle de Monika, par avance, lui donnait des frissons. Pourtant, cette femme lui était étrangère, il ne savait même pas à quoi elle ressemblait. Il n'empêche qu'il aurait vendu son âme pour s'épargner la vue de son cadavre.

Par respect pour la victime, on avait réuni sa tête et son corps sous un large drap. Autour de sa dépouille, les experts scientifiques poursuivaient leur travail. Certains, à la recherche d'empreintes, enduisaient le confessionnal de poudre fluorescente. D'autres prélevaient des résidus de tout ce qui traînait pour les mettre dans des sachets.

En retrait, de petite taille, élégant, cravaté, les cheveux fleur de sel, le visage anguleux, les yeux ornés de lunettes rondes, Maynaert, l'indispensable médecin légiste, prenait des notes, indifférent à ce remue-ménage. Ses lèvres se fendirent d'un maigre sourire à l'approche de Philippe.

— Commissaire Daysvat ! Quel plaisir de te revoir… Quoique j'eusse préféré que ce fût en d'autres circonstances.

— À part le subjonctif, je partage ton point de vue.

Heureux de se retrouver, ils s'étreignirent comme des stars du show-biz.

— C'est moche, hein ? Je déteste autopsier les enfants et les demoiselles… Mais parlons plutôt de toi. Quand as-tu repris le collier ?

— Il y a quatre jours.

— Et déjà sur la brèche, avec une enquête qui démarre mal ? Joyeux retour au bercail.

Une jeune femme, chargée d'un détecteur, les pria de reculer. Elle devait calquer des empreintes sur le sol. Obéissants, les deux hommes partirent s'asseoir sur des prie-Dieu, dans le vaisseau central, face aux blasons des chevaliers de la Toison d'or.

— Je suis navré pour Mathilde, reprit Maynaert à voix basse. Tu sais que je suis allé à son enterrement ?

— Oui, excuse-moi, je n'ai pas encore remercié tout le monde.

— Épargne-moi ta prose, je me fiche bien que tu m'écrives. Si j'aborde le sujet, c'est pour que tu saches que ma porte t'est ouverte. Je suis toubib, ça peut servir.

Philippe lui pressa la main.

— Je m'en souviendrai.

— Tant mieux. Ceci dit, j'espère que tu consultes ? Sinon je peux t'indiquer quelqu'un.

— Pas la peine, j'ai déjà une psy.

— Parfait… Qui est-ce ?

— Le docteur Herthen.

— Bien ! Tu as fait le bon choix, Françoise est ultra-compétente.

La jeune femme les rappela, son travail était terminé, sans plus de résultat qu'ailleurs.

Ils quittèrent leurs prie-Dieu pour revenir vers la dépouille de Monika.

Baudouin les rejoignit, sitôt suivi de Nadine. À sa grise mine, Philippe devina qu'elle avait fait chou-blanc.

— Je présume que tu n'as rien trouvé ?

— Si : des dizaines d'empreintes inexploitables.

— Il n'y a pas de quoi s'en étonner, on ne gagne pas à tous les coups.

– Ce n'est pas ce bide qui me chiffonne, c'est la porte. J'aimerais comprendre pourquoi Van Ruydt ne l'a pas refermée à clé.

— La panique, s'immisça Baudouin, elle ne se contrôlait plus.

Nadine détestait ses suppositions à l'emporte-pièce, ça faisait débutant, admirateur de Maigret. Du reste, le blondinet n'était dans la police que depuis deux ans, il avait encore beaucoup à apprendre. Ses insanités mises à part, elle l'aimait bien, c'est donc avec délicatesse qu'elle s'apprêtait à le recadrer. Mais elle n'en eut pas le temps, Philippe la prit de court.

— Tu as raison, mon garçon, je commence à le croire.

— Ah ? fit-elle déboulonnée, qu'est-ce qui te permet de penser ça ?

— Sa godasse cassée. La réflexion de Baudouin ne manque pas de pertinence... Je suis quasi persuadé que Monika s'est réfugiée ici dans l'urgence... Je vais même aller plus loin : je crois que son assassin ne l'a pas retrouvée par hasard, *il savait* qu'elle viendrait à Saint-Sauveur.

Dubitative, Nadine le pria sans ménagement d'étayer sa thèse. Par le passé, Philippe l'avait habituée à plus de rigueur.

— C'est du Tintin, commissaire, ta BD est truffée de blancs. Entre autres fantaisies, elle n'explique pas cette histoire de porte.

— Au contraire, elle l'éclaire... Allez, fais comme moi, prends du recul, imagine la fuite de Monika dans la nuit, tu verras que j'ai raison...

Sa méthode – surnommée « Daysvat » par la brigade – consistait à se mettre dans la peau d'un personnage, de pénétrer dans son drame, de reproduire ses gestes. A priori simpliste, le procédé donnait parfois de bons résultats.

Philippe ferma les yeux pour se concentrer. Le noir absolu lui permettait de restituer à haute voix ce qu'il voyait, d'un trait, sans presque respirer.

— Elle court, il fait nuit, les rues sont vides, l'assassin la poursuit, son talon se brise, elle décide de se cacher dans l'église... Monika crève de trouille, ses mains tremblent, elle ouvre la porte tant bien que mal, jette un œil derrière elle... Personne... En hâte, elle la pousse sans la refermer à clé, persuadée qu'il ne l'a pas vue entrer... Mais il n'a pas besoin de la voir, *il sait* qu'elle est là... Et il la rejoint pour la tuer...

Il rouvrit les paupières, écarta les bras, comme un curé après un sermon, certain d'obtenir l'adhésion de ses fidèles.

— La conclusion s'impose : le coupable la connaissait et son meurtre était prémédité. Je ne serais pas surpris qu'ils aient eu des relations professionnelles.

Bien qu'un peu brouillon, son scénario ne manquait pas d'atouts. Baudouin l'approuva sans condition, à l'opposé de Nadine qui n'en démordit pas.

— Et si elle avait refermé la porte à clé, il s'y serait pris comment pour entrer ?

— Veux-tu que je te le montre avec mon couteau suisse ? la contra Baudouin. Aucune serrure ne me résiste, et pourtant je ne suis pas du bâtiment.

De manière indirecte, sa repartie conforta l'hypothèse de Philippe. Monika avait travaillé dans le milieu du « bâtiment » où elle s'était fait des ennemis. C'était dans ce cercle restreint qu'il leur fallait d'abord fouiner.

Les cloches de Saint-Sauveur leur rappelèrent l'heure. Maynaert, inquiet, fronça les sourcils.

— Hou-là ! Ce n'est pas que je m'ennuie, mais on m'attend. Venez que je vous présente Monika, il y a trois choses essentielles que vous devez savoir sur elle.

Par pudeur, il évita de leur montrer sa tête. Philippe comprit qu'il lui épargnait cette épreuve. Maynaert était de ceux qui savaient, il ne voulait pas le choquer.

— Primo, commença-t-il, je situe sa mort entre 3 et 4 heures du matin. La couleur de ses yeux a quasiment disparu, or nous savons tous qu'un voile opaque recouvre les cornées d'un cadavre en six heures... Je vous en dirai plus quand je l'aurai examinée dans mon labo.

D'un geste sec, il découvrit ses jambes.

— Deuzio, je confirme qu'elle courait sans ses chaussures. Regardez la plante de ses pieds, la chair est à vif, elle a dû le sentir passer.

Pour l'ultime volet, Maynaert changea de ton. Ce qu'il avait à leur révéler méritait une touche emphatique. Après des années de pratique, il n'avait rien trouvé de plus soft pour commenter l'horreur.

— Tertio, vous n'avez pas fini de vous broyer les méninges.

Il souleva le drap, tira le bras droit de Monika pour leur montrer sa main.

— Madame, messieurs, le mystère du petit doigt est à vous.

L'auriculaire droit manquait. La coupure était parfaite, sans bavure, l'assassin l'avait tranché avec soin.

— Amputation a priori *post mortem*, précisa-t-il, de la belle ouvrage.

— Ça veut dire quoi ce truc-là ? s'effondra Nadine.

— Que c'est un règlement de comptes ou le début d'une série, marmotta Baudouin.

Pour une fois, Nadine ne le contredit pas, ni Philippe qui l'approuva d'un hochement du menton. Que signifiait ce message ? Car c'en était un, aucun d'eux n'en douta, l'assassin voulait qu'ils comprennent qu'il n'avait pas tué gratuitement, que son acte, aussi barbare fût-il, était réfléchi, pesé, calculé. La question était de savoir s'il avait puni Monika ou agi dans la démence. S'était-il vengé d'elle en particulier ou en voulait-il aux femmes en général ? L'avenir le dirait…

Dans l'immédiat, Philippe s'en tint aux procédures.

— On ne retrouvera pas son doigt mais cherchez-le quand même. Le rapport d'enquête l'exige, ça me déplairait qu'on nous accuse de laxisme.

— Je m'y mets tout de suite, soupira Nadine.

— N'y passe pas des heures, prends Baudouin avec toi, vous irez plus vite en binôme.

— D'accord, on se contentera des axes principaux. Et toi, tu feras quoi pendant ce temps ?

— Je vais là où la logique me conseille de mettre mon nez.

En premier lieu chez l'assistante de Monika. Les relations professionnelles de la victime étaient sa seule piste, il tenait à l'explorer tambour battant. Et puis, insista-t-il, pourquoi traîner à Saint-Sauveur ? Ses adjoints avaient de quoi s'occuper. Ses collègues se débrouilleraient sans lui, ils avaient tous son numéro de portable, il ne servait donc à rien qu'il fasse semblant de les superviser.

En conclusion de quoi, sur un clin d'œil complice, il les abandonna sans plus se justifier.

Nadine attendit qu'il franchisse le porche pour remercier Maynaert. Fine mouche, elle avait apprécié son tact.

— C'est sympa ce que vous avez fait pour Philippe.

— Quoi donc ?

— La tête…

— Oui, l'approuva Baudouin, il ne valait mieux pas qu'il la voie.

Ils se turent, les yeux pleins de compassion. Chacun d'eux, à sa manière, remonta le temps. Le drame de Philippe ne quittait pas leur mémoire...

Huit mois plus tôt, un dimanche d'octobre, Philippe avait eu un accident de voiture, la nuit, dans le brouillard, sur la route de Damme, aux abords d'un chantier mal éclairé. Avant de sombrer dans le coma, il avait vu sa femme mourir à ses côtés, décapitée par un rail de sécurité. L'enquête l'avait blanchi, c'était la faute à pas de chance. Mais peu lui importait. Dans son esprit, Mathilde était morte par sa faute, à cause de son manque de vigilance. Il s'en voulait toujours...

— Vous qui êtes toubib, reprit Nadine en fixant Maynaert, pensez-vous qu'il s'en sortira un jour ?

La question méritait une réponse franche, Maynaert ne pouvait mentir à des flics dont la vie, en cas de coup dur, dépendait des réactions d'un des leurs. Et même si ce dernier était son ami, il se devait d'être sincère.

— Physiquement, c'est déjà fait, il s'est remis de ses blessures. Mentalement, je l'ignore, ce n'est pas mon domaine. Maintenant, pour le peu qu'il m'a confié, il me semble être sur la bonne voie.

Au fond de lui il l'espérait, sans en être convaincu...

Pas davantage que Philippe qui, tout en marchant vers le centre, repensait à son cauchemar. Après ceux qui, chaque nuit, lui faisaient revivre son accident, allait-il en avoir d'autres, prémonitoires ? Non, celui de la nuit dernière devait pouvoir s'expliquer, c'était un cas unique, il en parlerait à Herthen, elle saurait le décrypter.

Las, il s'accorda une pause sur le vieux pont de Gruuthuse. À quelques mètres de ses piliers, le long de la Reie, des touristes embarquaient dans des canots. La visite de la ville commençait. Bruges, ensoleillée, devenait une tour de Babel où l'on parlait mille langues. Depuis le temps qu'il les entendait, l'ours de Baudouin Bras-de-Fer, emblème de la cité, devait toutes les connaître.

Et c'est à cet instant précis, dans la douceur printanière, que le Destin entra en scène…

Non loin de là, place des Tanneurs, un Black entra dans une cabine téléphonique. Immense, massif, barbu, la cinquantaine, il constata que personne ne le remarquait. Pourtant, il y avait de quoi se retourner sur lui. Sa carrure en imposait. Mais, surtout, il dénotait, car en dépit de la chaleur, il était vêtu de cuir noir, crâne compris, surmonté d'un chapeau à large bord. En souriant, amusé par la cécité des promeneurs, il ôta ses gants, décrocha le combiné, appuya sur les touches…

Le portable de Philippe vibra. D'un geste routinier, il l'extirpa de sa poche…

— Daysvat, j'écoute.

Un souffle lui répondit. Ourlée d'un accent indéfinissable, une voix caverneuse lui succéda.

— Bonjour, commissaire, heureux de vous parler.

Surpris, Philippe regarda le cadran de son Nokia. Il affichait un numéro qui correspondait à ceux de la ville.

— Qui êtes-vous ?

— Mon nom est Conscience... Mister Conscience.

— Pourquoi pas ? Il faut bien s'appeler truc ou chose.

Encore un fou. Il lui aurait raccroché au nez si un détail ne le tracassait.

— Comment avez-vous eu mon numéro ? On vient à peine de me l'attribuer.

— Je sais tout sur vous, commissaire, je vous observe depuis longtemps.

— Ah oui ! Et dans quel but ?

— Pour vous aider, cette question, considérez-moi comme votre meilleur ami.

Philippe pesa le pour et le contre. Devait-il l'envoyer paître ou entrer dans son jeu ? Tout bien réfléchi, ce dingue le rappellerait, le harcèlerait, il était préférable de le neutraliser. Pour cela, il avait sa méthode.

— J'en prends acte, Mister Conscience. On commence par quoi ?

— Monika Van Ruydt.

Là, ce n'était plus un jeu, Philippe changea de registre.

— Que savez-vous sur elle ?

— Le nom de son assassin que je ne peux, hélas, vous donner.

— Serait-ce parce que vous l'avez tuée ?

Le rire de Conscience résonna dans l'écouteur.

— Non, je suis innocent, cherchez le coupable ailleurs. Tenez, je suis bon prince, je vous offre un indice : vous le connaissez ou croyez le connaître.

— Insuffisant ! Si vous me contactez, c'est que vous ressentez le besoin de vider votre sac.

— Du calme... Ce n'est pas dans la hâte que j'envisage notre collaboration.

Ou ce type en savait beaucoup, ou il le menait en bateau. À part les Schollaert, le curé et ses paroissiens, qui était au courant de la mort de Monika ? Question stupide. Vu l'heure, la nouvelle avait dû se propager dans la ville, les mythomanes n'allaient pas tarder à rappliquer. Conscience en était-il un ? Pour en avoir le cœur net, Philippe essaya de le coincer.

— D'accord, Mister Conscience, j'accepterai vos règles si vous me donnez un détail sur sa mort, un seul, pas davantage, que personne ne connaît à part mes adjoints et moi-même.

Conscience grogna de plaisir.

— Je suppose, commissaire, que vous évoquez la disparition de son auriculaire droit... Ma réponse vous convient-elle ?

Elle le terrassa plutôt.

— Avez-vous été le témoin de son meurtre ? se reprit-il.

— C'est plus compliqué... Pour l'instant, tout ce que je peux vous confier c'est que Monika n'est que la première de la liste.

— Voulez-vous dire qu'il y aura d'autres victimes ?

— Oui, plusieurs, si vous ne mettez pas fin au carnage qui se prépare, parce qu'à part vous, commissaire, personne n'a le pouvoir d'arrêter l'assassin.

— Grand Dieu ! Et pourquoi moi ?

— Vous seul, pour des raisons précises, avez la capacité de comprendre pourquoi ce malade veut tuer tant de gens.

— Que signifie ce « tant » ? Combien a-t-il prévu d'en supprimer ?

Conscience tarda à lui en révéler le nombre…

— Cinq, autant que les doigts d'une main.

Affranchi de sa confidence, le Noir soupira longuement.

— Voilà, commissaire, je retourne me promener… J'adore Bruges au printemps, je ne m'en lasse jamais… Bon courage, je vous rappellerai demain pour vous livrer la suite…

Sur cette vague promesse, Mister Conscience raccrocha le combiné.

Philippe échancra le col de sa chemise. Il commençait à étouffer.

4

L'enquête se poursuivit avec son cortège de procédures habituelles.

De Saint-Sauveur au Minnewater, les policiers interrogèrent les riverains. D'une même voix, ces braves gens leur répondirent que la nuit ils dormaient, qu'en conséquence ils n'avaient pu entendre les pas d'une femme qui fuyait dans la rue. Malgré leur insistance, le porte-à-porte se solda par un bouillon.

L'identité judiciaire s'acharna sur les empreintes relevées dans la cathédrale. En vain. Le fichier monodactylaire rejeta des traces papillaires qui ne l'inspirèrent guère.

Les laborantins analysèrent les débris trouvés sur le sol. Les textiles, trop abondants, ne leur permirent pas de dégager une tendance utile. Entre les fibres d'origine animale, végétale ou artificielle, il y avait de quoi soupçonner la moitié des touristes ou des fidèles. Côté minéraux, l'analyse thermique différentielle se borna à répondre que les graviers venaient du quartier. Quant aux empreintes de pas, elles se chevauchaient tant qu'elles formaient un salmigondis de semelles.

Maynaert ne fut pas plus chanceux. La thermographie lui confirma l'heure de la mort de Monika. À part ce satisfecit, l'examen de sa dépouille ne lui apprit rien de neuf, sinon qu'elle était asthmatique.

En fin d'après-midi, les conclusions tombèrent. Toutes concordaient : le dossier était vide…

Baudouin toqua à la porte du bureau de Philippe, que cette manie excédait : elle n'était jamais fermée.

— Entre, voyons ! Je t'ai déjà dit de ne pas frapper.

— Culture judéo-chrétienne, patron, difficile de la gommer.

— Oui, ben oublie les politesses, lis-moi plutôt le rapport.

Le jeune homme s'installa, son regard badauda au hasard. La pièce, spacieuse et fonctionnelle, offrait un décor sobre. Des plans de Bruges et de la région couvraient ses murs blancs. Dans un cadre baroque, unique touche personnelle, la photo d'une femme trônait devant Philippe. Baudouin la fixa longuement. C'était Mathilde. Il l'avait adorée comme un fils aime sa mère.

— Alors, ça vient, inspecteur Martens ?

— Heu oui, patron…

Sur ce rappel à l'ordre, Baudouin ouvrit un petit carnet rouge. Ses notes se résumaient à des broutilles. En termes moins policés, c'était la cata sur toute la ligne. Curieusement, en dépit de ce flop, Philippe ne se sentit pas vaincu. Malgré ce flot de mauvaises nouvelles, l'asthme de Monika confortait son hypothèse.

— Eh bien voilà, la boucle est bouclée, l'assassin savait qu'elle s'essoufflait en moins de deux, ça nous confirme qu'il la connaissait. Ma plaque de flic qu'il l'a épuisée à dessein jusqu'à Saint-Sauveur… Qu'en dis-tu, mon garçon ?

— Que je l'ai cru et que j'ai changé d'avis…

Philippe en eut la langue coupée. À quoi rimait sa palinodie ?

— Une fois oui, une fois non, qu'est-ce qui te gêne tout à coup ?

— L'église, patron… D'après vous, la stratégie du tueur était d'y attirer Monika. Je veux bien, mais il y a un truc qui cloche : comment s'y serait-il pris pour la supprimer si elle n'y était pas entrée ?

Où avait-il dégoté cette question idiote ? La réponse était évidente, il aurait dû la trouver seul.

— Réfléchis un instant, bougre d'âne ! Tiens ! ferme les yeux, revis la scène avec moi…

Le dos calé dans son fauteuil, il se mit à remonter le temps.

— Monika arrive à Saint-Sauveur. Elle n'a plus de souffle, plus de voix, plus de force… C'est une proie facile, pieds nus, sans défense, sans ressort, l'assassin n'a plus qu'à la cueillir… Si ça tombe, c'est devant le porche qu'il compte la tuer… Un symbole pour ce fou… Dans l'état où elle se trouve, son geste ne lui prendra que vingt secondes… Mais voilà, elle lui facilite la tâche et se réfugie dans l'église…

Il rouvrit les yeux en même temps que le blondinet.

— Ça te convient ?

— … Oui… Mieux qu'avant…

— Alors prends le relais, décris-moi ce qui se passe après.

À son tour, Baudouin imagina Monika, l'assassin, le lieu du crime…

— Il la voit contourner la cathédrale… Et plutôt que de la tuer sur le parvis, comme prévu, au risque de se faire remarquer, il décide de la laisser entrer… Plus la peine de se presser… Il y pénètre derrière elle… Et là, dans ce lieu isolé, protégé par des murs épais, il la décapite, sans témoin pour le surprendre.

Philippe le félicita, sa reconstitution était parfaite.

— Exactement, monsieur Martens : la tranquillité ! Voilà pourquoi il a changé son plan.

La théorie avait du coffre, Baudouin ne la contesta plus. C'était donc parmi les proches de Monika, chez ses amis, dans son milieu professionnel qu'il fallait mener l'enquête. Et puisque Philippe, le matin même, l'avait commencée en interrogeant son assistante, il fut curieux de savoir ce qu'elle lui avait raconté.

— Son chagrin, grognonna Philippe, elle ne se remet pas de sa disparition.

Sur cette toile de fond en forme de mouchoir, il lui décrivit Mme Gilis, puisque tel était son nom, une femme dont le physique l'avait marqué, une femme âgée qu'un incendie avait failli emporter dix ans plus tôt. Mais si les flammes n'avaient pu lui prendre la vie, elles s'étaient cruellement vengées sur ses chairs. La malheureuse portait une perruque, son visage n'était qu'une vaste plaie rose, ses mains décharnées se terminaient sur des doigts atrophiés, de longs doigts squelettiques, secs comme du bois mort.

Très attachée à Monika, Mme Gilis avait tenu à faire son panégyrique. À l'entendre, c'était une jeune femme intelligente, cultivée, droite et juste. Un exemple, un modèle, qui allait à la messe, ne fumait ni ne buvait, discrète, sans liaison affichée. Son seul péché se limitait à la coquetterie. D'accord, avait souri Mme Gilis, elle aimait s'habiller dans des boutiques de luxe, mais puisqu'elle gagnait bien sa vie, elle pouvait se le permettre. De même que de s'offrir des voyages, ce qui n'était pas un défaut.

Ce n'est qu'après ce train de louanges qu'elle avait répondu à ses questions. À sa connaissance, Monika ne s'était jamais fâchée avec un fournisseur. Certes, elle en avait remis quelques-uns à leur place, mais sans que leur brouille aille plus loin qu'une franche explication. Bref, la chère disparue n'avait eu affaire qu'à des gens raisonnables. Cependant, pour les besoins de l'enquête, il avait demandé à la brave Mme Gilis la liste de leurs noms.

Tout en levant les yeux au ciel, Philippe balança le listing sous le nez de Baudouin.

— Tu vois la tartine ? Il y en a des dizaines, on va devoir se partager le boulot.

D'un geste prompt, le blondinet récupéra trois feuillets.

— Je me charge de ceux-là, j'ai du temps devant moi.

— Erreur, tu oublies que je t'ai confié une mission : identifier Mister Conscience.

— Elle est terminée, patron, j'allais vous en parler.

Par avance, l'expression de son visage l'excusa d'avoir si peu à lui en dire.

— Conscience vous a appelé d'une cabine située près de la place des Tanneurs, c'est tout ce que j'ai pu tirer du numéro.

Contrarié par cet échec, Philippe hésita. Devait-il lui ordonner d'aller inspecter la cabine, d'y relever des empreintes ? Non, réfléchit-il, avec tous les gens qui y défilaient, c'eût été une perte de temps. De même que de l'envoyer faire la tournée des hôtels pour retrouver un Noir. À son timbre, à son léger accent, Philippe était persuadé que Conscience avait du sang africain. Mais des Blacks, les hôtels en accueillaient des dizaines, et aucun d'eux ne devait s'appeler Conscience – un pseudonyme, c'était couru d'avance. Et, surtout, lancinante, sa petite voix lui disait que ce barge vivait à Bruges.

— C'est curieux, à sa façon de m'en parler, je suis certain que Conscience habite en ville.

— Il est peut-être de passage ?

— Négatif... Pour savoir qui est l'assassin, si tant est qu'il dise vrai, il est forcément ancré dans la région. Il doit même y avoir des amis. L'un d'eux a dû lui donner mon numéro, je ne vois pas d'autre explication à ce mystère.

Baudouin n'en avait aucune, il se rangea donc à la sienne.

— Cinq victimes, vous a-t-il prédit ?

— Oui, en certifiant que je connaissais le coupable.

— À ce tarif, on peut soupçonner la moitié de Bruges, ce qui nous fait quand même soixante-cinq mille habitants à interroger !

— Vaste entreprise... Tant pis, faute de crédits pour ratisser à cette échelle, nous attendrons qu'il me téléphone demain. Ce sera son chant du coq.

Par avance, Philippe savoura ce moment. Dès que Conscience le contacterait, les techniciens localiseraient son appel. En trois minutes, la cabine serait encerclée. Le piège était imparable, l'homme ne pouvait y échapper.

Une tête s'insinua dans l'encadrement de la porte, une tête osseuse, surmontée d'une coupe en brosse, plantée de lunettes modèle Eddie Cochran. La ressemblance ne s'arrêtait pas aux besicles, le mimétisme était volontaire, son propriétaire s'escrimait à ressembler au rocker. Si les profanes se demandaient pourquoi il lui vouait un tel culte, ses proches ne se posaient plus la question : le sieur s'appelait Eddie, son prénom officiel – dans les années cinquante, maman avait été une fan.

— Salut, commissaire, je peux te déranger ?

Dès qu'il le vit, Philippe se pencha doucement vers Baudouin.

— Attention, inspecteur Martens, murmura-t-il, la presse nous épie.

Eddie prit sa boutade pour une invitation, son long corps maigre s'aventura dans le bureau.

— Je te promets que je n'en aurai pas pour longtemps.

— Change de disque, Eddie, tu sais bien que tu es toujours très long.

— Tu exagères ; pour une brève je ne prends que cinq minutes.

— Et pour un scoop ?

— Ah ! Là, ça dépend du sujet… Mais pourquoi parles-tu de scoop ? Aurais-tu des révélations à me faire sur la mort de Van Ruydt ?

Hilare, Philippe pouffa.

— Nous y voilà ! C'est donc pour elle que tu débarques, vieux charognard ?

— Eh oui, le public a le droit d'être informé.

— C'est toi qui dis ça ? Tu baisses.

— Non, mon vieux, c'est mon rédac-chef ; il me met la pression avec cette connerie… Pour une fois qu'un crime sordide est commis à Bruges, on ne le tient plus. Allez, sois sympa, lâche-m'en un petit bout pour qu'il me fiche la paix.

Les diodes d'une pendule affichaient 18 h 12. Avec une lenteur de bedeau, Philippe rangea ses dossiers, quitta son fauteuil, enfila sa veste.

— D'accord, Eddie, mais tu connais la règle : jamais dans mon bureau.

— Je sais, des fois que j'y voie ce que je n'ai pas à y voir. On se dirige comme d'habitude vers le distributeur ?

— Oui, c'est toi qui payes la limonade.

Avant qu'ils ne se séparent, Philippe souhaita une bonne soirée à Baudouin qui, une main sur le cœur, lui renvoya la politesse.

— Ta journée de fonctionnaire est déjà terminée ? le charria le journaliste.

— Elle a commencé il y a douze heures et je n'ai pas dîné ce midi.

À Bruges, comme dans toute la Belgique et le nord de la France, on déjeune le matin, on dîne à midi et on soupe le soir…

— Wahou ! s'exclama Eddie. Tu redémarres sur les chapeaux de roues. Si tu veux, on peut aller boire une bière en croquant des bretzels.

— Non merci, j'ai rendez-vous à 19 heures, je n'ai que cinq minutes à t'accorder.

À un quart de seconde près, Eddie se retint de plaisanter. Philippe n'allait certainement pas voir une fille, Mathilde était toujours près de lui. Par succession d'images, il revécut leur mariage. Une sacrée fête, Eddie avait été le témoin de son ami d'enfance. Philippe et lui s'étaient connus chez les Frères. Ils y avaient appris à lire, à compter, à comploter, puis, en grandissant, y avaient fait leurs humanités jusqu'à leur fin de sixième[1]. Depuis ces temps d'apprentissage, des liens solides les unissaient. Ce qui n'empêchait jamais le flic, quand le secret l'imposait, d'expédier le journaliste derrière sa ligne des vingt-deux :

— Ça suffira pour ce que j'ai à te raconter.

Ils longèrent un couloir, entrèrent dans un espace rempli de distributeurs de boissons. Eddie introduisit des pièces de monnaie dans l'un d'eux.

1. Équivalent de la terminale *(N.d.A.)*.

— Ne me dis pas que vous n'avez rien sur Van Ruydt. J'ai fait un saut à Saint-Sauveur, vous y étiez toute une armée.

Il posa les cannettes sur une tablette, prêt à recueillir ses confidences.

— Trop tôt pour en parler, mentit Philippe.

Pouvait-il lui avouer qu'ils tournaient en rond ? Non, c'eût été admettre la supériorité du tueur. Il se borna à lui révéler l'heure de la mort de Monika, confirma qu'elle avait été décapitée, évita d'évoquer l'épisode du doigt tranché, termina son récit sur les généralités d'usage, à savoir – en langue de bois –, que la police analysait les indices en vue d'un dénouement rapide.

Son récit ne remplirait que trois lignes. Eddie insista pour étoffer son article. Van Ruydt avait-elle des ennemis ? Un petit copain jaloux ? Était-elle membre d'un parti politique ou d'une secte ? À toutes ces questions Philippe répondit par la négative. La vie de Monika avait été simple, transparente, précise comme une horloge, le mobile de l'assassin était probablement la vengeance.

— La vengeance ! s'étouffa le journaliste, tu te fiches de moi ou quoi ? Qui ira croire une telle foutaise ? Qu'on se venge d'un ennemi en le poignardant, d'accord, mais pas en lui coupant la tête... Surtout dans une église, le summum de la profanation.

— N'en fais pas trop, Eddie.

— Comment trop ? Tu oublies qu'on est à Bruges où on ne rigole pas avec la religion.

Une voix grave tonna derrière lui.

— Quoi que vous en pensiez, monsieur Flahaut, c'est la version officielle, vous devrez vous en contenter. Débrouillez-vous avec elle, on ne vous en donnera pas d'autre.

Énorme, éléphantesque, la chemise en tortillon, Ruytens, commissaire principal, débarqua dans la pièce, suivi par un quidam d'une élégance ostentatoire.

Les deux hommes flirtaient avec la soixantaine, pourtant le visiteur de Ruytens paraissait plus jeune que lui. Les cheveux bleu argenté, bronzé, svelte, droit dans une veste d'alpaga, le personnage exhibait un évident complexe de supériorité. Comme celui d'un seigneur sur un serf, son regard traîna sa suffisance sur la gueuserie d'Eddie :

— À quelques jours de la procession du Saint-Sang, il serait criminel que cette lamentable affaire fasse la une des journaux. L'évêque ne nous le pardonnerait pas. Et je n'ose songer à la colère des commerçants que des ragots d'échotiers pénaliseraient. Je suppose que vous êtes d'accord avec moi, monsieur Flahaut ?

Eddie ne se vexa point de cette arrogance. Il connaissait ce fat verbeux pour lui avoir consacré plusieurs articles. Gaston Werport était un concentré de tout ce qu'il détestait. Promoteur immobilier, richissime à hurler, le bonhomme militait dans un parti conservateur, archi-conservateur. D'aucuns le qualifiaient d'ultra-réactionnaire. De son passé brumeux, peu de chose avait filtré, sinon que Werport était né à Mbandaka, dans l'ex-Congo belge où il avait fait fortune. Sous le régime de

Mobutu, fin diplomate, influent, compétent, il s'y était taillé un empire.

Sans que l'on sache pourquoi, il avait quitté l'Afrique pour revenir à Bruges, son berceau familial où, depuis quinze ans, les poches pleines, entouré d'amis à son image, il dirigeait plusieurs sociétés, finançait des œuvres caritatives et, animé d'ambitions sans limites, sévissait dans l'arène politique. C'est ainsi qu'il occupait un siège d'échevin, adjoint aux bâtiments et aux travaux publics. Un poste de transition ; il escomptait grimper les marches.

— Au-delà de l'aspect pécuniaire du problème, insista Ruytens, les passions sont à craindre. Par les temps qui courent, un crime dans une église risque de déchaîner les intégristes. Et comme nous attendons des milliers de fidèles pour la procession, il y en aura forcément parmi eux... Je ne tiens pas à les voir allumer des bûchers aux quatre coins de la ville.

Le gros homme n'avait pas tort, la colère des extrémistes était à redouter.

Surtout à cette occasion...

Chaque jeudi de l'Ascension, Bruges devient « la » capitale du catholicisme. Ce jour-là, dans une ferveur sans pareille, des pèlerins du monde entier viennent y vénérer le Saint-Sang du Christ, recueilli, d'après les écrits, au pied de la Croix par Joseph d'Arimathie. C'est Thierry d'Alsace, comte de Flandres, qui, au terme de la deuxième croisade, l'a amené à Bruges où, depuis, le divin liquide est pieusement conservé. Au cours d'une procession fastueuse, animée par des figurants en costume médiéval, les prodigieuses gouttes sont promenées dans une fiole de cristal, à la vue de la foule que l'évêque de Bruges, dans la piété générale, bénit avec le sang du Fils en fin de cérémonie…

Eddie n'était pas fou. Conscient du contexte explosif, il mesurait les conséquences d'un article à sensation. Et puis ce genre de papier froissait sa déontologie. Plus vexé que déçu, il déplora que Ruytens ne s'en souvienne pas.

— Pour qui me prenez-vous, commissaire ? Pour un abruti ? Je n'ai pas l'intention d'exciter une poignée de fanatiques.

— Exact, ils seront déchaînés s'ils apprennent les circonstances de la mort de Van Ruydt.

— Vous plaisantez ? Toute la ville est déjà au courant, ce n'est plus un scoop.

— Raison de plus pour ne pas verser d'huile sur le feu.

— Ce n'est guère mon intention. Mais je vous préviens que, si mon journal n'en parle pas, les gens penseront que vous cherchez à étouffer le bébé. À vous de voir, la balle est dans votre camp.

Ruytens se tâta, Eddie avait raison. Depuis l'affaire Dutroux, les Belges se méfiaient des silences de la police. Moins pondéré que lui, Werport trancha dans le bois dur :

— Eh bien ils se contenteront de ce que vous en savez, mon ami. Pourquoi monter ce crime en épingle ? Oubliez la loi des séries, il n'y en aura pas d'autres.

— Sur quoi vous fondez-vous pour l'affirmer, monsieur l'échevin ?

Werport le toisa, indigné qu'il puisse lui tenir tête. Tous pliaient devant lui ; ce n'était pas un journaleux qui perturberait cet usage.

– Réfléchissez, Flahaut, vous êtes payé pour : la décapitation de Van Ruydt montre qu'il s'agit d'un coup de folie passager, le geste d'un type sans doute humilié qui a agi sous l'emprise de la colère.

— Humilié, voyez-vous ça ! Et si vous vous trompiez ?

— Pour l'instant, je m'en tiens à cette version. Inutile de faire fuir les touristes avec une histoire de *serial killer*. Pas de vagues, s'il vous plaît, c'est la consigne. Et, si vous ne la respectiez pas, je serais au regret de rappeler à votre directeur que je suis l'un de ses bons clients... Savez-vous ce que me coûte la publicité que je fais paraître dans votre journal ?

Il négligeait un détail : la presse était libre, les menaces des annonceurs n'avaient jamais impressionné sa rédaction. Celles de Werport glisseraient comme les précédentes. Surtout les siennes : l'homme et ses idées n'y étaient pas en odeur de sainteté. Eddie se garda de le lui dire. Il ne servait à rien d'envenimer la situation, sinon à se mettre Ruytens à dos.

Werport prit son silence pour une défaite. Superbe, il jugea opportun de partir sur cette victoire, salua Ruytens, adressa un semblant d'encouragement à Philippe et, drapé dans son dédain, quitta la pièce sans un mot pour Eddie.

Sitôt qu'il eut franchi la porte, le journaliste éclata de rire.

— Pour qui se prend-t-il, celui-là ? Pour le ministre de l'Intérieur ?

— Laissez tomber, Flahaut, ricana Ruytens, il n'en vaut pas la peine.

À son sourire retrouvé, Eddie comprit qu'il l'avait ménagé. Certes, Werport était un élu, mais sa vanité ne méritait pas tant d'égards.

— Pourquoi lui accordez-vous autant d'importance ? Il n'est pas bourgmestre à ce que je sache.

— Ce prétentieux a le bras long, je me méfie de ses amis.

— Et au nom de ses relations, vous l'autorisez à se mêler de votre enquête ?

Agacé, Ruytens tira la langue qu'il caressa d'un doigt.

— Y voyez-vous du cirage, Flahaut ? Ai-je l'air d'un lèche-bottes ? Ce n'est pas mon genre ! À part ça, vous pouvez imprimer que j'ai reçu Werport en sa qualité d'échevin. Monika Van Ruydt travaillait dans son secteur de compétences, il la connaissait, c'est donc normal qu'il soit venu aux nouvelles... Pour le reste, et là c'est *off the records*, on se fiche comme d'une guigne de ses recommandations.

Il ajouta, plus grave :

— Quant à vous, je vous prierai d'être patient. On se connaît bien ? Alors faites-moi confiance. Dès qu'on pourra en dire plus, on vous préviendra.

— Promis juré, l'appuya Philippe. Pour l'instant, on regarde où on marche, contente-toi de ce qu'on te donne.

Jamais les flics ne lui avaient menti et, en retour, Eddie s'était toujours montré loyal avec eux. Leurs rapports ne méritaient pas qu'il les torpille d'un trait de plume.

— OK, je me contenterai de tirer à la ligne. Heureusement, il y a les adverbes pour ça...

Tout était dit. Eddie remballa ses questions, son stylo, son carnet, puis, après leur avoir serré la main, courut à son journal.

Philippe, à son tour, s'apprêta à quitter Ruytens. D'un geste paternel, celui-ci le retint par le bras.

— Tout va bien, Daysvat ? Pas trop dur ?

— Non, les réflexes reviennent vite.

— Tant mieux, vous allez en avoir besoin dans cette affaire.

— Je le crains, monsieur.

Puisque ses adjoints appelaient Philippe « patron » – sauf Nadine, qui se démarquait avec « commissaire » –, la tradition était de donner du « monsieur » à Ruytens. À chacun son titre. Ce distinguo convenait aux deux hommes.

— Et pour Mister Conscience, tout est bordé ?

— Au micron près, monsieur, il ne pourra pas s'en sortir.

Rassuré, Ruytens le relâcha et le regarda s'éloigner. Il savait où Philippe se rendait.

5

La salle d'attente du docteur Herthen dominait la Bruges hanséatique. De ses fenêtres, Philippe admira la place Jan Van Eyck, l'un des lieux qu'il préférait. Ses yeux se promenèrent sur le canal qui, à cet endroit, formait une impasse. De sculptures en hôtels, son regard se dirigea vers la Loge des Bourgeois, vaste bâtisse médiévale, orgueil de la cité. De part et d'autre de sa tourelle, il contempla l'ancien Tonlieu et la Loge des Portefaix. Ces splendides bâtiments, aux façades ciselées, rappelaient le passé maritime du quartier. Puis, préoccupé par ce qu'il allait dire, il s'assit sur une antique chaire à bras pour rassembler ses idées.

Françoise Herthen avait son âge. Pour Philippe, c'était un avantage, il n'aurait pas aimé se confier à quelqu'un de plus jeune. Son physique avait aussi plaidé pour elle. À l'opposé des caricatures des disciples de

Freud, Herthen promenait un charme et un sourire rassurants. De plus, jolie, toujours élégante, elle avait une voix douce qu'il appréciait autant que son apparence.

19 heures pile. Elle ouvrit la porte pour, sur un ton suave, naturel chez elle, l'inviter à la suivre.

Le cœur de son cabinet, à demi éclairé, ressemblait à l'appartement de Philippe. Quoi qu'entre scaldien et brabançon le décor flirtât davantage avec le gothique qu'avec la Renaissance. À ce détail près, l'esprit était le même. Pour cette banale raison, il s'y sentait à l'aise.

Sans que Herthen ait besoin de l'en prier, il s'allongea sur le divan qu'il connaissait bien. Depuis la chandeleur, il venait la consulter une fois par semaine.

L'analyse démarra sur une question ouverte. D'une voix feutrée, Herthen, assise en retrait, lui demanda si, depuis leur dernière séance, d'autres cauchemars l'avaient hanté.

Il lui répondit que oui.

— Toujours le même ?

— Hélas.

— Aucun changement ?

— Je le fais le matin, plus la nuit.

— Parvenez-vous à dormir ?

— Beaucoup mieux avec mes nouvelles pilules.

— Bien... Et les images ?

— Elles ne changent pas.

— Décrivez-les-moi.

Il les lui avait déjà dépeintes, mais la thérapie exigeait qu'il recommence l'exercice.

— Comme vous voudrez...

... La nuit, une route dans le brouillard. Il conduit lentement. Mathilde est assise près de lui. Par réflexe, tous deux plissent les yeux, ils n'y voient pas à deux mètres. Soudain, la chaussée se creuse, la voiture fonce dans des barrières de travaux, les clignotants du chantier sont à peine visibles. En jurant, Philippe freine, braque, tente de redresser. Trop tard, tout va très vite, le véhicule percute un obstacle, rebondit sur un monticule de gravillons, tangue, se couche sur le côté, glisse sans qu'il puisse l'arrêter. Sa femme est projetée contre lui, ses lèvres bougent, il ne l'entend pas. Un choc. La voiture s'écrase contre un dépôt de matériel, un rail de sécurité vole, retombe sur le pare-brise, fait exploser la vitre. Philippe voit Mathilde mourir, guillotinée par son tranchant. Horrifié, il n'a que le temps de crier son nom avant de perdre connaissance...

Herthen apprécia :

— Il y a un mieux : le sang a disparu de vos cauchemars.

Tiens, il ne l'avait pas remarqué.

— Possible... Mais je me sens toujours responsable de sa mort.

— Vous ne l'êtes pas, l'enquête l'a prouvé.

— Au contraire, elle l'a démontré.

— Qu'est-ce qui vous fait dire ça ?

— Puisqu'il n'y a pas de coupable, ce ne peut être que moi.

— Développez...

... Le juge chargé de l'affaire avait conclu à un non-lieu général. Pas plus que les pouvoirs publics, l'entreprise en charge des travaux n'avait été condamnée. Le délibéré avait souligné les exceptionnelles intempéries de cette nuit horrible. D'ailleurs, on avait recensé deux fois plus d'accidents que d'habitude. Quant aux lumières du chantier, c'était à cause du brouillard qu'il n'avait pu les voir…

Philippe n'avait jamais parlé de ce jugement. Herthen décela un progrès dans cette première.

— Est-ce parce que personne n'a été puni que vous rejetez la faute sur vous ?

Cet aspect du problème le plongea dans une courte réflexion. Un verbe s'en détacha.

— Punir… Pourquoi punir ?

— Peut-être parce que, lorsqu'il constate une infraction, un policier s'attend à ce qu'elle soit sanctionnée ? La réponse vous appartient.

Elle toucha là un point sensible. D'une manière imperceptible, Philippe sentit qu'elle le dirigeait sur une voie qu'il n'avait pas encore explorée. C'était trop tôt pour qu'il la défriche, il préféra attendre.

— Je vous promets d'y penser.

Prudente, Herthen se garda de l'y contraindre. Philippe terminerait son deuil le jour où il admettrait que la mort de Mathilde, aussi injuste soit-elle, n'était ni due à des hommes ni à sa distraction, mais uniquement aux circonstances.

— Vous avez recommencé à travailler cette semaine. Ces cauchemars ont-ils affecté votre reprise ?

Il s'était préparé à lui en parler, la phrase sortit d'un trait.

— Je vais vous surprendre, docteur : croyez-vous aux rêves prémonitoires ?

Elle tressaillit. La règle était d'interroger les patients, non de répondre à leurs questions, surtout si elles suintaient d'ésotérisme. Mais tel qu'elle connaissait Philippe, elle devina que la sienne dissimulait une confidence. Et quoi de mieux pour une psy qu'un malade qui se prépare à en faire ?

— Ceux que l'on qualifie de prémonitoires, corrigea-t-elle, sont des rêves liés à des événements vécus, heureux ou malheureux, que le subconscient vous restitue à sa manière. La clé des songes est faite d'une matière logique, la prémonition est un avatar de l'esprit... Pour Jung, le rêve est une suite causale et un processus orienté vers un but... Pourquoi me demandez-vous cela ?

— J'en ai fait un de ce genre, pas banal, associé à un meurtre.

— Racontez-le-moi que nous l'analysions ensemble.

Il n'attendait que ce signal pour vider son esprit. Sans fioritures, il lui conta le songe où il avait vu un homme décapiter une femme dans une église. Puis, du rêve à la réalité, il lui décrivit l'assassinat de Monika, aux circonstances identiques à celles de son cauchemar.

Son récit achevé, nullement impressionnée, Herthen le rassura.

— Association d'idées, le phénomène est classique, il n'y a rien d'étrange là-dedans. Les morts sont votre quotidien, la question est de savoir si vous en avez déjà vu avec la tête tranchée ?

La réponse fusa malgré lui.

— Mathilde.

Elle réagit sans ménagement.

— Non, vous confondez les genres. Je vous parle d'un meurtre, non d'un accident. Faites un effort, fouillez votre mémoire.

Il se détendit, ferma les yeux, remonta le passé...

Les secondes s'écoulèrent dans un silence pesant.

Une minute de sa vie s'envola ainsi.

Puis, comme piqué par une aiguille, il se redressa en criant :

— Oui ! Je me souviens... C'était un Noir, à Bruxelles... Il avait décapité sa femme qu'il accusait de le tromper. Je l'ai trouvé devant son crâne qu'il exhortait à se confesser... Il n'a jamais été jugé, on l'a interné pour le restant de ses jours.

— Et ça c'est passé quand ?

— À mes débuts, je sortais de l'école de police.

— Ce meurtre vous a-t-il marqué ?

— Je n'en ai pas dormi pendant un mois.

Herthen triompha.

— Parfait... Voilà l'explication de votre cauchemar... En fait, il vous est venu parce que, si je puis dire, vous « redébutez ». Entre la mort de Mathilde et cette vieille histoire, votre cerveau a fait un amalgame qu'il vous a restitué pendant votre sommeil. Oubliez toute prescience, il n'y a rien de prémonitoire dans ce mauvais rêve.

Ce mystère résolu, elle conclut en lui affirmant qu'il avait bien fait de reprendre son travail, aussi pénible fût-il étant donné les circonstances.

20 heures. La pendule indiquait que la séance s'achevait.

Philippe se leva du divan, beaucoup plus léger que lorsqu'il s'y était allongé.

6

La chronique d'Eddie Flahaut

Depuis la Création, les hommes ont cherché à donner un sens à leurs rêves.

Sous le règne des pharaons, les Égyptiens les accueillaient comme des messages envoyés par les dieux. Des scribes sacrés, initiés dans ce but, guidaient les monarques en les interprétant, exégèse politique qu'ils prenaient au sérieux.

Ainsi est née l'oniromancie, l'art de prédire l'avenir en décodant les songes. Jacob et son échelle lui doivent leur célébrité.

Toutes les religions y ont attaché une valeur prophétique.

La Bible et le Coran en offrent de larges exemples.

Au-delà de l'écrit, les rêves influencèrent la pensée.

Les chamans leur accordèrent – et leur accordent encore – une attention particulière ; les uns y voient des signes maléfiques, les autres des avertissements.

Plus surprenant – de par leur qualité –, Hippocrate et Galien en tinrent compte pour soigner leurs patients.

Trois rêves, par ailleurs, guidèrent Descartes, rosicrucien distingué, vers le Discours de la méthode.

Et Pascal, janséniste convaincu, eut, lui aussi, sa nuit de révélation qui forgea ses principes.

Aucun peuple, aucune foi, aucune couche sociale, quelle que soit l'époque, n'a été insensible à leur symbolique.

Au fil des siècles, des lettrés inspirés ont codifié leur contenu.

Parmi tous les traités publiés, le plus amusant est dû à un astrologue lyonnais de la Renaissance, Jean Thibault, qui certifie que dans un rêve « voir dragon signifie gain » et « avoir crucifié Jésus-Christ signifie maladie ».

Celui de l'abbé Thiers, cent ans plus tard, est moins plaisant. Ce dernier affirme, dans son Traité des superstitions selon l'Écriture sainte, *que le diable nous envoie des rêves sulfureux pour nous pousser au péché.*

En revanche, le premier de tous, rédigé au IIe siècle par Artémidore d'Éphèse, ne prête pas à sourire puisqu'il a, du propre aveu de l'intéressé, largement inspiré Sigmund Freud, dont nous retiendrons ce postulat : « L'interprétation des rêves est la voie royale pour parvenir à la connaissance de l'âme. »

Oniromanciens, religieux, scientifiques…

Depuis plus de trois mille ans, tous, d'une même voix, associent l'âme à nos songes...

L'âme... Seuls les poètes sont capables d'en parler joliment, tel Henry Miller qui, en substance, a écrit que le mystère de Bruges se situait dans le lien harmonieux entre l'âme et le corps...

Belle formule. J'y penserai en dormant...

7

Du séminaire épiscopal à la gare, de la Gilde des Arbalétriers de Saint-Sébastien à la chapelle Notre-Dame, les patrouilles de police sillonnèrent Bruges sitôt la nuit tombée.

Elles délogèrent des routards des bancs du Koningin Astridpark, contrôlèrent des bambochards dans le Markt, inspectèrent les remparts, multiplièrent leurs passages. La consigne était d'intimider l'assassin.

Pourtant, dans une cave voûtée, malgré leur omniprésence, un homme allait mourir.

Nu, attaché en X sur une croix de Saint-André, il urinait de peur.

Son corps oscillait dans une sorte de brume, comme s'il cherchait à éviter un coup que quelqu'un voulait lui porter.

Image trouble, ses yeux sortirent de leurs orbites.

Puis sa tête tomba, tranchée par son bourreau à l'apparence floue.

Le sang gicla…

Et Philippe se réveilla, en nage.

Un cauchemar.

Encore un.

Il tendit la main vers le sol, prit une bouteille d'eau posée près du lit, la vida à moitié, puis, le cœur en branle, s'épongea avec les draps.

Que signifiait ce rêve ? Herthen lui avait affirmé que les songes étaient liés à des expériences vécues. Sur ces bases, il s'empressa de chercher d'où venait celui-là. Il fallait qu'il trouve la réponse avant de devenir fou. Fiévreux, il ouvrit son cerveau à toutes les hypothèses, mais la sonnerie du téléphone l'empêcha d'explorer son passé.

4 h 06 à son réveil. Quel imbécile pouvait l'appeler à une heure pareille ? Il décrocha, furieux, hors de lui, prêt à mordre.

— J'espère que vous avez une bonne raison de me déranger !

Pas d'écho. Juste un souffle, le rythme d'une respiration qu'il reconnut sur-le-champ.

— Mister Conscience ?

Un léger rire le salua.

— Bonjour, commissaire, navré de vous importuner en pleine nuit.

— Navré ?

— Non, confondu : je vous ai promis de vous rappeler aujourd'hui… sans vous préciser l'heure. J'en aurais bien choisi une plus raisonnable, mais je n'ai pu faire autrement…

Philippe s'ébroua : comment s'était-il procuré le numéro de sa ligne privée ? Pour celui de son portable il avait pu se l'expliquer ; là, il en perdait son latin et son grec.

— Qui vous a donné mes coordonnées ?

— Dois-je répéter que je sais tout de vous ?

Philippe se maîtrisa, il y avait plus important à lui demander.

— Que cherchez-vous ?

— À ce qu'éclate la vérité.

— Ça tombe bien, je la connais.

— Quelle merveilleuse nouvelle… Et que dit-elle ?

— Que vous êtes un grand malade.

Mister Conscience rit pour de bon, à gorge déployée.

— Ah ! commissaire, libre à vous de le penser… Mais si je souffre, ma souffrance n'est rien en comparaison de ce que vous allez endurer.

C'était la première fois que le Noir le menaçait. Philippe se mit sur ses gardes.

— Auriez-vous l'intention de me faire la peau ?

Le ton de Conscience changea subitement, sauta du gai au solennel.

— Non, commissaire, je vous ai dit que j'étais votre meilleur ami, jamais je ne vous toucherai, je n'en ai pas le droit, vous n'avez rien à craindre de moi.

— Pas le droit ? Expliquez-moi ça.

— Impossible, je ne suis qu'un simple maillon, il m'est interdit de vous en révéler plus. Disons que j'ai fait le serment de vous aider.

Philippe ne comprit rien à sa logorrhée. Épuisé par ses confidences absconses, il alla à l'essentiel.

— Si ce que vous dites est vrai, allez droit au but, faites-moi gagner du temps.

Encore un soupir, Conscience en avait à revendre.

— La formule ne convient pas, il est déjà trop tard.

— Pour qui ?

— Pour M. Zenkins, commissaire. À votre place, j'irais faire un tour dans les sous-sols du musée Groeninge.

Une note électronique mit fin à la conversation.

Elle s'acheva sur l'étrange conseil de Conscience.

8

Les policiers s'étaient garés sur le Dijver, un long quai romantique où les tilleuls flirtent avec le canal. Entre le collège d'Europe et la maison Arents, leurs gyrophares tentaient de percer une purée de pois. Épais comme de la ouate, le brouillard s'était abattu sur la ville. Le musée Groeninge s'élevait à quelques pas des berges, au terme d'une courte enfilade de rues. Y stationner aurait été synonyme de boucan, il leur avait paru incorrect d'ameuter les riverains à 5 h 12 du matin.

Réveillé en pleine nuit, le conservateur du musée, Alfred Bauer, d'un abord réputé courtois, toujours affable jusqu'aux chevilles, injecta pour une fois une goutte d'acide dans son humeur. Le coup de fil de Philippe l'avait tiré de son lit.

— J'ose croire que vous savez ce que vous faites, commissaire, je serais fâché que vous m'ayez réveillé pour une blague de potache.

Philippe ne sut ce qu'il devait souhaiter. Il redoutait de l'avoir dérangé pour rien, mais il craignait encore plus de tomber sur un cadavre. Son cauchemar le hantait. Supporterait-il de découvrir un homme nu à la tête tranchée ? La suite, s'il y en avait une qui allait dans ce sens, lui apporterait la réponse.

Nadine et Baudouin l'accompagnaient. Tous trois s'étaient habillés en catastrophe. L'élégance leur faisait défaut. Un vigile vint leur ouvrir. Bauer lui demanda tout de go s'il avait remarqué quelque chose de suspect.

— Non, monsieur, je n'ai rien constaté d'anormal. Voulez-vous que je fasse une ronde pour m'en assurer ?

— Merci, Gérard, ça ira. Regagnez votre poste, je me charge de nos visiteurs.

Muni de ses clés et d'une bonne dose de tact, Bauer invita les policiers à le suivre dans le musée, persuadé qu'ils y perdraient leur temps.

— Excusez-moi, l'interrompit Philippe, d'après mon informateur, ce sont les sous-sols que nous devons inspecter.

De petite taille, à moitié chauve, Bauer caressa sa calvitie, signe chez lui d'un agacement passager.

— Je l'ai bien compris, commissaire, il n'empêche que je préfère passer par les salles pour éviter de neutraliser l'alarme… On ne sait jamais…

Il était chez lui, il savait ce qu'il faisait ; ils se plièrent à sa volonté.

Bauer les conduisit à travers des salles peu éclairées. Tous trois y étaient déjà venus, ils connaissaient les chefs-d'œuvre accrochés sur les cloisons bleutées. Cependant, dans l'obscurité, les tableaux dégageaient une telle force, une telle mysticité, qu'ils les redécouvrirent sous un angle inédit. La pénombre seyait à l'art flamand. Retouché par les ténèbres, son sfumato naturel enrichissait ses huiles. La terreur des damnés du *Jugement dernier* de Bosch en était amplifiée, la dévotion des croyants de la *Vierge au chanoine Van der Paelle* de Van Eyck sublimée, la cruauté des bourreaux du *Martyre de saint Hyppolite* de Dieric Bouts accentuée.

Plus loin, après les primitifs, *la Prédication de Jean-Baptiste* de Bruegel dégustait ce clair-obscur comme l'ours de Bruges avait dû boire son miel.

Un peu avant les salles consacrées aux peintres plus récents, Bauer bifurqua, ouvrit une petite porte. Elle donnait sur un escalier qu'il les pria d'emprunter.

— Ça manque de lumière, les prévint-il, faites attention aux marches.

Le son de sa voix mit fin au silence qu'ils s'étaient imposé, à croire qu'ils avaient traversé le sanctuaire des Merveilles.

La langue libérée, Nadine retrouva sa gouaille.

— T'es sûr, commissaire, que c'est ton fêlé qui t'a appelé ?

— À cent pour cent. Tu en doutes ?

— Disons que je suis étonnée qu'il ait eu ton numéro.

— Et moi, donc ! On pensait à mon portable mais pas à ma ligne privée… Il faudra localiser l'appel.

— On s'en occupe déjà, bâilla Baudouin.

Ils mirent le pied dans les sous-sols, Bauer alluma un succédané d'ampoule.

— Désolé, je n'ai pas plus puissant à vous offrir, le réseau est en veille.

— C'est très bien ainsi, le rassura Philippe.

— Bon, si l'éclairage vous satisfait, il ne vous reste qu'à trouver ce mystérieux M. Rankins.

— Zenkins, rectifia-t-il, dont vous me confirmez n'avoir jamais entendu parler ?

— Je persiste et je signe : inconnu au bataillon… Par quoi commençons-nous ?

D'un geste de la main, il leur présenta une succession de portes. Aucune ne se distinguait dans cette semi-pénombre, elles se ressemblaient toutes.

— Qui y a-t-il derrière elles ? s'informa Philippe.

— Nos réserves, commissaire, des toiles de moindre importance, des dessins, des gravures, des archives…

Il fit jouer la serrure de la première.

— Voyez vous-même.

La pièce contenait des étagères remplies de cartons numérotés. Par habitude, et parce qu'il y voyait mal, Philippe sortit une lampe de poche, aussitôt imité par ses adjoints. Trois faisceaux balayèrent le volume en pure perte.

— Il n'y a pas de Zenkins là-dedans, patron.

— C'est ce que je remarque, figure-toi… Voyons celle d'à côté.

Au bord de la crise de nerfs, Bauer leur ouvrit la suivante.

Comme dans la première, leur inspection se solda par un constat négatif.

Ils s'apprêtèrent à fouiller la troisième quand, d'une voix fatiguée, Nadine interpella Bauer :

— Et dans ce local, monsieur, vous entreposez quoi ?

Elle s'était séparée du groupe pour explorer le fond du couloir. Au bout des arches voûtées, une porte en chêne massif, différente des précédentes construites en PVC, avait retenu son attention.

— Oh, là ? Rien d'intéressant, inspecteur, il n'est pas aux normes.

— C'est-à-dire ?

— Qu'il n'est pas pourvu d'un régulateur de température. Ce système est obligatoire pour préserver nos documents.

— Il est vide ?

— Non, il sert de remise. On y range des planches, des pots de peinture, des outils de menuiserie… Voulez-vous y jeter un œil avant de voir les autres ?

Elle regarda Philippe qui, d'un signe, lui donna son feu vert.

— Si cela peut se faire, pourquoi pas ?

Cette pièce ou une autre, Bauer s'en fichait royalement. Tout ce qu'il demandait, c'était d'aller se recoucher.

Il isola une grosse clé de son trousseau, l'introduisit, la tourna d'un mouvement sec, puis recula, contrarié par son manque de résistance.

— Tiens ! C'est bizarre, quelqu'un a dû oublier de la fermer.

La porte s'entrebâilla. L'esprit vaseux, ensommeillé, Bauer ne chercha pas à s'expliquer ce phénomène.

— Après vous, inspecteur, s'effaça-t-il galamment. Faites attention, le courant est coupé.

Nadine le remercia, entra dans la pièce qui sentait le bois et la peinture. Philippe et Baudouin la rejoignirent, lampes en avant, nez en l'air.

— Étrange, cette odeur, renifla Baudouin.

— Tu n'as jamais bricolé ? le taquina Nadine. C'est le doux parfum de l'acrylique.

— Moi, je dis que ça fouette, on se croirait dans des toilettes publiques.

— N'importe quoi !

— Tu fumes trop, la rembarra Philippe, Baudouin a raison : ça pue.

À son tour, Bauer s'en inquiéta.

— C'est vrai, je le sens aussi.

D'un mouvement synchronique, les policiers pointèrent leurs lampes sur le mur du fond. Elles éclairèrent des planches et de la ferraille. Leurs rayons descendirent sur le sol, remontèrent doucement sur celui de droite. Plus encombré que le premier, il ne les intéressa guère. Restait celui de gauche. Ils y dirigèrent leurs faisceaux en longeant le dallage.

— J'y crois pas ! s'exclama Baudouin.

Une mare de sang stagnait sur les carreaux…

Aussitôt, les halos de leurs torches encerclèrent le dernier mur.

— Mon Dieu !

Plus blanc qu'un yaourt, Bauer sortit pour vomir. Tétanisé, le trio l'entendit rendre tripes et boyaux. Nul ne songea à se moquer de lui, il y avait de quoi être malade. Ce fut d'une voix cassée, après un long silence, que Nadine résuma le malaise qu'ils ressentaient.

— J'en ai vu, mais jamais des comme ça.

Liquéfié, Philippe ne sut plus que dire. Son cauchemar venait de prendre forme. Il dépassait en horreur les crimes qui jalonnaient sa carrière.

Nu comme un ver, les jambes souillées par ses déjections, les membres attachés avec du fil de fer, décapité comme l'avait été Monika, le cadavre d'un homme pendait en X sur une croix de Saint-André. La mise en scène de sa mort ne se limitait pas à l'écartèlement : dans un geste dément, son meurtrier s'était complu à planter sa tête sur la pointe d'une lance, dont il avait enfoncé, avec une fureur inouïe, la hampe dans le cou de sa victime. Résultat, le crâne semblait flotter au-dessus du buste. Comble de sauvagerie, il s'était ensuite acharné à lui broyer tripes et os jusqu'à ce que son bois lui crève le périnée. Dégoulinante, la hampe de la lance pendait entre ses cuisses où, siccatif à ce tableau abject, un liquide gluant filtrait de ses chairs éclatées.

Signature de cette boucherie, l'annulaire de sa main droite avait été sectionné…

Cinq doigts avait prédit Mister Conscience…

C'était le deuxième de la série. Et il avait disparu comme l'auriculaire de Monika.

— On fait quoi ? parvint à articuler Baudouin.

Philippe se ressaisit, il devait donner des ordres.

— On ne touche à rien… Nadine, tu t'occupes de Bauer, prie-le de rétablir le courant au plus vite. Toi, Baudouin, contacte le boss de la scientifique, dis-lui de se manier le train. Moi, je remonte pour demander à nos gars de boucler le périmètre. J'appelle Maynaert dans la foulée. Allez, les enfants, c'est pas le moment de flancher.

Il avait retrouvé le ton du commandement, ses directives se succédaient, justes et précises, rien n'indiquait qu'il combattait sa peur, car bien qu'il s'en défendît ces événements l'épouvantaient. Comment avait-il pu rêver à cet homme qu'il ne connaissait pas, à son supplice et à sa mort ? Même avec un visage flou, c'était bien lui qu'il avait vu dans son cauchemar, il était vain de le nier.

Herthen le lui expliquerait, tenta-t-il de se rassurer. Mais plus tard, pour l'instant il devait faire son métier. Il sortit du local, passa devant Bauer, que Nadine réconfortait.

— Dites-moi, commissaire, l'interpella-t-il, c'est quoi cette barbarie ?

Lui-même salement touché, il ne sut que répondre.

— La routine, monsieur, la folie des Hommes.

— Et vous la supportez ?

— Non… Il faut pourtant que quelqu'un s'en occupe… Et comme je suis payé pour…

Bauer leva les yeux au ciel.

— Je vous admire, commissaire… Je vous admire mais je ne vous envie pas…

Dans une semi-pénombre, Philippe retourna sur ses pas, traversa les salles d'exposition sans les honorer d'un regard, sortit en happant l'air alourdi par le brouillard. Quelques bouffées d'oxygène lui permirent de récupérer avant de donner ses ordres. En deux phrase brèves, il mit ses agents au courant de la situation. Autant que celui de Saint-Sauveur, un crime dans un musée relevait de l'hérésie. Brugeois avant d'être flics, ils en soufflèrent d'indignation, puis, le choc encaissé, ils se répartirent les tâches. L'un demanda des renforts par radio, l'autre se mit en faction devant l'entrée, le dernier fit le tour du bâtiment pour chercher les vêtements de Zenkins. Ils étaient introuvables, l'assassin les avait emportés.

Cette première phase verrouillée, Philippe dévia vers les berges pour appeler Maynaert.

Embrouillée de sommeil, la voix du toubib dérailla dans l'écouteur.

— Daysvat ? Qu'est-ce qui t'arrive ?

— Du vilain, mon vieux, j'ai un second décapité sur les bras.

— Oh ! Qui est-ce ?

— Un homme, la quarantaine, il s'appellerait Zenkins.

— Mais encore ?

Trop long, trop compliqué, il se borna à l'essentiel.

— Allez, dépêche-toi, je te dirai la suite sur place. Et prépare ton estomac, c'est pas joli à voir.

Il raccrocha. Que faire de plus ? Ah oui ! contacter Ruytens. Procédure incontournable, il devait l'informer de ce nouveau crime.

Son pouce appuya sur la touche mémoire de son Nokia, le numéro de son supérieur apparut, mais il ne l'activa pas…

Ce fut son portable qui sonna.

La mention « Appel inconnu » s'afficha sur l'écran, un inconnu à qui Philippe craignit de parler avant même de l'entendre. Il savait déjà son nom, il redoutait ses confidences…

— Daysvat, j'écoute.

Ah ! ce soupir… Il commençait à le connaître.

— C'est bien, commissaire, de suivre le conseil d'un ami.

Tout doux, se dit-il, le brusquer ne servirait qu'à perdre le contact.

— Qui êtes-vous, Mister Conscience ?

— Dois-je le répéter ? Un ami qui cherche à vous aider. Ce massacre doit prendre fin, je pense que nous sommes d'accord sur ce point.

— Je parle de votre rôle dans ces crimes.

— Voulez-vous dire le personnage que j'interprète dans cette tragédie ?

— On peut le formuler ainsi.

Conscience y réfléchit un bref instant…

— Le témoin, commissaire… Je suis le témoin impuissant de cette tuerie.

— Est-ce tout ?

— Non… Vous avez raison, je suis aussi le témoin de votre malaise… Vous me faites peine à voir.

— Parce que vous me voyez ?

— Très clairement.

Il était là, il était proche, il l'épiait depuis son arrivée… Philippe tourna la tête dans tous les sens… Du coton, rien que du coton…

— Où êtes-vous, Conscience ?

— À deux pas, commissaire… Venez, regardez de l'autre côté du canal, nous allons faire connaissance.

La communication s'interrompit. Les nerfs à vif, Philippe s'approcha des berges entortillées de brume. Le brouillard estompait les maisons, les ponts avaient disparu, le décor s'unifiait sous cet épais voile blanc.

Personne…

Les secondes martelèrent ses tympans, Philippe les remplaça par une suite de Bach, glissa une main vers son holster pour en libérer la pression.

L'attente dura, Mister Conscience se fit prier.

Puis tout se passa comme dans un film fantastique, quand un ange surgit des nuages pour fondre sur terre.

Lentement, sur la rive opposée, une forme fantomatique perça la purée de pois, s'avança, amplifia de volume. C'était un homme, un Noir habillé de noir, qui s'arrêta, tout sourires, à un mètre du canal. Il ôta son chapeau, le serra sur sa poitrine, se courba et salua.

— Gizenga, murmura Philippe.

Le Noir revissa son chapeau sur ses cheveux gris perle et disparut plus vite qu'il n'était venu.

Pendant cinq secondes Philippe ne bougea pas, statufié par Médusa. Puis il se réveilla en piquant un sprint sur les berges de la Reie.

— Gizenga ! hurla-t-il.

Baudouin entendit ses cris. Le blondinet sortait du musée pour s'aérer un instant. Sans se poser de question, il se mit à courir derrière lui.

Un pont. Philippe ne chercha pas à savoir comment il s'appelait, le franchit à toute allure, aborda la rive opposée et, soudain, pila sur place. Le brouillard lui rappelait son accident, des images le hantaient, ses jambes refusaient d'avancer.

Mathilde... Mathilde se tenait près de lui...

— On doit attraper qui, patron ?

La voix du blondinet effaça sa vision ; il lui montra une rue sur la gauche.

— Un Noir avec un chapeau... Prends de ce côté, moi je vais tout droit.

Ils se séparèrent. Baudouin s'enfonça dans le brouillard, Philippe fila le long de la berge en se forçant d'oublier son accident.

Tout à coup, surgi de nulle part, un spectre apparut, un spectre titubant, un spectre chapeauté.

Il se jeta sur lui, le ceintura. Le spectre se débattit en gueulant comme un porc.

— Putain de ville ! C'est quoi, ce bordel ?!

Philippe desserra son étreinte, retourna le bonhomme. Un Blanc, c'était un Blanc, un clochard que l'on venait de virer d'un parc.

— Police ! T'as vu un Black dans les parages ?

Le type se bidonna.

— Un Black ? Vous êtes aveugle ou quoi ? Même si je l'avais croisé, je l'aurais pas remarqué avec le temps qu'il fait.

Désarçonné, Philippe le relâcha en grommelant des regrets.

Le routard poursuivit son chemin en bougonnant, frôla Baudouin qui revenait à vide.

— J'abandonne, patron ! On ne verrait pas une vache dans cette mélasse.

Ni un troupeau d'éléphants.

— Tant pis, laissons tomber, regagnons le musée.

Ce qu'ils firent lentement pour récupérer leur souffle.

— C'est qui ce Gizenga, patron ?

Au loin, des sirènes annoncèrent l'arrivée des renforts.

9

La matinée s'écoula dans la fièvre. La brigade vit s'enflammer le Ruytens des grands jours. Aucun de ses officiers n'échappa à ses coups de gueule, il exigea de chacun d'eux des résultats rapides. Les instances supérieures le harcelaient, son téléphone fumait. À quelques jours de la procession du Saint-Sang, les autorités redoutaient des émeutes.

Pêle-mêle, suivant leur sensibilité, édiles et magistrats n'avaient cessé de brandir la menace des cercles nazis, des sectes sataniques, des activistes islamiques. Un haut fonctionnaire, réputé pour son sérieux, s'était même mis à soupçonner un complot flamingant. Bref, Ruytens avait tout entendu et son contraire, et une bonne dose de scepticisme dès qu'il faisait valoir qu'il s'agissait d'un fou.

Un malade mental aurait laissé des traces, avaient objecté les caciques. Or ni sur la croix de Saint-André, montée avec des planches remisées dans le local, ni sur la serrure proprement crochetée, l'assassin n'avait laissé d'empreintes. En conclusion de quoi, ce gars était peut-être gelé mais surtout professionnel.

Suite à ce tir nourri, Ruytens avait mis la pression sur ses troupes.

Très vite, la boutique explosa à tous les niveaux.

On interrogea les fichiers, on éplucha les casiers, on questionna les hôteliers.

À 11 heures, Philippe revint du musée. Dès son retour, Ruytens décida de faire le point. Il convoqua ses troupes dans son bureau, un espace large et clair où la photo du roi régnait sur l'acajou.

— Alors, qui commence ? vrombit-il.

— Moi, se lança Nadine, j'ai le pedigree de la victime.

— OK, allez-y, et seulement dans les grandes lignes.

Puisque tel était son ordre, elle se limita à l'essentiel.

Ainsi que l'avait prédit Mister Conscience, l'homme s'appelait bien Zenkins, Maxime Zenkins, domicilié à Bruges, quarante-quatre ans, marié, deux enfants, patron d'une entreprise de travaux publics. La veille, comme tous les soirs de la semaine, il avait pris un pot chez De Garre. Un rituel. Il en était ressorti vers 21 h 10 pour ne plus réapparaître. Citoyen tranquille, on ne lui connaissait pas d'ennemi.

— Il avait au moins un ami, gronda Ruytens, M. Werport en personne. Je vous épargne ce qu'il m'a balancé au téléphone.

— Décidément, il est partout, persifla Philippe.

— Ça vous étonne ? Zenkins était du bâtiment, ils se voyaient pour le boulot.

— Et peut-être en dehors… Il faudrait sonder la face obscure du versant politique… Qui sait ce qu'elle nous dissimule ?

Un rictus balafra les lèvres grasses de Ruytens.

— Je le sais déjà : rien que de la dynamite.

— Est-ce une raison pour laisser tomber ?

— Ai-je dit quoi que ce soit dans ce sens, Daysvat ? Ne vous en faites pas, je m'en charge. Si c'est moi qui les pose, les questions délicates passeront mieux.

Il était évident que sa position lui ménageait plus d'ouvertures.

— D'accord, monsieur, vous êtes le mieux placé pour l'asticoter. Je concentre mon équipe sur ce qu'on a…

— À savoir ?

— Rien. Zéro indice, zéro témoignage, zéro preuve… Nous n'avons même pas retrouvé les vêtements de la victime.

Le ratissage du sous-sol n'avait rien donné. Pas même un bout de fil ou une empreinte de semelle. Les spécialistes en déduisaient que l'assassin enveloppait ses chaussures de plastique comme ils le faisaient eux-mêmes.

— Et que raconte Bauer ?

— Je dois le voir à midi, monsieur, s'interposa Nadine. Après les émotions de cette nuit, il a tenu à se reposer un peu.

— Bien ! Et vous, Philippe ?

— J'ai rendez-vous chez Maynaert. Pour l'instant, j'attends des infos sur mon Black, je n'ai rien de mieux à faire.

Baudouin leva le doigt.

— Mais je les ai, patron, j'allais vous en parler.

— Tu ne pouvais pas le dire plus tôt ?

— J'évitais de vous interrompre.

— Bon, ça va, accouche.

Le blondinet ouvrit son petit carnet rouge.

— Ce n'est pas très reluisant... Mister Conscience vous a appelé d'un portable dont on a récupéré le numéro. Il correspond à celui d'un opérateur américain.

— Génial ! Ça va encore prendre des plombes pour retrouver son nom.

— Plus que vous ne le pensez, patron... L'opérateur nous a déjà répondu : il s'agit d'un portable volé il y a un mois à New York à un dénommé Liu Wong, patronyme peu africain.

— Merde ! Et pourquoi l'engin est-il toujours actif ?

— C'est ce qui sidère les Ricains, ils ne s'expliquent pas la manip.

L'information démontrait au moins que Conscience, ou l'un de ses amis, était revenu des États-Unis avec ce portable en poche. La piste méritait d'être exploitée. D'autant que le bonhomme, par coquetterie phonétique, se faisait appeler « Mister ». Un indice, une pièce de plus à ajouter à sa démence. Philippe demanda aussitôt à Wens, l'un de ses plus vieux équipiers, sec et moustachu comme un major anglais, de se rendre à l'aéroport de Bruxelles.

— Aussi loin que possible, tu pointeras les listes des passagers qui ont débarqué de New York. Pour ceux qui ont un nom à consonance africaine, tu vérifieras s'il sont déjà clients chez nous. Pas de commentaires ?

Sur un ton très british, l'humour à fleur de langue, Wens lui fit cette remarque, aussi curieuse que pertinente.

— Si, j'en ai un, cher patron, tu oublies que la Belgique compte dans ses rangs un Conscience célèbre : Hendrik Conscience. *Le Lion des Flandres*, c'est lui.

— Oui et alors, que veux-tu que ça me fasse ? On cherche un Noir qui a pris un pseudo.

— Justement, notre auteur l'a peut-être inspiré. À mon avis, les Noirs qui lisent le flamand, il n'y en pas des tonnes, et encore moins ce roman de 1838, devenu une rareté… À ta place, j'interrogerais les bibliothèques pour savoir qui le leur a emprunté au cours des derniers mois.

Sa suggestion lui parut excellente, Philippe chargea un auxiliaire de ce travail. Puis il revint vers Baudouin. D'un geste mou, le blondinet déposa un dossier sur le bureau de Ruytens.

— Passons à votre Gizenga, patron. Voilà ce que j'ai récolté sur lui, vous n'allez pas apprécier la nouvelle.

— Pourquoi ?

— Elle donne envie de changer de métier.

Sa prédiction fut exacte. Philippe éclata de rage en lisant les deux pages.

— C'est pas possible ! Ils sont marteaux, j'en crois pas mes yeux !

Il s'isola dans sa colère, à un point tel que Ruytens, déjà de mauvaise humeur, le pria sèchement de s'expliquer. Ce qu'il fit, après de rapides excuses, en tendant à bout de bras la photo d'un jeune Noir.

— Mesdames, messieurs, je vous présente David Gizenga ! Il y a vingt ans, je l'ai arrêté pour le meurtre de son épouse, une femme qu'il avait décapitée d'un coup de machette…

L'espace d'un bref retour en arrière, il se remémora ce qu'il en avait dit à Herthen.

— Les médecins l'ont déclaré fou – psychotique, dans leur jargon, paranoïaque atteint de délires interprétatifs et de je ne sais plus quoi d'autre. Vu son état, il n'a pas été jugé, on l'a enfermé pour le restant de ses jours. Mais j'apprends là, non sans émoi, que sa perpétuité s'est arrêtée récemment. Eh oui ! Miracle ! Il est redevenu « normal » ! Et vous savez quoi ? On l'a relâché en octobre !

Les flics se regardèrent d'un air convenu. Pourquoi chercher plus loin ? Ce type était le tueur. Excepté pour Ruytens.

— Est-ce lui que vous avez vu le long du canal ?

Au regret de ses adjoints, Philippe balança la tête de gauche à droite.

— J'en ai l'impression sans pouvoir l'affirmer… À l'époque, Gizenga avait la trentaine. À cinquante ans passés, il a forcément changé… Le Conscience que j'ai entrevu portait la barbe, alors que le Gizenga que j'ai connu était glabre. Et puis il faisait nuit, il y avait du brouillard…

Baudouin lui prit la photo des mains.

— Avec un bon logiciel, il n'y a rien de plus facile que de le vieillir avec du poil au menton. Après ce que j'aurais fait de sa binette, vous saurez si Gizenga et Conscience ne font qu'un.

— Tu peux t'y mettre vite ?

— Ça sera prêt dans deux heures.

— Parfait, fais ronfler ton PC.

— Il n'y a qu'à demander, patron, c'est parti.

Baudouin se retira. Ruytens profita de son départ pour lever la séance, non sans tonner une dernière fois :

— Souvenez-vous que je veux des résultats pour ce soir !

Lesquels et sur quoi ? Bonne question, ils naviguaient au hasard. Mais, au cœur de la tempête, pensa l'énorme, ça ne faisait jamais de mal de secouer l'équipage.

— Restez, Daysvat, le retint-il, allons boire un café, je crois que nous en avons besoin.

— Ce n'est pas de refus, monsieur, les paupières me tombent sur les chaussettes.

Bras dessus, bras dessous, ils poursuivirent la discussion dans les couloirs. Ruytens avoua être obsédé par Conscience. Il ne s'expliquait pas comment ce Black avait pu obtenir le numéro privé de son adjoint. Classé confidentiel, peu de gens le connaissaient. Ce mystère lui broyait la cervelle. C'est pourquoi, à court de logique, il décida de se rabattre sur les bonnes vieilles méthodes.

— Haro sur les hôtels, les pensions de famille, les chambres d'hôte et les campings. Je veux qu'on les visite tous de Knokke à Ostende. Un Noir barbu avec un chapeau, ça doit se retrouver facilement, nom d'une pipe !

— Entendu, monsieur, je vais lancer la chasse.

— Elle peut attendre une seconde, Daysvat, buvez d'abord un jus.

Ils s'arrêtèrent devant un distributeur, Ruytens y glissa des pièces. Une tasse tomba, puis une deuxième, et il en commanda une troisième pour Eddie qui venait d'apparaître. D'ordinaire souriant, le journaliste tirait une tête de jour sans bière.

— Ton rédac-chef t'a fait des misères ? le chatouilla Philippe

— Je veux, oui ! Des commaks que tu ne vas pas tarder à partager.

— Tiens donc ! Tu peux m'expliquer ça ?

— Le crime de Groeninge l'a rendu fou, il veut que je mette la gomme.

— Ah ! mauvais.

— Non, pire que d'habitude. Ou je lui ponds un article sanglant, ou c'est lui qui l'écrit. Au cas où tu ne le saurais pas, sa prose est de l'école populiste. Si tu tiens à éviter sa bave, je te conseille de me donner du grain à moudre.

Ruytens lui apporta son café en soliloquant à haute voix.

— Je connais ce gus, il tuerait son chien pour tripler les ventes de son canard.

Il posa sur Eddie un regard navré, puis, avec une mimique amicale, lui adressa une œillade.

– Allez, ça marche Flahaut, sortez votre fourbi à prendre des notes.

Le journaliste ne se le fit pas répéter. En un temps record, il ouvrit son carnet, dévissa son stylo, s'apprêta à coucher ses confidences sur le papier.

— Avec la prudence qui s'impose, vous pouvez dire que le commissaire Daysvat est sur une piste. Un suspect a été repéré, l'homme est en cours d'identification...

La suite fut une noyade exemplaire de poisson.

Une piste ! Philippe croisa les doigts pour qu'elle fût bonne.

10

Nadine fut à peine étonnée de trouver, dans les sous-sols du musée, Sonya et Jeff à quatre pattes – un duo de choc que la brigade surnommait les jumeaux.

Son manque de surprise venait de ce qu'ils étaient pugnaces. Là où leurs collègues abandonnaient, ils poursuivaient les recherches. Jamais ils ne s'avouaient vaincus, il fallait à tout prix qu'ils trouvent un indice.

Leur tandem devait son surnom à de multiples ressemblances. Du même âge, vingt-huit ans, ils avaient tous deux un physique de lévrier, interminable et fin, surmonté d'un visage allongé piqué d'un nez pointu. Leurs gestes étaient gracieux, leur débit économe, ils parlaient lentement, avec modération, et seulement si c'était nécessaire. La rumeur les disait amants. Ce dont Philippe se fichait puisqu'ils étaient discrets.

Pour inspecter les lieux, ils avaient revêtu des combinaisons blanches. Nadine, qui connaissait leur manque d'humour, évita de leur demander s'ils avaient eu un prix de gros. Elle préféra s'en tenir au fruit de leur travail. La série sujet-verbe-complément n'étant pas leur tasse de thé, elle s'adapta à leur langage.

— Du neuf ?

— Oui, se contenta de répondre Sonya.

— Quoi ?

— Un bout de papier collant rose.

— Trouvé près de la croix, compléta Jeff.

Il lui tendit un sachet.

— Probablement du sparadrap.

Nadine l'examina.

— C'en est, l'assassin a dû bâillonner Zenkins avec.

— Et l'attacher pour l'amener ici.

Nadine l'approuva. Ce détail lui avait échappé. Ou plutôt elle n'avait pas eu le temps de lui accorder de l'attention. Elle rattrapa ce retard en utilisant la méthode de Philippe : faire le vide, revivre le scénario…

… L'assassin assomme Zenkins, le ligote, le transporte, se gare près du musée, le sort de sa voiture… Il l'a forcément mis dans son coffre, sinon on l'aurait remarqué… Dans les derniers mètres, il le porte sur son dos, ce qui signifie qu'il est costaud… Il s'approche de la porte…

Mais de quelle porte ? Il ne pouvait être entré par la porte principale ! Fichu film mental, les premiers plans étaient raccord, puis l'image disparaissait, sans explication, jusqu'à ce qu'elle revienne dans les sous-sols.

Elle dut s'en accommoder en attendant le déclic.

… Il pète la serrure, assemble hâtivement une croix, y attache Zenkins, lui arrache ses vêtements, le réveille, l'exécute, lui retire son bâillon, plante sa tête au bout de la lance, lui massacre les entrailles... Le tout lui prend moins de trente minutes... Pas de trace, il repart avec les liens et les fringues de sa victime...

Ça ne lui disait toujours pas par quelle porte.

— Bonjour, inspecteur, on m'a dit que je vous trouverais ici.

Élégant, pomponné, le cou orné d'un nœud papillon qui convenait à son style, Bauer la fit sursauter.

— J'espère que je ne vous dérange pas ?

— Non, monsieur, loin s'en faut, je souhaitais vous parler.

Il posa un regard affligé sur le mur où il s'était effondré.

— Excusez-moi pour cette nuit, je n'ai guère été à la hauteur.

— Ne culpabilisez pas, on a tous vomi à notre premier cadavre. Je reconnais, que pour votre baptême, vous avez été salement gâté.

Elle chassa ce souvenir d'un battement de cils, lui demanda s'il avait réussi à dormir, s'il se sentait capable de répondre à ses questions.

— Tout va bien, inspecteur, le spectacle continue. J'ai déjà fait le tour du propriétaire, on ne nous a rien volé, les assureurs sont ravis. Ils se fichent de la victime mais pas du sort des tableaux.

— C'est la vie, leur réaction ne me surprend pas.

— J'ai aussi interrogé mes collaborateurs. Est-il besoin de préciser qu'ils sont tous rentrés chez eux après leur journée de travail ?

— Pas vraiment… En revanche, j'aimerais que vous me parliez de vos portes. Je ne comprends pas par où l'assassin est passé.

Bauer dodelina de la tête, apparemment contrarié.

— J'avoue que c'est un mystère, elles sont toutes sécurisées. La règle exige que le vigile d'astreinte enclenche l'alarme une fois le dernier parti.

Elle plissa le front en tournant un index autour de sa tempe.

— Attendez… Est-ce à dire qu'il ne la met pas en marche entre la fermeture du musée et le départ du personnel ?

— Bien sûr que si… Mais jusqu'à 20 heures il la déneutralise en partie pour nous laisser sortir. Il est tenu de suivre nos déplacements, pièce après pièce sur les écrans vidéo du circuit interne. Ce n'est qu'une fois le dernier employé parti qu'il enclenche l'alarme générale.

Les yeux de Nadine s'illuminèrent.

— D'accord, ça signifie que le vigile ne coupe que l'alarme par petits bouts sur le passage des gens, pièce après pièce, couloir après couloir, et non dans sa totalité…

— Exactement, inspecteur, sur une surface ciblée pendant un temps très court.

— De combien ?

— Ces coupures séquentielles ne durent qu'une minute.

— Et qui est parti le dernier, hier soir ?

Comme pris en faute, Bauer s'inclina, penaud.

— Moi… Je travaille toujours très tard, surtout en ce moment ; j'écris un livre sur Van der Goes, j'ai toutes mes notes ici, mon éditeur l'attend.

— Bigre ! Et votre femme ne rouspète pas ?

— Quand on a la peinture pour maîtresse, lui dit-il en lui montrant sa main gauche, on reste célibataire.

Elle-même l'était, mariée avec son boulot, elle n'avait rien à redire.

— À quelle heure avez-vous quitté votre bureau ?

— À 22 h 04, inspecteur. Je suis précis parce que c'est la procédure : après 20 heures, on doit signer un cahier en notant l'heure de son départ.

— Et c'est après l'avoir signé que le gardien a débloqué la porte du musée ?

Le teint de Bauer vira au vert-de-gris.

— Non… Passé 22 heures, on utilise celle de derrière, du côté de la chapelle Saint-Xavier. Ce serait tenter les voleurs de libérer l'entrée principale.

— Comment ? Pourtant, cette nuit, c'est celle que nous avons empruntée.

— Oui, parce que c'était plus pratique, vous m'attendiez devant…

De plus en plus vert, il se frappa le front.

— Idiot que je suis, j'aurais dû vous le dire plus tôt.

— Mieux vaut tard que jamais… Et cette porte arrière est sécurisée comme les autres ?

— Doublement, inspecteur, elle est pourvue d'un digicode et d'une serrure à carte magnétique. Sans ces précieux sésames il est impossible d'entrer. Pour sortir, en revanche, on n'en a pas besoin, il suffit de tirer le verrou interne… Et de filer en moins d'une minute, au-delà de quoi les sirènes réveilleraient la ville si quelqu'un la bloquait.

— J'entends bien. Mais peut-on l'ouvrir la nuit pour entrer dans le musée ?

— Oui, de 21 heures à 8 h 30, en actionnant les deux codes. C'est pratique pour ceux qui arrivent tôt, sans oublier les gardiens qu'on évite de déranger toutes les deux secondes.

— Je retiens donc que la nuit, quand on quitte le musée, cette porte peut rester ouverte pendant une minute sans que l'alarme se déclenche.

Bauer se sentit mal, refit ses gestes, se revit passant la porte.

— Je vous jure qu'elle s'est refermée derrière moi, c'est automatique.

— J'en suis certaine, monsieur, mais combien de temps avez-vous mis pour sortir ? Dix secondes à tout casser, pas davantage… Il en restait cinquante à l'assassin pour profiter de la neutralisation du système. En vingt, manœuvre d'accès comprise, il a très bien pu pénétrer dans le musée dès que vous avez tourné le dos. Avec une marge de trente, le coup est plus que jouable.

Soulagé, Bauer respira, il n'était pas en cause.

— Oui, c'est une éventualité… Sinon il eût fallu qu'il ait le code et la carte.

— Dans cette hypothèse, monsieur, je vous prierai de bien vouloir me remettre la liste de ceux qui les détiennent.

La terre s'écroula sous ses pieds. Son univers était composé de passionnés dont il défendit l'intégrité avec une rare conviction. Des assassins, ces gens-là ? Non, c'était des fonctionnaires, des spécialistes, des chercheurs triés sur le volet. D'ailleurs, leur accréditation avait été revue en septembre. Tous ceux qui avaient été retenus méritaient sa confiance.

Nadine l'écouta poliment avant d'insister en douceur.

— C'est pourquoi nous œuvrerons dans la soie, monsieur, je vous le promets.

Anéanti, le pauvre homme comprit qu'il ne pouvait échapper à sa requête.

— J'ose l'espérer, inspecteur, ce sont des amis, des collaborateurs fidèles.

Puisque rien n'y faisait, cassé, brisé en deux, il lui tourna un dos de vaincu pour aller la chercher.

— C'est bon, inspecteur, je vais vous en faire préparer une copie.

— Oh ! mais j'y pense, le rappela-t-elle *in extremis*, pouvez-vous me dire s'il y a une caméra de surveillance près de la porte de service ?

Il haussa des épaules voûtées par le désespoir.

— Non, cette partie du musée en est dépourvue, nous n'y entreposons aucun tableau de valeur.

Dommage, déplora-t-elle, une bande vidéo lui aurait facilité le travail.

Au bas de l'escalier, Bauer croisa un agent au comble de l'excitation. Les joues rouges, les gestes désordonnés, il courut vers Nadine.

— Inspecteur ! On a du nouveau !

— Grand bien nous fasse, de quoi s'agit-il ?

— D'une Opel mal garée près du musée.

— Oui, et ça me concerne en quoi ?

— C'était celle de Zenkins, on vient de la contrôler.

L'histoire bascula soudain. Les faits se rejoignirent, se confirmèrent…

Nadine prit à peine le temps de le remercier. D'un geste fébrile, elle sortit son portable pour appeler Philippe…

— Salut, commissaire, tu me dois une bière, triompha-t-elle, je viens de comprendre comment l'assassin s'y est pris.

Un « déjà ! » stupéfait, suivi d'un « raconte » impatient salua sa promptitude.

— Notre type a assommé Zenkins à la sortie de chez De Garre au moment où il montait en voiture. Une Opel, on vient de la trouver. C'est dans son coffre qu'il l'a conduit à Groeninge. Quant à l'heure du crime, ne cherche plus : je la situe vers 22 h 30. Le reste n'est pas mal non plus, ouvre tes oreilles, ça va te plaire…

11

Le labo de Maynaert, que par dérision il appelait « Le poulailler », ressemblait à tous ceux où, de par le monde, on autopsie des cadavres.

Au centre d'une pièce blanche encombrée de pots et d'éprouvettes, le corps dépecé de Zenkins gisait sur une table en aluminium.

Le ventre ouvert, décapité, ce n'était plus qu'un immonde morceau de viande dont les pieds, les jambes et les bras rappelaient qu'il appartenait à l'espèce humaine.

Du bout d'un doigt ganté, Maynaert présenta ses entrailles à Philippe.

— Comme tu le vois, l'assassin en a fait de la bouillie. La hampe a dévié de la trachée pour crever l'artère pulmonaire. Petit détail : son bois était taillé pour faciliter l'opération. Du poumon, elle est partie s'enfoncer dans le cœur. Une balade. C'est ensuite que ça s'est compliqué. Sa pointe a fait un détour par l'estomac, est revenue en arrière, puis a crevé le diaphragme avant de rencontrer les intestins. À ce stade, l'assassin s'est acharné. En gros, pour les percer, je dirai qu'il s'y est pris comme un Bantou broie du manioc, mais avec plus de rage dans le mouvement. Pour finir, il a brisé tout ce qu'il rencontrait jusqu'à ce qu'elle ressorte par le périnée, non sans esquinter les testicules au passage.

Il expira, indécis.

— Un examen splanchnique nous montrerait que Zenkins avait un foie chargé. Mais je ne pense pas que ça te ferait avancer.

— Non, restons-en là.

— *A contrario*, celui de son bol alimentaire indique qu'il n'avait pas encore mangé.

Il rentrait donc chez lui pour souper. Maigre détail dont Philippe ne sut que faire, à l'opposé du suivant.

— Ses poignets et ses chevilles ont été attachés deux fois. Une première avec de la ficelle – j'en ai retrouvé un brin dans ses poils, c'est de la ficelle lambda qu'on vend partout –, une seconde fois avec le fil de fer qui l'a maintenu sur la croix. Le métal, comme tu peux le voir, est entré dans ses chairs.

Ce double liage signifiait que Nadine avait vu juste : Zenkins était inconscient quand l'assassin l'avait crucifié. Opération herculéenne. Pour en juger, Philippe observa sa dépouille. Tout compte fait, il se trompait, ce n'était guère un exploit. Le bonhomme, de petite taille, plutôt maigrelet, n'avait pas dû être difficile à porter.

Après l'étude des viscères, Maynaert aborda l'examen le plus sensible.

— Il faut que je te parle de sa tête. Je te la montre ou je la laisse où elle est ?

Tôt ou tard, il fallait bien qu'il surmonte cette épreuve.

— Vas-y, ça me permettra de savoir où j'en suis.

Maynaert la sortit d'un frigo. Sur les étagères, Philippe aperçut des bouteilles de bière soigneusement alignées.

— Je l'avais cachée avant ton arrivée… Ça va, tu supportes ?

— Tu peux continuer, déglutit-il.

— Bon, parlons peu… Zenkins a été décapité d'un coup. Suivant la tradition, ça nous permettra de dire à sa veuve qu'il n'a pas eu le temps de souffrir. Et dans ce cas c'est vrai, son martyre n'a duré qu'une seconde. Pour lui décoller la tête, l'assassin l'a tiré par les cheveux, c'est la seule douleur qu'il a dû ressentir.

— Il l'avait assommé avant de le crucifier, tu as décelé un hématome ?

— Non, mieux que ça : Zenkins a été chloroformé.

— Tu en es sûr ?

— Absolument… Le méthane trichloré est volatil, il laisse toutefois des traces pendant quelques heures… J'ai aussi sa bouche à te montrer, regarde-la bien.

Curieux… Il n'eut pas besoin de se forcer pour l'observer, à croire qu'il était enfin guéri.

— Tu vois ces marques ? C'est du collant, le meurtrier l'a bâillonné avec du sparadrap. Et tu sais quoi ? Il ne le lui a enlevé *qu'après* l'avoir décapité – la longueur de la langue est anormale, il lui a tiré dessus pour la sortir.

Pourquoi *après* ? Pour éviter que ses cris soient entendus, ou parce qu'il ne voulait pas entendre ses supplications ? Peut-être les deux. Dans ce fatras, Philippe retint la réflexion de Nadine : ce crime ressemblait plus à une exécution qu'à un meurtre, suivie d'une mutilation qui prouvait le mépris de l'assassin pour sa victime. Bizarre, se dit-il… Pourquoi lui avait-il presque arraché la langue ? Et pour quelle raison n'avait-il pas souillé de même le corps de Monika ? Parce que c'était une femme ? Parce qu'il n'avait pas osé l'avilir dans une église ? Ou bien parce que sa haine comportait plusieurs degrés ? Si cette dernière éventualité était la bonne, il devait s'attendre à retrouver trois morts en plus petits morceaux.

— Et pour son doigt, tu as une remarque pertinente ?

— Pas vraiment. L'annulaire a été tranché net, à l'identique de l'auriculaire de Van Ruydt. Je ne serais pas étonné que ce soit avec un scalpel.

Sur cette supputation, Maynaert abandonna le cadavre pour la lecture de ses notes.

— L'heure de la mort… Je la situe aux environs de 22 h 30, comme quoi Nadine ne s'est pas trompée… Bla, bla, bla, bolo-bolo, le reste est du jargon médical, je te l'épargne, je préfère te filer un bonus personnel : la lance est de facture Renaissance, une pièce authentique qui a coûté bonbon.

— Comment sais-tu ça ?

— Je chine, mon cher, je m'y connais un peu. Je peux même ajouter qu'elle ne vient pas du musée Groeninge, les armes anciennes sortent du cadre de sa spécialité.

— Ah ! Ça veut donc dire que le meurtrier est venu avec... Intéressant, je te remercie du tuyau.

Avec cet éclairage, Philippe dépassa le stade des suppositions. Il était maintenant devant un fait certain : le tueur avait apporté l'arme – un sacré morceau de bois qui ne passait pas inaperçu. La question était de savoir comment il l'avait introduite dans le musée. Pour le comprendre, vieille habitude, il se referma sur lui-même...

... Bauer ouvre la porte de service, part sans se retourner. L'assassin se précipite derrière lui, la retient, se faufile avec Zenkins sur le dos et sa lance dans une main...

L'écran redevint blanc, ce séquencier crevait d'indigence...

... Non, il lui est impossible d'orchestrer l'ensemble d'une seule main... Encombré comme il l'est, en vingt, ou même en trente secondes, il ne peut y arriver... Et puis il n'a pas pu se balader avec sa lance jusqu'à la voiture de Zenkins. Dans les rues de Bruges, il se serait fait remarquer... Alors ? Quelle solution a-t-il trouvée pour l'apporter dans les sous-sols ?

Il se frappa le front.

Rien qu'une, bien sûr, qui ne souffrait aucune contradiction : il ne pouvait l'y avoir déposée *qu'avant* le soir du crime !

Du coup, les zones grises s'estompèrent. *Epsilon*, appela-t-il dès lors l'assassin, était venu repérer les lieux…

… Il se dissimule dans le jardin du musée, note que Bauer en part toujours vers 22 heures. Information capitale, il s'y introduit plusieurs fois derrière lui… Les couloirs fourmillent de gaines, le choix ne manque pas pour y cacher sa lance. Epsilon effectue un repérage, tombe sur la porte de la remise, examine sa serrure, prévoit de revenir la crocheter avec des outils adaptés…

Par précaution, Philippe redéroula les séquences. Les réponses étaient claires.

Sauf à deux questions : pourquoi avait-il tué Zenkins ? Et pourquoi dans le musée ? Certes, pour l'avoir mutilé après sa mort, Epsilon avait dû lui vouer une haine sans merci, sentiment qui impliquait qu'il ne l'avait pas choisi au hasard. Ça, au moins, il en était convaincu. Mais pour le reste il n'avait même pas le début d'une hypothèse. En revanche, il émergeait de cet imbroglio qu'Epsilon collectionnait les armes anciennes. Dans ce domaine, il fallait s'y connaître, les spécialistes ne couraient pas les rues. Par conséquent, n'en déplaise à Bauer, puisque tout les désignait, son enquête allait s'orienter vers les familiers de Groeninge. Après tout, rien ne lui prouvait qu'ils étaient innocents.

— Hou-hou ! Tu es avec moi ?

Le rire de Maynaert le ramena dans le labo.

— Oui, oui… J'analysais les éléments que tu viens de me livrer.

— Et tu en déduis quoi ?

— Qu'Epsilon est un artiste.

Saugrenue, inattendue, une voix fusa derrière lui :

— C'est qui cet Epsilon, patron ?

Une chemise en carton serrée sous le bras, Baudouin entrait à pas feutrés. À la manière d'un derviche, Philippe toupilla sur lui-même en écartant les doigts.

— Epsilon, ignorant, est la cinquième lettre de l'alphabet grec, sa deuxième voyelle. Cinq victimes a dit Mister Conscience, Zenkins est la deuxième… Il me semble que cette symbolique s'impose pour désigner l'assassin.

Les yeux grands comme des dessous de bière, le jeune homme le salua.

— Puissant, patron… On voit que vous avez étudié chez les frères.

— Pas mal trouvé, se contenta d'apprécier Maynaert.

— Je te remercie, docteur, et toi, mon garçon, je te prie de me dire ce qui t'amène.

— Le portrait de Gizenga, j'ai fini de le reformater.

Égal à lui-même, il le lui tendit d'un geste mou. Philippe le lui arracha presque des mains. Le rendu était soigné : les cheveux du Noir brillaient d'une touche argentée, sa figure s'était épaissie, sa barbe, bien taillée, lui donnait du relief. C'était un sans faute. Mais, malgré la prouesse, quelque chose clochait.

— Tu ne m'en voudras pas si je doute encore.

— Pourtant, je l'ai vieilli de mon mieux.

— Ton travail n'est pas en cause, c'est le brouillard de cette nuit qui l'est. Disons que c'est Conscience sans être lui. Ce Gizenga version quinqua ne lui ressemble que de loin, je mentirais en affirmant que je le reconnais.

Un poil déçu, Baudouin fit un pas en arrière.

— Prenez votre temps, patron, regardez-le bien, je vous laisse réfléchir.

Mains dans le dos, il abandonna Philippe, marcha de long en large sans savoir que faire, puis, attiré par la dépouille de Zenkins, vint se pencher sur ses entrailles. Maynaert, par habitude, fut à un cheveu de lui indiquer le chemin des toilettes. Mais il n'en fit rien, ébahi de voir Baudouin à l'aise devant cette boucherie. Le blondinet parut d'ailleurs l'apprécier. En connaisseur, il hocha la tête au spectacle de son cœur éclaté, feula même de plaisir à la vue de ses intestins broyés.

Autant effaré que Maynaert, Philippe ne cacha pas son étonnement.

— Ça ne te dégoûte pas cette bidoche ?

— Non…

Les lèvres tendues par un sourire béat, Baudouin tourna autour du crâne de Zenkins.

— Alors explique ta réaction de cette nuit ?

— L'effet de surprise, patron.

— Parce que ça ne t'a rien fait de découvrir un cadavre dans cet état ?

— Si : je l'ai trouvé fascinant.

Consterné, Maynaert le fixa d'un air outré.

— Ah ben ça, c'est la meilleure ! J'aimerais que vous m'expliquiez ce que vous lui trouvez de « fascinant » ?

— Mon opinion vous intéresse, docteur ?

— Oh que oui ! Je suis devenu légiste par hasard, j'ai toujours détesté les cadavres, j'aimerais comprendre ce que celûi-là a de « fascinant ».

Il insista tant que Baudouin, avec une pointe d'amertume, fut forcé de lui ouvrir la porte de ses souvenirs.

— D'accord, docteur, puisque je vous choque, je vais vous raconter l'histoire d'un petit garçon qui jouait avec les morts… Savez-vous où j'ai vu le jour ? Chez les macchabées.

— Vous vous fichez de moi, Martens ?

— Non, je ne plaisante pas, mon père dirigeait une entreprise de pompes-funèbres. Ma mère, elle, j'ignore ce qu'elle faisait, je ne l'ai pas connue, un cancer l'a emportée dix mois après ma naissance.

— C'est vrai, témoigna Philippe, Mathilde était la marraine de Baudouin.

Par pudeur, il évita d'ajouter que Mathilde avait juré à sa mère de veiller sur lui, serment qu'elle avait respecté jusqu'à ce qu'il devienne un homme.

— Mouais, disons que je cerne mieux le contexte, abdiqua Maynaert, ce qui ne m'explique toujours pas ce qui est « fascinant ».

— J'y viens, docteur… Mon père s'est donc retrouvé avec un gosse sur les bras sans savoir comment s'y prendre. La preuve en est que, dès que j'ai su marcher, il n'a rien trouvé de mieux que de me laisser jouer dans la morgue. Ça peut paraître surréaliste, mais c'était l'unique moyen qu'il avait pour me surveiller.

Un voile assombrit son regard ; il se revit enfant.

— La morgue est ainsi devenue mon terrain de jeu, je me suis habitué aux cadavres, c'est dire si j'en ai vu. J'en voyais tellement qu'un jour j'ai eu l'idée d'attribuer des notes à ceux que je trouvais laids. J'ai appelé ce concours le « hit-parade des monstres ». Ce jeu était stupide, mais je n'avais que cinq ans et il m'amusait beaucoup.

Maynaert frissonna.

— Un gamin qui joue avec les morts. Cette histoire est la plus morbide que j'ai entendue depuis des lustres.

— Elle est réelle.

— Et elle me permet de comprendre.

— Quoi ?

— Que la dépouille de Zenkins a le premier prix de votre concours.

Le jeune homme acquiesça.

— Finement déduit, docteur... L'horreur, ici, confine au chef-d'œuvre, elle atteint des sommets qui tutoient le sublime. Ce cadavre est une abomination. Il est tellement répugnant qu'il en devient fascinant.

Un ange passa, Baudouin se racla la gorge, sa voix changea de tonalité.

— À mon tour de vous poser une question, docteur. Je peux ?

— Bien sûr, je vous en prie.

— Pourquoi appelez-vous votre labo « Le poulailler » ?

— Ah ! Parce qu'il est la scène où se joue le dernier acte de la vie et de la mort... Et qu'au théâtre, mon cher, le poulailler est synonyme de paradis...

Derrière son masque blanc, Maynaert flattait l'impertinence.

12

Les jours suivants défilèrent sans qu'Epsilon se manifeste.

Plus de cadavres décapités, plus de Mister Conscience.

L'Ascension approchait, les fidèles commençaient à affluer pour la procession du Saint-Sang. La lumière de Bruges, l'exceptionnelle lumière de Bruges, que l'on dit naître dans la mer, cuivrait leur flot incessant.

Cette trêve, toute relative, permit aux policiers de mener leur enquête sans subir trop de pression.

Avec méthode, ils se répartirent le travail…

Une équipe éplucha l'emploi du temps des fournisseurs de Van Ruydt.

Une autre contrôla les alibis des familiers de Groeninge.

La dernière interrogea les habitués de chez De Garre.

À l'aéroport de Bruxelles, Wens pointa les listes des passagers en provenance de New York.

Dans les bibliothèques, un auxiliaire recensa les lecteurs du *Lion des Flandres.*

De Knokke à De Panne, une unité mobile ratissa les lieux d'hébergement.

Baudouin fit la tournée des antiquaires.

Nadine visionna les bandes vidéo des parkings.

Les spécialistes passèrent l'Opel de Zenkins au crible.

Et Philippe collecta leurs informations.

En pure perte.

Les éventuels suspects étaient pourvus d'un alibi solide. Personne n'avait remarqué un Noir avec ou sans chapeau, pas plus qu'un Africain au comportement glauque. Parmi les voyageurs qui avaient débarqué de New York, aucun ne correspondait au signalement donné.

Pour compléter le désastre, les derniers lecteurs d'Hendrik Conscience étaient hors circuit, les antiquaires n'avaient pas vendu de lance depuis des mois et l'Opel de Zenkins refusait de parler.

De claques en déceptions, l'opération se solda par un échec.

Entre-temps, on enterra les victimes. Pour Werport, ces cérémonies furent l'occasion de s'illustrer. Le cimetière lui servit de tribune où, devant un public acquis à ses idées, il déversa sa bave sur l'insécurité. Ses discours firent mouche, Eddie fut obligé de leur consacrer six lignes. Pas davantage, c'était déjà trop à son goût.

Un autre jour passa sans qu'aucun fait nouveau relance la machine.

Puis vint cette nuit où la mécanique se remit en marche…

Une nuit calme et chaude qui enrubannait Bruges.

Près de la fontaine du Zand – l'une des rares places animées jusqu'à plus de minuit –, une ombre observa les terrasses des cafés. C'était bientôt la fermeture, personne ne faisait attention à elle, les clients vidaient leurs verres ou se disaient au revoir. L'ombre respira, son entreprise réclamait de la discrétion. Elle en avait besoin, énormément besoin, au point qu'elle s'était juré de rebrousser chemin si un quidam, un seul, venait à la remarquer. À petits pas, tête baissée, elle prit son courage à deux mains, traversa la place, longea les façades de Vrijdagmarkt où, tout à coup, sans qu'elle les ait entendus, des étudiants surgirent d'une rue latérale. Agités et braillards, ils vrillèrent pour remonter vers elle. Que faire ? se demanda l'ombre. Elle jeta un regard désespéré sur les portes des maisons. L'une d'elles bénéficiait d'un renfoncement. Sans hésiter, elle s'y engouffra, tourna le dos à la chaussée, haletante et tremblante. Peu de temps après, les jeunes passèrent près de sa niche sans la voir. L'alerte avait été chaude, elle attendit qu'ils s'éloignent avant de s'extraire de sa cachette.

Rien à gauche, rien à droite. L'ombre reprit sa progression.

Hauwerstraat. C'était dans cette rue que son sort allait se jouer. Elle ne pouvait pas perdre, elle ne devait pas perdre, le Ciel ne le voulait pas, elle en était persuadée.

Il fallait que l'assassin soit arrêté avant qu'il ne se remette à tuer.

L'ombre connaissait son nom, ses mobiles, sa détermination.

Elle venait de le découvrir sans pouvoir le dénoncer. Du moins pas directement, tenue par un secret, une saloperie de serment qui lui bouffait l'existence. Mais elle savait comment le faire arrêter, elle était là pour ça.

La rue était déserte.

Pas de garde devant l'entrée, l'immeuble de la police semblait dormir.

L'ombre s'avança vers ces murs en priant tout bas, passa, repassa, tourna, se retourna, puis, enfin sûre que nul ne la voyait, glissa vite une enveloppe dans une boîte à lettres. Malgré la chaleur, ses mains étaient gantées.

Une heure sonna.

L'ombre s'enfuit dans la tiédeur de la nuit…

Et au même instant, Philippe se réveilla.

Sa première réaction fut de regarder le cadran de l'horloge. À peine trois heures de sommeil, ses pilules ne lui faisaient plus d'effet. D'un geste machinal, il se tâta le front. Rien, pas une goutte de sueur, les cauchemars l'avaient épargné. En revanche, il se souvint d'un rêve encore chaud, un rêve qui le changeait des images qui le hantaient.

Mathilde et lui faisaient l'amour, tendrement, passionnément, les fenêtres ouvertes pour laisser le vent caresser leurs corps. Mathilde lui disait : « Viens », non pour l'inviter à s'étourdir dans la petite mort, mais pour la suivre dans les nuages. Emportée par la brise, Mathilde volait, libre et nue, ses longs cheveux flottaient, elle était devenue un ange, un être sublime qui planait dans la lumière. Elle lui ouvrait les bras, ses lèvres ne cessaient de répéter : « Rejoins-moi, Philippe, ouvre les yeux, ce monde n'est plus pour toi. »

Il lui avait tendu la main, et, sans qu'il comprenne pourquoi, elle avait disparu en prononçant ces mots : « Découvre d'abord la vérité… »

C'est là qu'il s'était réveillé, perdu dans ce grand lit où sa main, il en voyait encore les traces, avait cherché sa femme pour ne rencontrer que le vide.

Après ce rêve, Philippe se sentit incapable de se rendormir.

Hébété, il se leva, jeta un œil mauvais à son téléphone. Ce n'était pas le moment que Conscience l'appelle. D'un geste nerveux, il débrancha le combiné.

Puis il divagua dans l'appartement, des idées noires plein la tête. Son errance le conduisit au bar. Droite sur une étagère, une bouteille de cognac lui offrait ses services. Il l'ouvrit, se versa un verre qu'il but d'un trait, puis un deuxième qu'il avala de même, et enfin un troisième qu'il décida de lamper, assis dans un fauteuil. Avachi dans son cuir, il regarda autour de lui, hagard, le cerveau engourdi par l'alcool. Il n'avait pas allumé, la pièce était sombre, l'obscurité lui conférait un air de chapelle, un temple intime où chaque objet était sacré.

Surtout la porte, la splendide porte du bureau de Mathilde.

Philippe posa son verre, se leva, s'avança vers ses sculptures, les frôla en pleurant. Ses doigts caressèrent sa serrure. La clé était dans un chiffonnier, à une longueur de bras, il n'avait qu'à le tendre pour s'en saisir.

Mais non, c'était encore trop tôt, l'esprit de Mathilde l'attendait derrière, il ne se sentait pas la force de l'ouvrir.

Alors, désespéré, il serra les poings, la frappa, cogna et recogna sur ses motifs, hurla sa haine, fou de douleur, les mains en sang, et se laissa glisser à terre.

Recroquevillé sur la moquette, en position fœtale, Philippe se mit à sangloter.

Longtemps, très longtemps, jusqu'à ce que ses larmes se tarissent.

13

La chronique d'Eddie Flahaut

Entre le spiritisme et les fantômes, la science a fait son choix.

Je suis sérieux, elle s'est réellement penchée sur la question, comme elle le fait pour toute bizarrerie de la Nature.

Après l'Américain Andrew Jackson Davis, qui lui a ouvert la voie en écrivant La Philosophie de l'harmonie, *Allan Kardec, encore un Lyonnais, est devenu le père incontesté du spiritisme. Dans son ouvrage,* Le Livre des esprits, *publié en 1857, Kardec, de son vrai nom Léon Hippolyte Denizard Rivail, recense trois éléments dans l'homme, à savoir le corps, l'âme (on y revient), laquelle est associée à un organisme énergétique qu'il nomme « le périsprit astral ».*

C'est ce dernier, selon lui, qui après la mort se détache de notre enveloppe charnelle, flotte et entre en contact avec les vivants. Certes, pour nous parler, « l'esprit » apprécie les tables tournantes, mais il recourt à bien d'autres moyens relevés par Kardec. Par parenthèse, contrairement aux idées reçues, celui-ci n'est pas l'inventeur du procédé. Ce sont deux Américaines, les sœurs Fox qui, en 1847, ont pour la première fois fait tourner un guéridon.

Pour Kardec, la communication avec les défunts s'établit surtout par leur apparition, les coups qu'ils donnent dans les murs et, nous y revenons, les rêves qu'ils nous envoient.

À la veille de sa mort, Abraham Lincoln s'était vu dans un cercueil. Des passagers avaient prédit leur fin à bord du Titanic. *Était-ce des rêves façonnés par des esprits ? De nos jours, douze millions de spirites en sont persuadés. Bien avant eux, des adeptes célèbres tels Camille Flammarion, sir Arthur Conan Doyle, Félicien Sardou et, bien sûr, Victor Hugo, en étaient convaincus.*

Il n'y a que les scientifiques pour douter du phénomène, car faute de base conductrice, ils en ont abandonné l'étude.

En revanche, nos mêmes savants s'intéressent toujours aux fantômes, sollicitude qui ne date pas d'hier. Jugeons-en…

Pythagore, qu'on ne peut soupçonner d'être un fantaisiste, a sérieusement écrit « qu'ils ne clignaient pas des yeux ». Déduisons-en qu'il en avait croisé.

Parmi les milliers de cas connus, retenons celui d'Alphonse Berruyer, un revenant qui, à Paris, en 1925, invita un étudiant à passer la soirée chez lui. Le jeune homme y rencontra la famille de son hôte, et, quelques jours après cette délicieuse soirée, revint lui réclamer son briquet qu'il avait oublié. C'est là que le descendant du défunt lui révéla qu'il avait badiné avec des morts. Pour preuve, l'appartement, fermé à double tour, était inoccupé depuis des décennies. Il n'empêche que l'étudiant y retrouva son briquet et reconnut Berruyer et les siens sur un daguerréotype.

L'affaire fit grand bruit, au point qu'Albert Einstein s'en mêla doctement. Après l'avoir analysée, il en déduisit que le jeune homme avait fait « une rencontre fortuite avec une image du passé ».

La relativité explique bien des mystères, et je ne plaisante pas.

Pas davantage que les psychiatres et les psychologues qui, de plus en plus, phénomène de société, enregistrent les confidences de patients confrontés aux revenants.

Loin de s'en moquer, ils vérifient leurs dires. Nombre de visions sont troublantes, certaines inexplicables. Les spécialistes restent toutefois sceptiques. Grossièrement résumé, leur diagnostic, évidemment rationnel, attribue ces rencontres d'outre-tombe à des troubles du cerveau.

Voilà lâché le mot capital : cerveau !

De quoi le nôtre est-il fait ? Il y a encore peu de temps, on prétendait que nous n'utilisions que 15 % de ses ressources. Et ces 85 % inexploitées faisaient la part belle aux suppositions. Télépathie, télékinésie, magnétisme spirituel en étaient les avatars. Nous avions tous des dons qui ne demandaient qu'à être utilisés ! Mais hélas, de récentes découvertes ont mis à bas cette certitude. À en croire les chercheurs, la proportion serait inversée : 80-20. Voire de 90-10. Il n'en demeure pas moins qu'une partie nous pose encore problème. Car à quoi sert celle qui reste ?

On peut toujours rêver, c'est le cas de le dire, sans doute a-t-elle pour fonction de réguler des pouvoirs qui dorment en nous, que nous ne savons exploiter, des pouvoirs, qu'aujourd'hui, nous qualifions de paranormaux.

Mais demain ?

Les savants, qui ont réponse à tout – ou presque –, affirment que l'évolution de notre espèce se situera au niveau du cerveau.

Certains sujets, alors, ont peut-être déjà progressé, d'où leur faculté de dialoguer avec l'au-delà, ou de voir ce que l'on ne voit pas…

Ce n'est pas dans notre ville que l'on dira le contraire. Dans Bruges la morte, *Georges Rodenbach raconte l'histoire d'un poète qui, sous les traits d'une danseuse, croit retrouver sa femme réincarnée. Fernand Khnopff, l'illustrateur de son roman, prétendait que le présent n'existait pas, qu'il n'était que le reflet du passé. Et Joris-Karl Huysmans, auteur français du XIX*[e] *siècle, sentait à Bruges la présence de Satan pour lequel, dans des lieux secrets, « les messes noires se célèbrent dans des réunions sacrilèges ».*

Il est vrai que nombre de sorciers ont brûlé sur nos pavés.

Dommage que leurs cerveaux n'aient pas été conservés. Nous aurions pu en mesurer le volume.

14

Maudite sonnerie.

Philippe ouvrit les yeux. Dans un nuage, il aperçut des pieds de table, le bas d'une commode, des poils de moquette. Avant même d'émerger, il comprit qu'il s'était endormi sur le sol. L'alcool avait fini par l'assommer.

La sonnette vibra de cinq nouveaux coups brefs. Quelqu'un s'impatientait derrière la porte.

— Une seconde, j'arrive ! cria-t-il.

Le front en feu, il se redressa, rangea la bouteille de cognac, cacha son verre sale, décrocha une robe de chambre, l'enfila, puis partit ouvrir en répétant des « Je viens, je viens » à l'infini.

— Ah ! Tout de même ! Ça fait un quart d'heure que je poireaute.

Le regard soupçonneux, Nadine le scanna des orteils aux oreilles, ausculta son visage où, rouges comme celles d'un lapin, des touches sanguines mouchetaient ses cornées.

— Qu'est-ce qui se passe, t'as eu un malaise ?

— Non.

— Tes yeux sont écarlates.

— C'est normal, ils vont retrouver leur couleur.

— Et tes mains, elles sont écorchées.

— J'ai bricolé, dit-il en les retournant.

— Alors quoi ? *Je te sonne* depuis mâtines.

Il lui saisit le poignet, vit que sa montre affichait 9 h 42. D'habitude, il était au bureau depuis longtemps.

— Ce sont les pilules, mentit-il, j'en ai pris une de plus pour dormir, je n'ai pas entendu le réveil.

— Ni le téléphone.

— Je l'ai débranché.

— Et ton portable ?

— Il est éteint.

— Eh ben bravo ! T'as l'air d'oublier qu'on a une enquête sur le gaz.

— Excuse-moi.

À quoi servait de continuer sur ce ton ? À perdre un peu plus de temps, et comme elle en manquait, Nadine étouffa ses reproches.

— D'accord, c'est pas la fin du monde… Bon, on cause sur le palier ou tu m'invites à entrer ?

— Heu, pardon, je t'en prie.

D'un geste mollasson, il ouvrit la porte en grand.

— Merci, commissaire, pour ce que j'ai à te montrer, on sera mieux chez toi.

— Il y a du nouveau ?

— Plutôt, oui, tu as reçu du courrier.

— De qui ?

— D'un corbeau. Une lettre anonyme.

— Manquait plus que ça… Elle parle de quoi ?

— D'une de nos victimes. Tu vas adorer, c'est super rock'n roll.

— Considérons alors que les affaires reprennent. Tu permets que je me douche avant de la lire ? J'en ai pour cinq minutes.

Un peu plus, un peu moins, elle lui accorda ce répit.

— OK, vas-y.

— En attendant, ça te dérangerait de faire du café ? Tout est prêt dans la cuisine, y a plus qu'à mettre en marche.

— Ben voyons, tu veux pas non plus que je fasse le ménage ?

— Oh que non ! Ton truc à toi c'est le foot, la bière et la castagne.

— Dis tout de suite que je ressemble à un mec.

Il fit mine de l'examiner, l'air sentencieux, hocha la tête, affirmatif :

— Tu ressembles à un mec.

Puis il s'éclipsa dans la salle de bains.

— Dans ta liste, le relança-t-elle, t'as oublié que je fumais !

Philippe détestait l'odeur du tabac.

— Tu trouveras un cendrier dans le placard du milieu, mais c'est bien pour me faire pardonner.

Le bruit de l'eau étouffa son merci. Nadine sortit une cigarette, l'alluma, entra dans la cuisine, se mit en quête de l'unique cendrier de la maisonnée, puis, quand elle l'eut trouvé, prépara le café. Pendant que les gouttes filtraient, elle ne trouva rien de mieux à faire que le tour de l'appartement. C'était la première fois qu'elle venait chez Philippe. L'ensemble l'étonna, elle ne l'imaginait pas vivre dans un pareil décor. Un à un, elle passa ses tableaux en revue, admira son mobilier, jusqu'à ce que, l'oreille en coin, elle l'entende fermer le robinet. Le dialogue pouvait reprendre.

— C'est chouette chez toi.

— Je suis heureux que ça te plaise.

— T'as de la chance d'habiter la vieille ville. Tu es propriétaire ?

— Oui.

— Comment t'as fait ? T'as gagné au casino ou t'as braqué une banque ?

Un rire tonitruant précéda la réponse.

— Ni l'un ni l'autre. J'ai hérité de mon père qui a hérité du sien. L'appartement appartient aux Daysvat depuis cinq générations.

— Je vois, si on n'est pas brugeois, on doit se contenter de la périphérie… Quoique je ne me plaigne pas, j'aime assez mon deux pièces.

Philippe revint dans le salon, vêtu d'une sortie de bain.

— Tu regrettes Liège ?

— Parfois… Remarque que je me suis adaptée, j'ai plein d'amis à Bruges. Il n'y a que pour le foot qu'on s'engueule. À part ça, tout baigne.

Nadine limita ses confidences à ces broutilles, l'inconsistance de sa vie ne le regardait pas.

— En tout cas, tourna-t-elle comme une toupie, j'adore ton appart.

— C'est ma femme qui l'a décoré.

— Elle ne manquait pas de goût…

Son doigt désigna un 6 figure qui représentait le beffroi.

— J'aime bien ce petit tableau.

— C'est elle qui l'a peint.

— Tiens ! Elle ne signait pas Daysvat ?

— Non, elle signait ses œuvres de son nom de jeune fille.

Sa ronde s'arrêta face à la porte du bureau.

— Waf ! Mais c'est génial ! Ça date de quand ce machin ?

— Ce « machin », comme tu dis, nous vient du XVIIe. Mathilde l'a sauvée d'une casse il y a un peu plus de dix ans.

— Sans blague ? Il faut être gelé pour bousiller un truc pareil.

— C'est la raison pour laquelle elle s'est battue pour l'installer chez nous.

— Elle a hyper bien fait, c'est une merveille… Et c'est juste pour faire beau, ou il y a une pièce derrière ?

Les traits de Philippe se crispèrent, ses cordes vocales se grippèrent, sa main décrivit un cercle dans l'espace.

— C'est la porte de son bureau… Je n'y suis pas entré depuis sa mort… Trop de souvenirs… J'attends d'aller mieux pour l'ouvrir.

Inutile qu'il en dise plus, elle comprit que le sujet était tabou. D'ailleurs, pour éviter d'en disserter, il se réfugia dans sa chambre.

Plantée au milieu du salon, seule, désœuvrée, Nadine ne vit rien de plus urgent à faire que de servir le café. Une nouvelle clope au bec, elle retourna dans la cuisine, sortit des tasses, trouva des biscuits, installa le tout sur une table haute en regardant sa montre.

— Ça va, je ne t'ai pas fait attendre ?

En un temps record, Philippe avait revêtu un pantalon et une chemise de sport.

— Non, t'as été rapide.

— Je n'ai plus qu'à enfiler une veste et on y va.

Quelque chose ne collait pas dans son accoutrement, elle plissa le nez comme s'il sortait de chez le fripier.

— Pour la visite que tu vas devoir faire, je mettrais plutôt une cravate.

— Oh ! Et en l'honneur de qui faut-il que je me costume ?

— Tu le comprendras quand tu auras lu la lettre.

— La lettre… Je l'avais presque oubliée.

Philippe maugréa en s'installant pour déjeuner.

— C'est vrai qu'aujourd'hui on s'occupe du courrier. Baudouin va être déçu.

— Pourquoi dis-tu ça ?

— Parce qu'un jour sans macchabée va lui paraître terne.

Nadine le regarda de travers, ce n'était pas son genre de dénigrer ses hommes.

— Réflexion cynique et gratuite… Deviendrais-tu méchant ?

— Non, je suis toujours franc.

— Alors, il faut que tu t'expliques.

— Tu permets que je boive d'abord un café ?

Il en avala un plein bol avant de lui raconter la scène du poulailler. À grands traits, il lui décrivit la jubilation de Baudouin devant la dépouille de Zenkins puis, sur un ton plus grave, lui révéla l'origine de sa fascination pour les cadavres. Nadine en mit trois sucres dans sa tasse : un gosse dans une morgue, il y avait de quoi être perturbé à vie !

— Et après ça, tu m'étonnes qu'il soit nunuche !

— N'exagérons rien, il est d'équerre.

— Moi, je dirais coincé ! T'es pas d'accord avec moi ?

— Disons qu'il est parfois bizarre. La preuve en est qu'il me vouvoie depuis que je suis son patron.

— Parce qu'il te tutoyait avant ?

Philippe ricana ; la rigueur de Baudouin dépassait l'entendement.

— Oui, jusqu'à ce qu'il entre dans la police. C'est lui qui y a tenu, par respect de la hiérarchie.

— J'y crois pas… Et tu le connais depuis longtemps ?

— Depuis sa naissance, Mathilde était sa marraine.

— Non ! Et une marraine comment ?

— Du genre maman de substitution… Ils s'adoraient tous les deux.

Nadine en mit un quatrième sucre dans son café.

— Je l'ignorais.

— Ce n'est pas un secret, mais garde-le pour toi, ça pourrait faire jaser.

D'un mouvement des paupières, elle lui garantit son silence.

— C'est à ton contact qu'il a voulu devenir flic ?

— Pas du tout, il voulait être curé.

Et de cinq sucres !

— Baudouin, curé ?

— Oui, il y songeait sérieusement... Jusqu'à ce que la vocation l'abandonne au contact des filles... Ensuite, il s'est destiné à la magistrature.

— Je l'imagine mieux en robe qu'en soutane... Qu'est-ce qui l'a empêché de devenir juge ?

— La mort brutale de son père.

— Un accident ?

— Non, *delerium tremens*, M. Martens était alcoolique. Ça aussi, garde-le pour toi : il y a des soirs où Baudouin devait le ramasser dans le caniveau.

Nadine grimaça en imaginant la scène.

— Je vois ce qu'il a pu endurer... Mais quand il s'est retrouvé seul, vous ne l'avez pas aidé avec ta femme ?

— Pas eu le temps, monsieur a passé le concours de police. Crise d'autonomie, il a écourté ses études. Tout ce qu'il a accepté, c'est que je lui donne un coup de pouce pour être nommé à Bruges.

Curieuse histoire que celle de cet extraterrestre. Baudouin était à part, ses réactions surprenaient. L'une d'elles, d'ailleurs, avait stupéfié Nadine.

— Après ce que son père lui a fait endurer, je comprends qu'il déteste l'alcool.

— Il n'en a jamais bu une goutte.

— Ben détrompe-toi, commissaire, c'est pour ça que je t'en parle, il s'est pris une biture il n'y a pas si longtemps.

— Lui ? Quand ça ?

Elle trébucha sur des mots qui risquaient de faire mal.

— À la mort de ta femme… Je me suis demandé ce qui lui avait pris, mais maintenant que je sais, je devine ce qu'il a souffert.

— Certainement… Mathilde le choyait comme un fils.

D'un sourire contraint, il chassa ces souvenirs. Il n'avait déjà que trop pleuré.

— Allez, on avance, montre-moi la bafouille de ton corbeau.

Exit la rubrique nostalgique. Nadine se redressa, fouilla dans sa veste, en dégagea une feuille pliée en quatre.

— Tu peux y mettre les doigts, c'est une photocopie.

Philippe la déplia. Les caractères avaient été découpés dans un journal. La méthode était classique, il n'y avait pas de quoi s'en formaliser. En revanche, le texte pouvait surprendre.

COMMISSAIRE DAYSVAT :
WERPORT ÉTAIT L'AMANT
DE VAN RUYDT.
COMMENCEZ PAR CHERCHER DE CE CÔTÉ.
†

Il le lut et le relut, analysa chaque mot, de même que la ponctuation qu'il étudia de près. Pour avoir pris le soin d'en mettre, le corbeau devait respecter l'écriture. Apparemment un lettré

Son message était signé d'une croix, ce qui signifiait qu'il y en aurait d'autres. En le personnalisant, il tenait à se démarquer de concurrents éventuels.

C'était d'autant plus probable que son texte n'évoquait que Van Ruydt, et qu'il disait « commencez » et non « allez ». Distinguo appréciable. Il fallait espérer que sa prochaine lettre parlerait de la mort de Zenkins. Quant à la partie sulfureuse, Philippe ne sut s'il devait en rire ou s'en indigner.

— Et ça vient nous donner des leçons de morale ! Si ce torchon dit vrai, je comprends que Werport ait exigé que nous soyons discrets.

— Alors, tu te décides à mettre une cravate pour lui rendre visite ?

— Et même deux… Avec, bien entendu, la bénédiction de Ruytens.

— Tu l'as, officiel, il considère qu'une affaire de cul n'est pas politique.

— Notre cher supérieur sait choisir ses formules.

Sa repartie la fit étrangement sourire.

— À propos de cul, commissaire, il y a combien de temps que tu n'as pas fait des folies de ton corps ?

— Quoi ?

Abasourdi, il en oublia de refermer la bouche.

— Fais pas cette tronche, je te parle d'hygiène, d'un machin naturel.

— Tu as de ces questions.

— Non, je n'en ai qu'une, tu peux y répondre, personne n'écoute.

Pourquoi lui cacher la vérité ? Sa libido était morte, elle devait s'en douter.

— Ce n'est plus à l'ordre du jour.

— T'as tort, ça te remettrait sur les rails.

— Il faudrait d'abord que je trouve une partenaire.

— Pourquoi chercher ? Il y a moi, je veux bien te rendre ce service, mais attention : rien qu'une fois et pas deux.

Philippe écarquilla les yeux, c'était l'offre la plus saugrenue qu'on lui ait jamais faite

— Te rends-tu compte de ce que tu me proposes ?

— Ben quoi, tu m'as traitée de mec tout à l'heure. T'as raison, je fais un boulot de mec, alors je te parle comme un mec, mais avec un corps de femme.

D'un battement de cils, elle lui confirma qu'elle était du genre féminin, souleva sa tasse, la porta à ses lèvres...

— Purée de merde ! Mais c'est quoi cette chierie de sucre !

Féminité temporaire. Son côté masculin reprenait vite le dessus.

15

11 h 12. Passé le Markt, Philippe s'engagea vers le Burg où convergeait une masse de touristes. Les boutiques des deux places, peu distantes l'une de l'autre, étaient prises d'assaut. En cette période d'affluence, pralines et dentelles se vendaient à la pelle.

Une fois sur le Burg, il marqua un temps d'arrêt. Chaque fois qu'il le traversait, il se laissait prendre par sa beauté. Certes, l'ancien greffe et le palais de justice rivalisaient de fastes, mais, sans qu'il sache pourquoi, la basilique du Saint-Sang remportait son suffrage. Jaillie des pierres de la chapelle Sainte-Basile, sa façade le fascinait. D'aucuns la jugeaient surchargée, à l'inverse de Philippe qui adorait ses vitraux, ses frises néogothiques et ses statues dorées. Entre autres monuments, l'hôtel de ville – *Stadhuis* pour les Brugeois – ne le charmait pas moins. Piqueté de tourelles, avec ses blasons et ses niches, l'édifice justifiait son titre de pur joyau des Flandres.

C'est dans sa direction qu'il se dirigea.

D'un pas alerte, il gravit les marches de l'escalier monumental, passa la Salle Gothique envahie de visiteurs, bifurqua, slaloma, toupilla et, au bout d'un long couloir, rencontra un colosse aussi jovial que bedonnant. Philippe le connaissait, c'était Joseph, un ancien gendarme qui, pour payer les études de son fils, améliorait sa retraite en faisant le planton.

— Bonjour, commissaire, je suis heureux de vous voir.

— Moi de même, Joseph, comment va le fiston ?

— En pleine forme, et vous ?

— Ça ira mieux quand j'aurai trouvé le bureau de Werport.

— Il est juste devant vous, au fond à droite. Impossible de vous tromper, son nom est gravé sur une plaque en cuivre.

Philippe le remercia, continua tout droit, tourna, s'arrêta devant une porte à laquelle il toqua. Au premier coup donné, une voix féminine, usée et haut perchée, l'invita à entrer.

La pièce était immense, le palissandre y dominait. Quelques gravures pigmentaient ses murs ocre, des présentoirs à journaux encerclaient l'espace visiteurs.

Antiquaille lugubre, vissée à son bureau, la secrétaire de Werport le regarda de travers. Un chevalet, posé près d'un pot à crayons, lui livra son nom : Fidéline Wermersch. Ou plutôt : *mademoiselle* Wermersch, car à sa main privée d'alliance, sa tenue stricte et l'imposante croix qui pendait à son cou, son triste célibat l'inondait de fierté. Philippe n'eut pas besoin de se présenter, aux aiguilles de l'horloge elle sut qui il était.

— Commissaire Daysvat, je présume ? Vous avez rendez-vous dans deux minutes, je vous prierai de patienter. M. Werport en termine avec quelqu'un.

Les termes étaient précis et son « quelqu'un » discret. Elle réajusta ses lunettes à la monture d'écaille, ouvrit un dossier, puis, sans plus s'occuper de lui, se remit à écrire.

En cent vingt secondes, que pouvait-il faire d'autre que de l'observer ? Son visage était sec, anguleux comme un trombone, la peau de ses mains moutonnait sur ses os, rien chez cette vieille fille ne respirait la joie. Quinquagénaire obtuse, elle était de celles qui détestaient la vie.

Une porte s'ouvrit. De taille moyenne, brun, les traits réguliers, un homme la franchit, sitôt suivi par Werport. Encore jeune, la trentaine, d'allure sportive, il partageait avec l'échevin le goût de l'élégance. À leur façon de se parler, Philippe devina leur haut degré de complicité.

— Merci encore, mon cher Bernard, lui lança Werport, votre rapport correspond à mes attentes.

— Heureux qu'il vous convienne.

— C'est mieux que ça, je vais l'étudier à fond cet après-midi.

— Eh bien je penserai à vous sur la plage.

— Ah ! Vous allez à Blankenberge ?

— Pas loin de là, près des dunes Fonteijnes. J'ai bossé tout le week-end, j'ai besoin de me détendre.

— Char à voile, comme d'habitude ?

— Que voulez-vous, on ne change pas ses passions.

En le raccompagnant, Werport fit une halte devant Philippe, davantage par obligation que par réelle politesse.

— Commissaire Daysvat ! s'exclama-t-il comme surpris qu'il soit dans ses quartiers, j'espère que je ne vous ai pas fait attendre ?

— Pas du tout, vous êtes pile à l'heure.

— C'est parfait... Permettez-moi de vous présenter Bernard Jacmin, ingénieur des ponts et chaussées. M. Jacmin est notre consultant extérieur, chargé d'analyser les projets que les fournisseurs nous soumettent.

— Enchanté, le salua Philippe.

L'expert lui renvoya son salut qu'il gâcha d'un humour pitoyable.

— J'ai lu dans le journal que vous enquêtiez sur l'affaire des décapités. Quelle horreur, dites-moi, il y a de quoi en perdre la tête.

D'un esprit aussi lourd qu'une enclume, il fut le seul à rire de sa boutade.

— Et c'est pour en parler avec le commissaire que je vais vous abandonner, le poussa Werport, quelque peu gêné.

Sur son siège, Philippe vit que Wermersch haussait discrètement les épaules. Apparemment absente, cette femme entendait tout sans en perdre une miette.

Jacmin quitta les lieux.

Werport revint en souriant, décidé à gommer l'incident. Il ordonna à Wermersch de ne le déranger sous aucun prétexte puis, d'un geste courtois, invita Philippe à entrer dans son cabinet.

Autre pièce, autre décor. Celui dans lequel œuvrait l'échevin était d'un luxe bourgeois – forcément Renaissance –, avec ses immanquables portraits, ses tapisseries décolorées, sa bibliothèque grillagée. D'une surface confortable, éclairée par des vitraux, l'espace surplombait le Burg. Davantage que le décorum, ce point de vue remarquable était son plus beau privilège.

Werport hésita à s'asseoir derrière son bureau. Il ne pouvait recevoir ce flic comme un vulgaire quémandeur ; il savait ce qui l'amenait. C'est pourquoi il préféra le conduire dans un coin convivial, réservé aux VIP. De plus en plus affable, il l'installa dans un large fauteuil, s'enquit de savoir s'il lui convenait, lui proposa une boisson.

— Bientôt midi, commissaire. Scotch, porto, bière ?

— Non, merci, jamais en service.

Philippe dégusta ses prévenances ; d'autres avant lui s'y étaient essayés, ces guignolades l'amusaient toujours autant. À bout de ressources, Werport décida de prendre place. Le combat pouvait commencer.

— Votre coup de fil m'a intrigué, commissaire. En quoi une lettre anonyme peut-elle me mettre en cause ?

— Pour le savoir, monsieur, il vous suffit de la lire, je vous en ai apporté une copie.

Il la lui tendit. Par prudence, la croix avait été effacée.

Plus question de bonnes manières, Werport se jeta sur le papier. Après une brève lecture, il ne lui fallut qu'une seconde pour retrouver son arrogance.

— Billevesées, ce calomniateur commet une erreur.

Grandiose, il rendit la feuille à Philippe.

— Vous niez donc les faits ?

— Non, je dis qu'il y a erreur, pas mensonge.

— Où est la différence ?

— Dans l'emploi de l'imparfait, commissaire. Votre corbeau écrit « était », c'est en cela qu'il se trompe. Il aurait dû dire « a été », qui eût été plus juste.

Rassuré sur le fond, il étira ses jambes.

— Monika a bien été ma maîtresse, mais c'était il y a sept ans, et encore notre romance n'a duré qu'un mois.

— Pourquoi ? Vous vous êtes fâchés ?

— Au contraire ! éclata-t-il de rire, nous nous sommes séparés avant... Vous savez, pour les pratiquants de l'errance, ce genre de relation est toujours confrontée à un terme. Il faut savoir s'arrêter à temps pour se quitter bons amis... Voilà, c'est tout, il n'y a rien de plus à en dire.

Redevenu impérial, il se redressa comme si le dossier était clos. D'une mimique, Philippe le lui laissa croire pour mieux le ferrer ensuite.

— Et votre femme ? rebondit-il doucement.

— Quoi, ma femme ?

— Est-elle au courant de ce qui s'est passé entre vous ?

Décidément, ce flic ne comprenait rien à son monde.

— Dans mon milieu, commissaire, si on sait, on se tait. Et, au quotidien, on fait semblant de ne rien remarquer. Jalousie, larmes, divorce sont absents de nos dictionnaires. D'ailleurs je ne cherche pas à savoir ce que mon épouse fait de ses après-midi. L'essentiel est que nous fassions bloc aux yeux des autres.

Philippe avala sa salive, ces règles hypocrites lui donnaient la nausée. Avec Mathilde, il avait connu un amour fou, les déviances bourgeoises lui sortaient par les trous de nez. Mais il n'avait pas à les juger, il était là pour enquêter.

— Comment avez-vous connu Monika ?

— Au cours d'un cocktail que l'on qualifie de mondain. Elle venait d'être nommée à Bruges.

— Votre séparation l'a-t-elle attristée ?

— Au contraire, commissaire, cette rupture l'a soulagée.

— Soulagée ? Pourquoi cela ?

— Parce que notre histoire risquait de lui attirer des ennuis. Vous rendez-vous compte de sa position par rapport à la mienne ?

— Non, pas très bien.

Werport se retint de soupirer ; il fallait tout apprendre à cet ignare…

— Bon, je vous l'explique rapidement : Monika, dans notre secteur, était la représentante de l'État. Elle avait un droit de regard sur tous nos dossiers. D'un seul mot, elle pouvait bloquer un chantier, c'est dire si je redoutais ses décisions.

— Je croyais qu'elle ne s'occupait que du patrimoine ?

— Pas du tout, ses compétences s'étendaient au domaine fédéral. La construction d'un pont, par exemple, devait obtenir son feu vert.

— Au niveau de l'architecture ?

— Pas seulement, le respect de l'environnement était l'une de ses priorités. Ajouté à cela, Monika avait un sacré pouvoir financier.

— De quelle nature ?

— D'abord patrimonial, elle gérait un budget « préservation des vieilles pierres ». Ensuite consultatif, c'est elle qui étudiait nos projets quand nous demandions des subsides. Sans son accord, il était inutile de les présenter au ministère.

C'était clair, c'était net et surtout incomplet. Agacé, Philippe ne put se contenter de la pointe émergée de l'iceberg.

— Et pour vos affaires personnelles, avait-elle des moyens de pression ?

Le visage de Werport s'épanouit.

— Ah ! Enfin ! J'attendais la question… Je vous rappelle, commissaire, que je suis promoteur. Mon métier est de bâtir et de vendre des maisons, et non de construire des routes ou de retaper des châteaux. Par conséquent, Monika n'avait aucun droit de regard sur mes activités. Quant à moi, je n'attendais rien d'elle.

— Oui… C'est donc dans le cadre de votre mandat qu'on aurait pu l'accuser de collusion.

— Exactement. D'où son soulagement quand nous avons repris nos distances… Et je peux vous le dire franchement : elle ne m'a jamais fait de cadeau.

Au souvenir de leurs rapports épiques, il ajouta des : « Bouh, bouh, bouh » que Philippe lui laissa remballer avant de planter une nouvelle banderille.

— Et Zenkins, monsieur, vous le connaissiez bien ?

Werport expira de lassitude ; il pensait en avoir terminé.

— Zenkins ? Non, c'était un fournisseur, nous n'avions aucun lien particulier.

— Pourtant, nous savons qu'il militait dans votre parti.

— Et après ? Nous sommes des milliers à y communier dans la même foi.

D'ailleurs, démontra-t-il sans peine, Zenkins ne figurait pas au comité directeur. Ce marécage était le domaine de Ruytens. Philippe revint très vite sur la terre ferme.

— J'ai appris qu'il bossait beaucoup pour la ville. Vous me le confirmez ?

— Que signifie : « beaucoup ? » Il est vrai que M. Zenkins enlevait des marchés dans le respect des appels d'offres. À part ça, nous n'avons jamais eu à nous plaindre de ses services. Jacmin, qui contrôlait ses travaux, vous en apprendrait davantage sur lui.

Tout était dit, ou presque.

— Pour conclure, monsieur, avez-vous une idée de qui voudrait vous nuire ?

D'abord interloqué, Werport hoqueta de plaisir.

— De suspect, deviendrais-je victime ?

— Avec un corbeau aux trousses, ce statut me paraît vous convenir.

— Puisque vous y tenez…

Ce fut un grand numéro. La tête penchée en arrière, Werport se mit à débiter des noms connus en politique, choix qu'il justifia par sa candidature aux prochaines élections. On le redoutait, son programme fédérait les mécontents, il allait ratisser large. Mis à part ses adversaires, il ne voyait pas qui avait intérêt à l'abattre.

Philippe se leva, imité par l'échevin qui le raccompagna. En chemin, son regard s'arrêta sur une revue spécialisée. Posée sur une table basse, sa couverture chantait la gloire des mousquetons.

— C'est vous, monsieur, qui êtes abonné à ce magazine ?

— *Armes anciennes*? Oui, je suis collectionneur.

— Ah ? Et que collectionnez-vous ?

— Les armes blanches… Pourquoi me demandez-vous cela ?

— J'ai un ami, le docteur Maynaert, qui partage votre passion. Il m'a récemment fait un cours sur les lances, c'est pour ça que je vous en parle.

— Maynaert ! Je le connais bien, c'est un mordu, il m'a souvent pris de vitesse chez les antiquaires… Quand vous le verrez, soyez gentil de lui dire que mon offre tient toujours pour la pertuisane. Il comprendra.

— Je n'y manquerai pas.

Werport ouvrit la porte, Philippe lui épargna la corvée de le reconduire. Ils se séparèrent sur le seuil de son bureau.

Le cerveau déjà en marche, Philippe passa près de Wermersch. La vieille fille semblait nerveuse, ses doigts trituraient sa croix pectorale. Il la fixa. À la lueur de ses yeux, il vit qu'elle voulait lui parler. Son menton tremblota, ses lèvres s'entrouvrirent. Mais ce ne fut que pour lui dire au revoir.

16

Midi. Le centre de Bruges était devenu une fourmilière. Beaucoup de touristes n'y restaient qu'une journée. Soucieux d'en voir le maximum, ceux-ci se contentaient de grignoter en marchant. C'est ainsi qu'ils couraient d'un musée à une église, d'un palais à un couvent, sandwich en main, caméscope en bandoulière, prêts à s'extasier à chaque coin de rue.

Sur le Markt, Philippe se faufila entre leurs rangs, pressé de rejoindre Nadine et Baudouin. Il les avait invités à dîner dans une brasserie, à deux pas du beffroi, histoire de s'aérer, de déconnecter, de faire le point en dehors du bureau – une tradition qu'il reprenait après huit mois d'entracte.

Il s'engagea sur la Grand'Place que le vent, venu de la mer, commençait à rafraîchir. Son portable sonna…

— Daysvat, j'écoute.

Une longue respiration siffla dans son oreille, un souffle interminable qu'il reconnut à sa longueur.

— Bonjour, commissaire, j'espère que vous avez apprécié les mensonges de M. Werport.

Au déplaisir des gens qui le suivaient, Philippe se figea pour lui répondre. Avec deux morts sur le carreau, l'heure n'était plus aux ronds de jambe.

— Bonjour, Gizenga, l'attaqua-t-il bille en tête.

Le souffle devint las.

— Erreur, commissaire, mon nom est Conscience, Mister Conscience, je n'ai rien à voir avec David Gizenga.

Sa défense était un aveu.

— Comment connaissez-vous son prénom ? Je ne l'ai pas mentionné.

— Je n'ignore rien de ce qui vous concerne.

Sempiternelles et lourdes, ses itérations l'irritèrent.

— Renouvelez-vous, mon vieux, vous devenez rasoir.

— C'est pourtant la stricte vérité, je sais tout de votre enquête.

— Même du courrier que j'ai reçu ce matin ?

— Si vous faites référence à cette missive paraphée d'une croix, je suis évidemment au courant.

Abasourdi, Philippe marqua un temps d'arrêt. Afin d'éliminer les éventuels imitateurs du corbeau, il avait fait effacer la croix sur les copies de sa lettre.

— Puisque vous connaissez ce détail, j'en retiens que vous en êtes l'auteur.

— Pourquoi vous écrirais-je, commissaire ? Qui plus est en découpant des lettres dans un journal, opération pour le moins fastidieuse ? Moi, je préfère vous téléphoner, c'est beaucoup plus pratique.

— Alors si ce n'est pas vous, qui est le corbeau ?

— Précisément, le but de mon appel est de vous parler de lui : ce mauvais oiseau, commissaire, n'est rien d'autre que votre ennemi intime… Gardez-vous-en, il veut votre perte.

Philippe écarquilla les yeux.

— Ma perte ?

— Sans aucune équivoque, je ne plaisante pas. Mais vous pouvez encore contrôler la situation. Il vous suffit d'être plus rapide que lui.

— Parce que ce drame est un concours de vitesse ?

— À vous d'en juger, vous êtes le maître de ses règles.

— Pff ! Votre sabir m'épuise, soyez plus clair.

— Désolé, commissaire, vous savez que je n'en ai pas le droit.

Jusqu'ici, Conscience n'avait jamais bluffé. Ses confidences étaient toujours à prendre au sérieux. Restait à traduire les non-dits de celle-ci.

En les décortiquant, Philippe se rapprocha d'une boutique de dentelle. Adossé à sa façade, prêt à parier que le Noir l'épiait, il scanna les alentours. Sans résultat, sa silhouette resta fondue dans la masse.

— Revenons-en à Werport. Pourquoi dites-vous qu'il m'a menti ? Vous n'assistiez pas à notre entretien.

— Parce que cet homme ment à tout le monde, méfiez-vous-en comme de la peste.

— Pour savoir que j'étais dans son bureau, c'est que vous m'espionnez.

— « Espionner », quel vilain mot… En fait, je ne vous quitte pas d'une semelle.

— Cela revient au même.

— Non, j'ai pour mission de veiller sur vous. Soyez certain que je m'y tiens, de jour comme de nuit.

Sa profession de foi prouva qu'il était là, près de lui, en train de l'observer. D'un bond, Philippe s'écarta de la boutique, pivota dans tous les sens, sans se soucier des badauds amusés par sa danse.

— Où vous cachez-vous ?

Un rire.

— Tournez-vous, commissaire, et regardez en l'air.

Il pivota, leva la tête, aussitôt imité par cinquante touristes. Et ce qu'il vit le stupéfia : perché en haut du beffroi, à quatre-vingts mètres de hauteur, Mister Conscience le saluait, tout sourires, chapeau bas.

Pas le temps de penser, Philippe démarra au quart de tour, fendit la foule sans ménagement, entra dans la cour du beffroi où des touristes faisaient la queue, bondit devant le guichet, sortit sa carte en criant « police ! », bouscula femmes, hommes et enfants sur son passage, sourd à leurs protestations, obnubilé par Conscience. Trois cent soixante-six marches les séparaient. Les gravir au pas de course relevait de l'exploit, mais porté par la colère, Philippe commanda à son corps d'éviter de se plaindre. Il eut même la force de répéter à tout va « police, poussez-vous ! » à un flot d'étrangers qui, quasi tétanisés, se plaquèrent contre les murs. Pris d'une rage froide, il bouscula un traînard, malmena un lambin, poursuivit son ascension jusqu'à l'ancienne trésorerie communale. Des visiteurs, épuisés, s'y étaient arrêtés. Conscience n'était pas parmi eux. Où se cachait-il ? Que faisait-il ? À l'évidence, il l'attendait au dernier étage ou il en redescendait. De toute manière, il n'avait pas le choix, cet escalier était son unique salut, il ne pouvait s'enfuir qu'en dévalant ses marches.

Soudain, Philippe fut pris d'un doute : et si pour s'échapper Conscience s'emparait d'un otage ? Cette éventualité n'était pas à écarter, il devait s'y préparer. Sans état d'âme, sous les yeux paniqués des touristes, il empoigna son pistolet, répéta sèchement qu'il était de la police et, plus tendu qu'un ressort, reprit son escalade.

On hurla autour de lui, dans toutes les langues, en vingt patois, en cent dialectes, le nez collé à la paroi pour le laisser passer.

Troisième étage. Toujours pas de Conscience. Malgré ses dimensions, la cloche Victoire ne pouvait dissimuler sa carrure.

Philippe s'épongea le front, il lui restait deux paliers à gravir.

Dans les cris, les insultes et les pleurs, il grimpa jusqu'à la Chambre du carillonneur. Rien, pas de Black chapeauté, Conscience était au-dessus, au faîte du beffroi, à l'attendre patiemment – décision étrange, pourquoi n'avait-il pas bougé ? Ce calcul sentait le guet-apens, un coup à la Jarnac.

Prudent, Philippe libéra la sécurité de son arme, plus que jamais sur le qui-vive, puis reprit sa course à vive allure.

Trois marches. Il les sauta, pénétra en trombe dans la salle panoramique, canon en avant, prêt à tirer. Affolés, les quelques courageux parvenus à ce niveau levèrent les mains. Le doigt sur la détente, il les passa en revue, identifia des Français, des Anglais, des Allemands, des Blancs, des Jaunes, des Bruns, mais pas de Mister Conscience.

Par où était-il passé ? Philippe rangea son pistolet, ressortit sa carte.

— Police ! Baissez les bras, n'ayez pas peur, tout va bien.

Il répéta sa phrase en plusieurs langues, si calmement, si posément, que les visiteurs finirent par le croire.

— Un Noir était ici, reprit-il, avec un chapeau et un manteau de cuir. Savez-vous par où il est parti ?

Quelle que soit la langue qu'ils employèrent, la réponse fut unanime : ces braves gens n'avaient pas fait attention à leurs voisins, occupés, qu'ils étaient, à admirer la ville. Que redire à cela ? C'était le but de la visite.

Cassé, fatigué, dégoûté, Philippe s'approcha du muret de protection. Conscience ne s'était quand même pas envolé ! Comment diable avait-il réussi à lui filer entre les doigts ?

Par réflexe, ou par dépit, il regarda le Markt noyé de monde.

Un homme, en bas, au milieu de la place, y paraissait isolé. Il leva la tête, sourit de toutes ses dents.

Philippe eut du mal à admettre que cet homme était Mister Conscience.

Le Noir fit une révérence et disparut dans la foule.

17

Nadine observa longuement la menthe à l'eau de Baudouin.

— T'es bien le seul Belge qui ne boive pas de bière.

Son ton était affligé, sa moue exprimait de la répugnance.

— Laisse-le, s'interposa Philippe, qu'est-ce que ça peut te faire ?

— Mal aux tripes… Avec des moules-frites, c'est dégueu.

— À ton goût, pas au mien, se défendit l'intéressé. Tu n'as qu'à essayer, tu changeras peut-être d'avis.

— Non merci, sans façon.

L'intermède prit fin. Ils replongèrent les doigts dans leurs marmites, y puisèrent des zélandes, tirèrent de leurs coquilles des chairs grasses et juteuses.

— Et puis merde, j'ai pas faim !

D'un geste brusque, Philippe repoussa son assiette. Son coup de gueule fit sursauter les clients des tables voisines. À quoi rimaient ces manières pendant la messe de midi ? Navré, il leur fit signe qu'il allait bien, qu'il s'excusait, que tout rentrait dans l'ordre. L'incident prit fin, les outragés se recentrèrent sur leurs plats.

La brasserie était bondée. Avec son décor flamand, son ambiance feutrée, ses pompes à bière en faïence et sa cuisine locale, elle refusait du monde. Son anguille au vert y était réputée, autant que son *hutsepot* de lapin.

L'attitude de Philippe excéda Nadine, elle en avait ras-le-bol de son air de chien battu.

— C'est Conscience qui te coupe l'appétit ?

— Il y a de quoi, non ?

— Ben oublie-le deux secondes, ça nous fera des vacances.

— Après ce que j'ai entendu ? Difficile, mes tympans en vibrent encore.

Il avait dû s'expliquer avec le responsable du beffroi. L'entrevue s'était mal passée, le bonhomme menaçait de porter plainte, outré par son comportement de cow-boy. Il n'avait vu dans son ramdam qu'un résultat calamiteux : onze touristes choqués, quinze autres qui faisaient un esclandre. À cause de lui, individu dangereux ou pas, l'image de la ville venait d'en prendre un coup.

— Ne vous en faites pas, patron, le consola Baudouin, l'incident n'ira pas plus loin. Et quand bien même, Ruytens vous couvrira.

— Je ne me bile pas pour ça, mon garçon, ce qui me fiche les boules c'est de ne pas avoir vu filer ce dingue.

— Il était peut-être déjà sorti ?

— Impossible… J'ai mis moins d'une minute pour atteindre l'entrée du beffroi… Et tu sais combien il en faut pour descendre 366 marches ?

— Un bon paquet.

— Conclusion, ou ce Noir a sauté en parachute ou c'est un farfadet… Ce qui est certain, c'est que je déclare forfait.

Son défaitisme lui valut les lazzi de Nadine.

— Vaincu avant même d'avoir combattu, c'est pas joli joli. Si je te donne la solution, tu m'offres quoi, commissaire ?

Sidéré, Philippe la regarda par en dessous.

— Pourquoi ? Tu as compris ce binz ?

— Aussi sûrement que le carré de l'hypoténuse… Alors, je reformule : tu me proposes quoi en échange ?

— Faut voir… Si tu dis vrai, une bouffe chez Dua à Anvers.

— Banco ! Tope là.

Il lui tapa la main.

— Bon, fit-elle, examinons le problème. Question : en grimpant dans le beffroi, tu cherchais qui ?

— Conscience, cette bonne blague.

— Mais encore ? Un Chinois, un schtroumpf, un Esquimau ?

— Un Noir, tu le sais bien.

— Décris-le-moi avec précision.

— Mm… Balaise, barbu, la cinquantaine, ganté, vêtu d'un manteau de cuir noir et coiffé d'un chapeau.

— Merci, j'ai gagné !

Sur ce cri, elle fêta son succès en lampant une gorgée de blanche.

— Ça veut dire quoi : tu as gagné ?

— Que toutes les pièces sont réunies, il n'y a plus qu'à les assembler.

— Vas-y, je t'écoute, ça peut être marrant.

D'un geste autoritaire, elle lui imposa le silence.

– Méthode Daysvat… Revenons en arrière… Nous sommes à l'intérieur du beffroi… Ce que tu cherches dans l'escalier, c'est un Black baraqué, tout habillé de cuir. Conscience le sait. Alors, que fait-il ? Eh ben il se déloque, commissaire, il enlève ses gants, son galurin, les roule dans son manteau et serre le tout contre lui. Ceci fait, il dégringole les marches et quand, l'oreille tendue, il entend crier sur ton passage, il se ratatine bonnard, le nez au mur, au milieu des touristes. Toi, obsédé par son look, tu le frôles sans le remarquer et lui, tout en douceur, se taille pépère, tranquille. Opération réussie, arrivé dans la cour, ton gus n'a plus qu'à se rhabiller… Voilà, c'est pas plus sorcier que ça… Moralité, Conscience n'est pas Mandrake, et toi, tu me dois une gamelle à Anvers.

Baudouin siffla d'admiration, ce qui, une fois encore, dérangea leurs voisins.

— Emballé, c'est pesé, applaudit-il, le mystère du Black évaporé est résolu.

Philippe, lui, se frappa le front de colère.

— C'est si évident que j'ai envie de me battre. Mais pourquoi me suis-je embarqué dans des hypothèses à la noix ?

— Parce que tu redémarres, le taquina Nadine, t'as toujours pas retrouvé tes repères... À ce sujet, mon offre de remise sur les rails tient toujours.

— Arrête avec ça, s'il te plaît, tu me gênes.

— C'est quoi ton histoire de remise sur les rails ? demanda Baudoin.

— L'hygiène des sens, mon grand. J'ai proposé à Philippe de m'occuper des siens, ça lui ferait le plus grand bien.

— Mais tu te fous de la morale ! faillit-il s'étrangler.

— Ne confonds pas les genres, puritain refoulé, c'est pour le bien du service. Et puis ça purge le corps.

— Je ne suis pas refoulé, ma grande, si tu t'occupes du mien, j'irai pas porter plainte.

Elle le toisa, goguenarde, prépara une de ses trilogies dont elle était friande.

— Non, bonhomme, pas du tien, pour trois raisons : un, t'es trop jeune, deux, t'es moins gradé que moi, trois, je ne couche pas avec un mec qui boit du poison... Il manque de folie sur l'oreiller.

— Parce que pour toi l'alcool est un stimulant ?

— Plutôt, oui ! Je connais un écrivain qui a arrêté de boire. Maintenant, il écrit sobre... C'est chiant.

Encore un mot, et ils s'engueuleraient pour de bon. Philippe mit fin à leur dispute.

— Ça suffit, vous deux. Au lieu de vous chamailler, vous feriez mieux de chercher comment Conscience a eu vent de la lettre anonyme. Moi, j'avoue que je n'ai pas d'explication.

Sa demande les statufia. Nadine se figea, une frite entre les doigts, qu'elle négligea de porter à sa bouche. Baudouin, lui, fit des bulles de salive. Eux non plus ne comprenaient pas, ils étaient peu à savoir que le corbeau l'avait signée d'une croix.

L'heure avançait, Philippe se leva, déposa des billets sur la table.

— Je vous laisse de quoi payer, vous me rapporterez la monnaie.

— Où vas-tu ? s'étonna Nadine.

— Chez ma psy. Avec l'épisode du beffroi, je me suis mis en retard.

— Ah bon ? Je croyais que tu y allais le soir.

— Une semaine sur deux, c'est convenu comme ça depuis le début.

Par respect des consignes, il leur rappela qu'ils pouvaient le joindre sur son portable. Puis il leur tourna le dos en agitant la main.

Dehors, son premier mouvement fut de lever la tête. Le ciel s'assombrissait, le soir se préparait à un orage.

D'un pas décidé, il fonça vers la place Van Eyck. Après celui qu'il avait fait sur Monika, il espérait que Herthen éluciderait le mystère de son dernier cauchemar.

18

Philippe ferma les yeux avec délices.

Il aimait cette pièce, il se sentait bien sur le divan, il adorait la voix veloutée de Herthen.

— Rappelez-moi le métier qu'exerçait Mathilde ?

Il soupira, murmura qu'elle était illustratrice, spécialisée dans la Renaissance, qu'elle travaillait pour des magazines et des éditeurs de beaux livres.

— Oui… Je vous demande un instant, murmura-t-elle.

Il l'entendit se lever. Bizarre, ce n'était pas dans ses habitudes. Intrigué, il se pencha discrètement, la vit se diriger vers sa bibliothèque, s'arrêter devant ses étagères, les examiner, en retirer un ouvrage.

— Je présume qu'elle avait fait ses études aux Beaux-Arts ?

— C'est exact.

Sans bruit, elle vint se rasseoir, ouvrit le livre qu'elle venait de choisir, mit la main entre deux pages.

— De par sa spécialité, admirait-elle l'œuvre de Léonard de Vinci ?

— Comme une folle, c'était son idole.

— *L'Homme de Vitruve*, par exemple ? hasarda-t-elle.

Elle lui en montra une photo qui figurait dans son bouquin.

Philippe acquiesça. Pour Mathilde, ce dessin représentait la perfection.

— Lui est-il arrivé de vous en parler ?

— Elle a mieux fait que m'en parler, docteur, elle en a accroché une reproduction dans notre chambre. C'est le seul écart qu'elle se soit permis, tous nos tableaux sont des originaux.

— Bien… Et cette reproduction s'y trouve toujours ?

— Oui, je l'ai laissée sur le mur, c'est la dernière image que je vois avant d'éteindre.

— Et vous vous endormez ensuite…

Herthen se trémoussa légèrement.

— Vous n'avez fait aucun rêve prémonitoire, monsieur Daysvat. L'homme supplicié de votre cauchemar était celui de Vitruve. Avant de fermer les paupières, l'image de la décapitation de Monika vous est revenue. Elle s'est alors mélangée à votre dernière vision de la journée : le dessin de Vinci. C'est ainsi que votre songe a pris forme. Je vous l'ai dit la dernière fois et vous le répète aujourd'hui : votre subconscient, dans un curieux cocktail, vous restitue des événements vécus… Ne cherchez pas plus loin, c'est l'évidence même…

— Ah ?

À ce « Ah ? » elle comprit qu'elle ne l'avait pas convaincu.

— Pour effacer votre dernier doute, dites-moi, en toute franchise, si Maxime Zenkins apparaissait clairement dans votre cauchemar.

Pas la peine de réfléchir, il l'avait encore en tête.

— Non, la scène était floue.

— Et son visage ?

— Masqué par une espèce de brouillard.

— Comment était le lieu du crime ?

— Sombre et vaporeux.

Herthen porta l'estocade.

— Floue, brouillard, sombre, vaporeux… Vos descriptions confortent mon diagnostic, monsieur Daysvat. Tout ce que je vous ai dit est logique, démontrable et scientifique. Soyez sûr que votre traumatisme crânien ne vous a pas plongé dans la quatrième dimension.

Philippe se sentit soulagé. Il pensait que son coma lui en avait ouvert les portes.

19

Le soir n'allait plus tarder à tomber. Le ciel s'alourdissait, des nuages gris le couvraient, le vent soufflait sur la plage.

Des mamans couraient abriter leurs enfants avant l'orage.

Des pêcheurs de crevettes remballaient leurs épuisettes.

Un chien gambadait dans des flaques.

Et Mister Conscience, assis sur une dune, au milieu des oyats, contemplait ce spectacle.

Face à lui, la mer commençait à s'énerver, ses vagues grossissaient, plus nombreuses et plus hautes sous la poussée d'Éole.

Au ras des dunes Fonteinjes, à trois kilomètres de Blankenberge et à autant de Zeebrugge, ce coin de paradis se vidait peu à peu.

Pour les adeptes du char à voile c'était une heure magique. Le sable leur appartenait, ils pouvaient enfin s'en donner à cœur joie, en toute liberté, sans risquer de blesser un flâneur étourdi.

Couchés dans leurs engins, ils filaient à toute allure.

Immobile comme un sphinx, Mister Conscience les regardait évoluer.

Surtout un, qu'il ne quittait pas des yeux. Son intérêt pour lui était morbide : cet homme allait mourir…

Puis le temps défila, le soleil se coucha, la lune prit sa place…

Dans une brume inquiétante, la mer du Nord, infernale et houleuse, se mit brusquement à rugir. On eût dit un animal furieux. Tout à coup, sous l'effet de l'orage, une vague se mit à grandir, se détacha, s'éleva, s'amplifia, prit des proportions gigantesques. Sa masse se dirigea vers le littoral. Dans quelques secondes il n'en resterait rien, sa force dévastatrice allait l'anéantir. Plus de dunes, plus de routes, plus d'habitants, la côte flamande s'apprêtait à devenir un cimetière…

D'un bond, Philippe se réveilla. Encore un cauchemar.

Abasourdi, il ne le comprit pas.

— Ça veut dire quoi ? Je n'ai pas de tableau qui représente la mer.

Il s'interrogea, passa en revue ses gestes de la veille.

Bon, d'accord, il avait lu une brochure qui vantait les Antilles, mais était-ce suffisant pour l'associer à un rêve ? Pas vraiment. Et puis, réfléchit-il, c'était Zeebrugge qu'il avait vue et non la Barbade… Pourtant

Herthen était formelle, tout songe émanait du vécu... Peut-être que ces images étaient nées de son projet? Depuis sa sortie de clinique, il envisageait de retourner à Bridgetown. Plus qu'un besoin d'évasion, un pèlerinage. Vingt ans auparavant, il y avait passé son voyage de noces... Son rêve devait venir de là : il y pensait si fort que l'océan hantait son sommeil.

2 h 44. Le téléphone sonna.

Non, pas encore, ce ne pouvait être lui ! Philippe pensa, déterminé : Si c'est toi, vieille fripouille, tu vas m'entendre.

Il décrocha. Prélude à ses insanités, le long souffle du Noir encombra l'écouteur.

— Mes hommages, commissaire.

— Tiens ! Le Houdini du beffroi.

— Vous m'en voulez beaucoup ?

— Non, c'est à moi que j'en veux. J'ai oublié que des fringues s'enlevaient facilement.

Avec son phrasé lent, ses syllabes détachées, Conscience parut déçu.

— Puisque vous y croyez, libre à vous de privilégier ce scénario.

— Vous en avez un autre ?

Pas de réponse, Philippe insista.

— C'était bien joué, vous ne m'aurez pas deux fois.

— Je ne joue pas, commissaire, je vous protège de vous-même.

— De moi ? C'est nouveau, et pourquoi ?

— Parce que c'est à vous-même que vous jouez un tour.

— Ben voyons ! Voilà que je me fais des farces !

— Non, vous trichez avec la vérité.

— De quelle vérité parlez-vous ?

— Je sais que vous redoutez de découvrir l'identité d'Epsilon.

Ce fut comme s'il recevait une douche glacée, Philippe en eut la voix coupée. Comment connaissait-il ce nom de code ? Seuls les membres de sa brigade l'employaient. Fût-ce par délicatesse ou par triomphalisme que Conscience lui laissa le temps de digérer la couleuvre ?

— Ce que je sais, reprit Philippe d'un ton ferme, c'est que vos propos sont fumeux.

— Je le reconnais, commissaire, aussi vais-je changer de méthode.

— Enfin une bonne nouvelle ! Et de quelle manière ?

— J'agirai désormais à visage découvert. D'ailleurs, je vais commencer tout de suite… Je vous donne rendez-vous dans le vieil entrepôt de Zeebrugge, à la sortie de la ville.

— Le bâtiment en ruine, en bordure de mer ?

— Celui-là même… Je vous y attends, chapeauté, ganté, revêtu de mon manteau.

— Je suppose que vous souhaitez que j'y vienne seul ?

— Non, commissaire. Le spectacle sera plus supportable en compagnie de vos collègues.

20

Un coup de volant à droite, un recentrage périlleux, c'était la troisième voiture qu'il évitait de justesse. Il allait vite et les essuie-glaces ne suivaient plus, la pluie noyait le pare-brise, la violence de l'orage atteignait son paroxysme. Dans cette nuit blessée, Baudouin devinait la route plus qu'il ne la voyait. Combien de fois l'avait-il parcourue ? Il ne le savait pas – à un quart d'heure de la mer, les Brugeois l'empruntent fréquemment.

C'était non loin de là que Philippe avait eu son accident, un soir funèbre, par un temps de chien – un parallèle qui l'inquiéta.

— Tout va bien, patron ?

— Tiens le manche au lieu de bavarder.

Au moins il s'exprimait, c'était déjà un bon point. Sur la banquette arrière, Nadine prit le témoin. Il fallait l'empêcher de ressasser ses souvenirs.

— Tu sais ce que me rappelle ce rodéo ? L'arrestation des frères Lefèvre. Tout pareil, en pleine nuit, sous la pluie, après une course poursuite.

Philippe hocha la tête.

— On les avait eus à l'usure, ils n'avaient plus une goutte d'essence.

— Avoue que pour des pros c'était plutôt minable.

— Pros ou pas, ils se font toujours prendre pour une connerie.

— T'as raison. La preuve en est que ton Black vient d'en commettre une. Il est seul, on est douze, il ne pourra pas s'en tirer.

Trois voitures de police leur collaient au train, gyrophares allumés, sirènes en action, moteurs à plein régime. Pressés d'en finir, les conducteurs roulaient comme des marteaux. L'heure était à la curée, haro sur Mister Conscience, ils s'étaient juré de le coincer.

En un temps record, Philippe avait mobilisé ses troupes. Direction Zeebrugge, le vieil entrepôt sud où, à l'effarement de tous, le Noir s'était laissé piéger. Nadine disait vrai, c'était une belle connerie. Il suffisait d'encercler le bâtiment isolé dans le sable pour le cueillir comme un fruit mûr.

Pourtant, Philippe ne cessait de ruminer. Ce type semblait intelligent. Alors pourquoi s'était-il enfermé entre ses murs, une ruine d'où il n'avait aucune chance de s'enfuir ? Comptait-il sur un appui extérieur ? Avait-il un plan, un moyen de filer ? Non, décidément l'occasion était trop belle, l'opération trop facile, il devait y avoir un lézard, un crocodile, un dinosaure qu'il n'avait pas vu.

— Il y a un *bug* dans ce programme, les enfants.

— Quoi, patron ?

— Ça doit rester entre nous.

— *No problem*, commissaire, tu causes, je t'écoute, je la boucle.

— Moi itou, patron, croix de bois, croix de fer.

Philippe déglutit, il s'était rarement senti aussi mal.

— Voilà... Je pense qu'un de nos hommes est le complice de Conscience.

Six secondes c'est long quand on dégoupille une grenade. C'est le temps que ses adjoints mirent avant d'exploser.

— Tu rigoles ?

— Pas du tout.

— C'est grave, patron, qu'est-ce qui vous fait dire ça ?

— Ce que sait Conscience, mon garçon, et il en sait beaucoup trop.

D'une voix neutre, il déroula ses arguments. Il y avait d'abord le mystère de ses numéros de téléphone, numéros que seul l'un de ses proches avait pu donner à Conscience. Se posait ensuite la question de la lettre anonyme : comment le Noir en connaissait-il la teneur et, mieux encore, par quel miracle savait-il qu'elle était signée d'une croix ? Il y avait enfin Epsilon. À part ses équipiers, Ruytens et Maynaert, personne n'employait ce nom de code. En conclusion, et il n'en voyait pas d'autre, une taupe le renseignait sur les mouvements de la brigade.

Ses lieutenants se turent, assommés par l'avalanche. Plus rapide que le blondinet, Nadine récupéra la première. Circonspecte par esprit de corps, elle n'en repassa pas moins une couche.

— Elle me gonfle ton hypothèse, mais en plus de tes arguments, j'admets que ça me zigouille qu'il t'ait balancé le prénom de Gizenga. On est peu à le connaître.

— Un *peu* qui se résume aux membres de l'équipe.

Nadine retomba sur la banquette. La suspicion venait de s'installer en elle.

À l'inverse, Baudouin défendit ses collègues. Brutalement, rageusement, avec la conviction de la jeunesse.

— C'est nullard, patron, vous vous gourez, il faut creuser ailleurs.

Sa véhémence l'estomaqua, Philippe faillit le rappeler à l'ordre. Il avait le droit de ne pas être d'accord à condition d'y mettre les formes. Toutefois, il n'en fit rien, Baudouin était un flic comme les autres, son point de vue l'intéressait davantage que ses excuses.

— OK, inspecteur Martens, je cours piocher dans ton ailleurs si tu me dis où il se trouve.

— Dans la stratosphère des hautes technologies.

— Rien que ça ? Argumente, mon garçon, qu'est-ce qui te choque dans mon raisonnement ?

— Un truc énorme que vous oubliez : Conscience utilise un numéro de portable supprimé depuis un mois. Si vous trouvez ça normal, moi, ce n'est pas mon cas.

L'extraterrestre venait de frapper juste et fort : Philippe avait négligé cet élément du dossier. Du coup, claqué comme un mauvais élève, il l'écouta avec attention.

— Continue, je te capte.

Il ne restait que deux kilomètres avant Zeebrugge. Baudouin, limité par le temps, développa sa théorie au cordeau.

— Personne ne comprend ce tour de magie, il n'y a qu'une explication : notre Noir est un génie de la bidouille, un peu comme ces ados qui sont entrés dans les fichiers du Pentagone. Comment s'y est-il pris pour maintenir sa ligne ? Tout le monde l'ignore. Ce qui est sûr, c'est que le jour où il le dira, les opérateurs pourront lui faire un gros chèque.

— Mouais… Et quel rapport y a-t-il entre son QI et notre affaire ?

Encore trois virages, une dernière ligne droite, et ils atteindraient l'entrepôt.

— L'arsenal high-tech, patron. Conscience n'a pas besoin d'une taupe. Je vous fiche mon billet qu'il utilise du matériel pointu. C'est archi facile d'acheter un micro-canon. Et je suis aussi certain qu'il touche sa bille en informatique. Mon petit doigt me dit que ce type est un *backer*. À votre place, je ferais vérifier nos programmes, il est probable qu'il les ait piratés.

Les écoutes à distance étaient une réalité, l'infiltration informatique sévissait dans les milieux les mieux protégés. Si Baudouin ne se trompait pas, tout devenait limpide. Et surtout moins tragique : tant qu'à être espionné, Philippe préférait que ce soit par un Nimbus de la cybernétique. Il promit de s'en occuper mais, encore méfiant, articula son plan de bataille autour de ses appréhensions.

— Aussitôt arrivés à l'entrepôt, on se répartira en ligne : trois par longueur, deux par largeur. Nadine, tu verrouilleras le Nord-Ouest, côté mer. Wens surveillera le Sud-Est, côté dunes. Dernière consigne : je vous demanderai d'avoir un œil discret sur les hommes.

— Et tu feras quoi avec Baudouin ?

— On ira serrer notre Black.

— Bravo ! Ces messieurs seront au sec pendant qu'on se mouillera.

— Tu as signé, ma grande, c'est trop tard pour rouspéter.

Pour contrôler ses troupes, le choix de Philippe s'était porté sur des gens aguerris – précision qui eût vexé Baudouin. Il valait mieux la taire. Et puis rien n'était moins sûr que les bonnes intentions de Conscience. Le blondinet allait peut-être risquer sa vie, ce n'était pas le moment de lui saper le moral.

La carcasse de l'entrepôt se découpa dans un éclair. À travers un rideau de flotte, les phares des véhicules se posèrent sur ses plaies. Comme échoué sur le sable, l'immense bâtiment, tanker de fer et de béton, penchait sur le flanc droit. Sa toiture s'écroulait par endroits, ses murs se fissuraient. Antiquité dangereuse, il n'attendait du futur que des bras pour l'abattre.

Dans un concert de pneus, les chauffeurs se garèrent en épi. À la lueur des gyrophares, tous, sans exception, sautèrent des voitures comme des paras d'un avion ; le vent les cingla, la pluie les surprit, à peine firent-ils un pas qu'ils furent trempés jusqu'aux os.

L'orage gronda de plus belle, sa force obligea Philippe à crier. Il distribua ses ordres en s'égosillant. Ils furent donc des plus brefs.

Nadine courut avec son groupe en direction de la mer, Wens répartit le sien du côté des dunes. Très vite, lampe en main, chaque homme prit ses marques. Un ballet de lumière balaya les façades, une dizaine de paires d'yeux scrutèrent la moindre brèche. En cinq sec l'entrepôt fut cerné, il ne restait plus à Philippe qu'à y pénétrer.

Ses chaussures s'enfoncèrent dans le sable mouillé. Baudouin, derrière lui, avançait avec peine. Ses talons se décollaient des mocassins qu'il portait. À chaque enjambée, il devait les extraire de la bouillasse.

Philippe arriva le premier à l'entrée principale, du moins à ses vestiges, un trou béant privé de sa porte mais cerné de tags. Baudouin le rejoignit. En chuchotant, il lui ordonna de prendre son arme.

— Juste en cas de besoin, compris ?

— Cinq sur cinq, patron.

Son ton ferme, le calme de son regard le rassurèrent sur ses nerfs. Ce garçon était solide, il pouvait compter sur lui. Philippe alluma sa torche, imité par Baudouin, puis se glissa à l'intérieur en inspectant les murs. Située en hauteur, il remarqua une passerelle. Sa ferraille en lambeaux longeait le flanc gauche de l'entrepôt. Au-dessus d'elle, à trois coudées de la rambarde, de larges vitres la surplombaient. Toutes étaient brisées ; au lancer de cailloux les gamins du village avaient dû s'éclater. Sur ses gardes, il les désigna du doigt à Baudouin.

— Gaffe, murmura-t-il, qu'il ne se taille pas par là.

Le blondinet fit signe qu'il les avait à l'œil, puis, en grimaçant, se pinça les narines. Méphitique, insupportable, le lieu puait comme un tombeau ouvert. Philippe dirigea sa lampe vers le fond, fit faire à ses lumens le tour du bâtiment. Le cercle de lumière éclaira des bidons, des caisses, des carcasses d'appareils ménagers, des bouteilles cassées et des gros tas de merde. Bouge immonde, l'entrepôt n'était plus qu'une déchetterie sauvage, une fosse d'aisances, un dépotoir infect que même un sans-abri aurait fui à toutes jambes. Une relent d'huile se mêlait à une odeur d'excréments, pestilence que la pluie, qui filtrait de la charpente, réveillait à l'excès.

Ces remugles donnèrent aux deux flics l'envie de rebrousser chemin. Il fallait pourtant qu'ils y aillent. Par précaution – procédure oblige –, Philippe s'annonça à haute voix :

— Conscience ! C'est Daysvat ! Je suis là, comme convenu !

Pas de réponse. Inutile de recommencer, le Noir ne viendrait pas. Il n'avait d'autre solution que d'avancer pour le dénicher, ce qu'il fit en rasant le mur de gauche pendant que Baudouin, prudemment, filait sur le côté droit.

La surface de l'entrepôt valait celle d'un terrain de foot. Telles des glaces déformantes, les sortilèges de la nuit amplifiaient ses mesures. Pour Philippe, sa longueur sembla n'avoir pas de fin. À chaque enjambée il évita un piège, ici une batterie de voiture, là une cannette de bière, ailleurs un pot de peinture.

Un bruit. Il releva sa torche. Un tuyau branligotait, un rat le traversait, sa course le torturait, il grinçait sous sa charge.

À demi rassuré, Philippe respira, continua à slalomer entre les déchets, les boîtes de conserve et les barils d'essence, les yeux plissés, revolver en main, prêt à se défendre.

Tout à coup, quelque chose couina devant lui. Sa torche éclaira une poulie chatouillée par le vent. Quelle idée avait-on eue de la laisser pendre ! Elle pouvait s'écrouler et blesser un enfant – il devait y en avoir qui jouaient dans ces décombres. Il pesta contre les irresponsables quand, surprenant et caverneux, un rire retentit au-dessus de sa tête. D'un mouvement brusque, il dirigea sa lampe vers le plafond.

Perché sur une poutre, à trois mètres du sol, hilare comme un gamin, Conscience l'observait. Comment, à son âge, avait-il réussi à se hisser jusque-là ? Et par quel moyen ? Il n'y avait pas d'échelle…

— Bonsoir, commissaire. Ne trouvez-vous pas incroyable que personne n'ait pris l'initiative de faire raser ce lieu ?

Philippe pointa son arme sur lui.

— Descendez !

Le rire de Conscience redoubla.

— Je vous ai promis d'agir à visage découvert, pas de vous serrer la main.

— Descendez !

— Si je refuse, me tirerez-vous dessus ?

Ce diable savait bien qu'il n'appuierait pas sur la détente. Au nom de quoi, d'ailleurs, justifierait-il ce droit ? Conscience ne le menaçait nullement, il n'avait aucune raison de le prendre pour cible. Tout ce qu'il pouvait faire, c'était discuter avec lui. Et détailler son visage. Pour la première fois, Philippe le voyait de près. Il fut frappé par la régularité de ses traits, la jeunesse de sa peau, la fraîcheur de son regard. Avec sa barbe taillée au laser, ses lèvres purpurines, ses dents d'un blanc immaculé, on eût dit que le Noir sortait du maquillage, prêt à bondir sur scène comme une star du théâtre. La comparaison avait du sens, l'homme soignait ses effets, comédien jusqu'aux cils, dans un décor avant-gardiste.

Que pouvait-il tenter pour le déloger de sa poutre – un étroit bout de fonte où, malgré sa carrure, il se mouvait avec aisance ? Puisque pour arme il n'avait que le verbe, Philippe usa de ses carreaux.

— Pourquoi m'avez-vous fait venir ici ?

Conscience tourna la tête, tendit le cou, fouilla dans la pénombre.

— Votre adjoint, d'après la direction de sa lampe, ne va pas tarder à vous donner la réponse.

Un frisson lui glaça la moelle, Philippe eut soudain peur pour Baudouin. Il s'en voulut de ne pouvoir le prévenir : dans la précipitation, il avait négligé d'équiper ses hommes d'émetteurs-récepteurs. En désespoir de cause, il libéra la sûreté de son revolver. Le déclic ramena Conscience vers lui.

— S'il lui arrive quoi que ce soit, je vous abats comme un chien.

Le Noir lui renvoya un pauvre sourire. Ses yeux, dans le halo de la torche, s'alourdirent de tristesse.

— Vous vous méprenez, commissaire, Baudouin repartira sans une égratignure. Vos hommes également, vous n'avez rien à craindre de moi.

Décidément, ce fou adorait l'étonner et ne s'en privait pas.

— Comment savez-vous son prénom ?

— Parce qu'il vous est proche, Mathilde était sa marraine.

Piqué au cœur, Philippe suffoqua de haine : il n'autorisait pas ce malade à prononcer le nom de sa femme.

— Laissez Mathilde où elle est, je vous interdis de vous mêler de ma vie.

— Trop tard, commissaire, j'en connais tous les chapitres, c'était indispensable pour remplir ma mission.

— Vous n'êtes qu'un grand tordu, personne ne vous a confié de mission.

— Oh que si ! Quoi que vous en pensiez. Que vous le vouliez ou non, je me suis engagé à vous protéger, vous guider, vous informer et, comme vous allez l'entendre, à vous prévenir en cas de… « rebondissement ».

— Patron ! Venez vite !

Conscience se courba.

— Que vous disais-je, commissaire…

Par réflexe, Philippe pivota dans la direction de Baudouin que des frigos, des cuisinières et des monceaux de tôles, déglingués et rouillés, jetés en douce par des je-m'en-foutiste, lui masquèrent.

— Ça va, Baudouin ! ?

— Oui ! Il faut que vous veniez !

— J'arrive !

Mais avant de le rejoindre, il devait en finir avec Conscience. Il se retourna, repointa sa lampe vers la poutre.

— Oh non…

Le Noir s'était envolé… Ce ne fut pas sa disparition qui le troubla, mais la manière dont il s'y était pris. Il n'avait pas pu sauter sur les gravats, sinon il l'aurait entendu. De même qu'il lui était impossible d'avoir glissé le long des tuyaux, trop fragiles et instables, c'était un coup à se rompre les os. Que restait-il alors ? Le couinement de la poulie lui souffla la solution : il s'était jeté dans le vide pour se raccrocher à elle et se laisser tomber sur le sol. Sacré saut ! Fichue dégringolade ! Un jeune gymnaste était capable d'accomplir cet exploit, mais un homme de cinquante ans, engoncé dans un manteau, n'avait qu'une chance infime de le réaliser. Surtout en si peu de temps. Pourtant, même si ça tenait du miracle, c'était bien ce que Conscience venait de faire.

Sans plus s'interroger, Philippe donna l'alerte, s'époumona à s'en claquer les veines, relayé par Baudouin qui hurla avec lui.

— Conscience se tire ! Surveillez les issues !

Des voix, dehors, leur répondirent que le message était reçu.

Et deux fois plutôt qu'une.

Frigorifiés, imbibés de pluie, les policiers oublièrent l'orage, leurs chaussettes trempées, leurs nez qui coulaient, décidés à épingler ce Noir qui se fichait de leurs têtes.

À l'intérieur du bâtiment, Philippe se fraya un chemin jusqu'à Baudouin. Il le retrouva écroulé sur une caisse, entre des fûts rubigineux, l'air absent, les paupières lourdes.

— Qu'est-ce qui se passe ?

Le blondinet haussa les épaules.

— Conscience ne vous a pas invité pour rien, patron, regardez plutôt.

Il dirigea sa lampe face à lui.

Assis sur un bidon, le dos contre le mur, le corps d'un homme dégoulinait de sang. Mise en scène monstrueuse, il tenait entre ses mains, retournées sur ses cuisses, sa tête décapitée où couraient des bestioles. Ses yeux s'imprimaient encore de terreur, sa bouche grande ouverte semblait vouloir hurler.

— Un sportif, le présenta Baudouin, il porte une combinaison… Je voudrais bien savoir qui c'est.

Philippe le stupéfia.

— Il s'appelait Bernard Jacmin, c'était un fan de char à voile.

— Oh ! Vous le connaissiez ?

— Pas depuis longtemps, je l'ai rencontré ce matin chez Werport.

Sans se perdre en détails, il lui raconta brièvement leur rencontre.

— Eh be ! il s'en passe autour de Werport, il ne fait pas bon de le fréquenter. Qu'en pensez-vous, patron ?

— Je ne crois qu'aux indices et la pluie les efface.

— Il y en a au moins un qu'elle ne pourra pas nous enlever : la signature du meurtrier... Vous avez vu la main droite de Jacmin ? Il lui manque le pouce, tranché net, une carte de visite.

Le pouce ! Désarçonné, Philippe s'interrogea : pourquoi fichtre le pouce ? La logique voulait qu'après l'auriculaire et l'annulaire vienne le majeur... Cette amputation anarchique ne rimait à rien... Ou alors elle cachait un message qu'il était incapable de décoder.

— À votre avis, c'est le Black qui a fait le coup ?

— Pour le savoir, mon garçon, il faudrait qu'on le coffre.

Ce qui lui sembla mal parti. Trop, c'était trop, il ne pouvait plus supporter les échecs. Ce soir ou jamais, coûte que coûte, par la douceur ou par la force, en entier ou en morceaux, il se promit de coincer Conscience. D'un ton sec, il ordonna à Baudouin d'appeler Maynaert, puis, remonté à fond, courut rameuter Nadine et quelques hommes prêts, comme lui, à démolir le bâtiment.

Ils furent huit à s'acharner, à remonter l'entrepôt, à grignoter chaque centimètre carré, à renverser des bidons, à soulever des tas de saloperie, à tout bousculer, retourner et casser. En vain, pour des prunes, pour des nèfles, pour la gloire.

Après une heure d'efforts, conscient qu'elles ne servaient plus à rien, Philippe abandonna les recherches. Le moral dans le goudron, il sortit prendre l'air. Dehors, le désastre était égal. Pas de Conscience sur le toit ni dans les crevasses sablonneuses. L'homme avait disparu, s'était décomposé, téléporté, désincarné… Comment Conscience s'était-il échappé ? Ce Noir n'était pourtant pas invisible, sa fuite devait pouvoir s'expliquer.

Nadine le rejoignit, aussi vidée que lui. Le visage fermé, elle fouilla dans ses poches, en retira un paquet de cigarettes trempées.

— Chiotte ! Même pas une clope pour me calmer les nerfs.

— Prends sur toi, marmotta Philippe, fumer est un vice.

Sa réflexion imbécile déclencha un coup de grisou.

— Et ce que je viens de voir là, explosa-t-elle, le Jacmin décapité, c'est une manie ou un vice ? La fumée tue, d'accord, mais ce salaud massacre.

En grommelant, il l'approuva de la tête, écœuré par tout ce sang.

— Si ce n'est pas un fantôme, on trouvera un moyen pour se le faire.

Côte à côte sous un pan de mur, ils regardèrent la mer. À travers la pluie, ils distinguèrent les lumières des navires qui cabotaient au large.

Nadine tressaillit en observant leur course.

— Ce mec n'est pas un fantôme, commissaire, il a profité de la confusion pour se barrer en rampant. On guettait un type debout, pas sur le ventre. Tout noir dans le noir et sous l'averse, il nous a glissé entre les jambes.

— Tu crois ça ?

— Mieux : il s'est taillé en barque. Je te parie qu'il en avait caché une au bout de la plage. On n'a pas eu l'idée de vérifier, tant pis pour nous, on l'a dans le cul.

Le vent soufflait, terriblement violent.

— Tu l'imagines réellement en train de ramer sous cet orage ?

— Ouais, c'est un cinglé. Ça vaut peut-être le coup de prévenir les capitaineries.

Après tout, pourquoi pas au point où ils en étaient ?

Philippe fixa les vagues, des vagues qu'il avait vues dans son cauchemar.

21

Le soleil était de retour à Bruges. Après une journée de pluie, la matinée se dorait de vieil or, les touristes reprenaient possession de la ville.

De front, Ruytens et Philippe marchaient sur ses pavés, la mine soucieuse, le regard noir.

Le rapport que Maynaert venait de leur transmettre, à une virgule près, était comparable à celui qu'il leur avait livré pour Zenkins : Jacmin avait été chloroformé, attaché avec de la ficelle, transportée dans sa voiture puis décapité dans l'entrepôt. Si la méthode était la même, sa conclusion les surprenait.

— Le pouce... Pourquoi lui a-t-il coupé le pouce ?

— J'ai beau chercher, monsieur, je n'ai pas la réponse.

— Enfin diable ! C'est le majeur qu'il aurait dû lui sectionner.

— Ça me paraît logique

Ruytens se gratta le crâne.

— Et l'entrepôt ! Quelle idée d'avoir choisi ce trou pourri !

— Là, en revanche, le message est limpide. En exécutant Jacmin dans des déchets, Epsilon nous faire comprendre qu'il le prenait pour une ordure.

De concert, ils s'écartèrent pour laisser passer des étudiants espagnols, insouciants et joyeux, qu'un guide conduisait vers la maison du Pélican. Dès que le groupe les eut dépassés, Ruytens se rapprocha de Philippe en bougonnant.

— Mm... Un salaud, dites-vous ? J'ignore si le bonhomme en était un, mais ça laisse supposer qu'Epsilon le connaissait.

— Comme ses victimes précédentes, j'en suis persuadé. Quant à savoir ce qui les relie, c'est une autre paire de manches.

Ils traversèrent le pont Saint-Boniface – l'un des quatre-vingts ponts de la ville – longèrent les murs du musée Gruuthuse, proche de Notre-Dame, tournèrent vers le quai du Rosaire où ils avaient rendez-vous.

— Et du côté des capitaineries, toujours rien ?

— Non, on n'a pas trouvé de canot suspect, et les marins sont formels : avec l'orage qui a claqué avant-hier soir, aucun bateau n'a pu sortir en mer.

— Ne me dites pas que nous en sommes au point mort ?

— Si, monsieur, on piétine.

— Et vous comptez faire quoi pour avancer ?

— Reprendre tout à Mach 2. J'ai convoqué mes adjoints, réunion de crise en fin de journée.

Du bout de l'index, Ruytens releva ses narines d'une épaisseur porcine.

— Mon flair me dit que le docteur Strafford nous aidera à y voir clair. Cette femme est un génie.

— C'est ce qui se raconte, je ne la connais que de réputation.

— Moi, j'ai lu tous ses livres. C'est vrai qu'ils sont en anglais.

— La langue ne me gêne pas, monsieur, je suis bilingue.

— Miss Strafford également, avec un accent délicieux.

Sur un clin d'œil, il gonfla son torse, fier comme un paon de lui avoir parlé.

La veille au soir, honoré, conquis, il l'avait eue au téléphone. L'illustre Anglaise avait pris l'initiative de l'appeler, titillée par les meurtres d'Epsilon dont les journaux, dans une surenchère d'adjectifs, s'étaient complu à relater les détails. Jusqu'à ce jour, Ruytens avait tu les mutilations *post mortem* mais, avec une troisième victime sur les bras, il avait jugé urgent de ne plus les cacher. Il espérait ainsi qu'elles prouveraient au public que le tueur ne frappait pas au hasard, qu'il opérait suivant un plan, en dehors de toute considération religieuse. C'était bien pensé, le procédé avait désenfiévré les esprits. On n'avait plus affaire à un fanatique, mais à un fou qui opérait avec une logique de fou. Si ça ne les rassurait pas, ça calmait les ultras, ils ne voyaient plus en lui un ennemi de l'Église. Sur ce terrain, Ruytens avait au moins gagné un soupçon de tranquillité.

Quant au reste, avait-il confié à Miss Strafford, il n'en dormait plus la nuit.

La docte dame était à Bruges depuis une semaine, invitée par le Collège d'Europe où elle participait à un colloque. Psychiatre renommée, criminologue reconnue, experte en symbolique, ses travaux avaient fait progresser la criminalistique. Dans les domaines sataniques et sectaires, ses recherches permettaient aux *profilers* de décoder des signes, d'interpréter des pratiques, de saisir le sens d'un rituel. C'est pourquoi, après avoir lu dans le journal l'épisode des doigts sectionnés, elle lui avait proposé ses services : « Je peux vous aider, commissaire, venez me voir demain à 10 heures. »

Pour rien au monde Ruytens n'aurait manqué ce rendez-vous. C'est donc d'un pas martial qu'il allait voir son idole, l'un de ses livres en poche, qu'il comptait lui faire dédicacer.

Miss Strafford avait élu domicile à l'Hôtel de Bourgogne, peu éloigné du Collège d'Europe, dont, à juste titre, on dit qu'il s'ouvre sur l'une des plus belles vues de la ville.

Les deux hommes y entrèrent, s'adressèrent à la réception. Le concierge héla un maître d'hôtel qui les conduisit jusqu'à Miss Strafford – une Anglaise qu'ils imaginaient plutôt vieille, plate et sèche comme un kipper. Le nez plongé dans un rapport, elle les attendait sur la terrasse, une sorte de plate-forme sur pilotis qui surplombe la Reie, couverte et ombragée, parfaite pour y discuter au calme. À l'inverse de ce qu'ils croyaient – les clichés ont la vie dure –, ils découvrirent une jolie femme à l'aube de la cinquantaine, aux formes généreuses, maquillée avec goût. Elle releva à peine la tête à leur approche.

— Commissaire Ruytens, je suppose ?

Tel un fan boutonneux, le ventripotent tricota des doigts, renoua sa cravate, rectifia sa tenue.

— Oui, madame, honoré de vous rencontrer.

— Et ce monsieur, je présume, est le commissaire Daysvat dont vous m'avez parlé hier ?

— Vous présumez bien, lui répondit Philippe d'une voix plus assurée, enchanté de faire votre connaissance.

— *Well*... Mais ne restez pas debout, messieurs, prenez place... Désirez-vous un thé, un café, un jus de fruits ?

Sans se concerter, il acceptèrent un café. Le maître d'hôtel repartit les chercher, ce qui permit à Ruytens d'ouvrir le feu sans témoin. L'émotion passée, il recouvra sa superbe, remercia la célébrissime dame de l'avoir appelé, de s'intéresser à l'affaire, la complimenta sur son œuvre, lui demanda si elle aimait Bruges, et surtout, par curiosité personnelle, chercha à savoir le thème du colloque qui l'y amenait.

— Toujours la même rengaine, soupira-t-elle : la coordination européenne.

— Sans être indiscret, madame, la coordination de quoi ?

— De nos méthodes criminalistiques, commissaire, vaste entreprise, tout est à construire. Par exemple, tenez : savez-vous que, pour prouver que des empreintes digitales appartiennent à M. Smith, chaque pays a des critères différents, lesquels varient de douze à dix-sept points de concordance. L'un se contente du minimum tandis que l'autre les exige tous. Dans la lutte antiterroriste, cette dispersion est gênante, ne trouvez-vous pas ?

Il l'approuva de l'air navré de ceux qui en subissent les conséquences.

— Certes, le différentiel nous crée parfois des problèmes.

— Eh bien voilà le genre de *gap* que nous essayons de combler.

Le maître d'hôtel revint, posa les cafés, les indissociables spéculoos et le lait sur la table, puis, après une courbette, se retira sur le bout des semelles.

Miss Strafford, d'une politesse tout anglaise, laissa à ses invités le temps de les boire avant d'entrer dans le vif du sujet.

— Vous ne m'en voudrez pas, messieurs, mais je dois partir dans quinze minutes, les *workshops* reprennent à 10 h 30. Cela étant, ce sera suffisant pour parvenir au terme de mon analyse.

— C'est déjà beaucoup nous offrir, madame, la remercia Ruytens.

Elle ouvrit son cartable, en sortit des coupures de journaux et des notes manuscrites.

— Essayez de deviner, messieurs, pourquoi ces meurtres m'ont interpellée.

Pour éviter à Ruytens d'essuyer les plâtres, Philippe se lança le premier.

— À cause des décapitations ?

— Non, commissaire Daysvat, les têtes n'ont aucune valeur symbolique. Il faut remonter aux Celtes pour en trouver une. À l'époque, quand un guerrier coupait la tête de son ennemi, c'était pour récupérer sa force et sa sagesse. C'est le *pitch* d'un film bien connu – *Highlander* –, que vous avez certainement vu.

— Oui, plusieurs fois.

— *Great !* Eh bien depuis ces temps antiques, les têtes ne font plus recette chez les Occidentaux.

Elle sourit.

— Vous séchez ?

— Accordez-moi une seconde chance. Serait-ce les lieux des meurtres qui ont attiré votre attention ?

— *Sorry*, mauvaise carte... En fait, si je regarde de près où les crimes se sont déroulés, je constate qu'il n'y a aucun lien évident entre eux. Ils sont importants sans être essentiels. Pourtant, on a affaire à un psychopathe, ces gens-là aiment signer leurs tristes exploits... mais détestent se faire prendre. Notez qu'en vous disant cela je vous mets sur la piste.

Le visage de Ruytens s'empourpra.

— Les doigts ! Ce sont les doigts !

Miss Strafford leva le nez en l'air.

— On brûle, commissaire... Allez, *don't wait*, je ne vous fais pas plus attendre : c'est la main droite qui m'a intriguée... Cette histoire est purement religieuse.

Sur cette affirmation, elle rassembla les phrases de son exposé.

— Cessons ce jeu, messieurs, je vous explique tout... Cet acte fait référence à une croyance judéo-chrétienne : la main gauche de Dieu est celle de Son implacable justice, la droite celle de Son pardon. Or c'est la droite que l'assassin mutile, comme s'il voulait faire comprendre que le pardon est refusé à ses victimes... C'est ce châtiment d'origine biblique qui m'a interloquée.

« Châtiment » ! L'expression était violente, Philippe s'en émut.

— Dois-je en déduire, madame, qu'il les punit plus qu'il ne se venge d'elles ?

— Absolument, commissaire Daysvat, il les frappe consciemment. J'affirme même que les lieux où il les décapite sont en rapport avec l'objet de sa justice. Rien n'est gratuit chez lui. Il a tué Monika Van Ruydt dans une église *parce que c'est là*, à ses yeux, qu'elle devait mourir. Idem avec Maxime Zenkins qui devait expier ses péchés dans un musée. Pourquoi Groeninge ? Il y a certainement une raison que je ne connais pas. Et c'est toujours valable avec Bernard Jacmin qu'il a puni en l'humiliant dans une décharge infecte.

Sidérés, Ruytens et Philippe échangèrent un regard inquisiteur. Ou cette femme avait un don, ou elle sortait d'une école de sorciers. Perspicace, amusée, elle devina ce qui leur traversait l'esprit.

— Je n'ai pas de baguette magique, messieurs, il n'y a ni « pif » ni vision dans ma démarche, elle n'est que science et connaissance. D'ailleurs, elle n'est pas terminée, je dois encore vous parler des doigts.

— Alors là, soupira Ruytens, si vous y comprenez quoi que ce soit, nous sommes acheteurs. Pour ma part, je ne vois pas de logique dans cette série.

Toujours polie, l'aimable dame réprima un sourire narquois.

— Il y en a pourtant une, commissaire.

— Ah bon ? Vous trouvez qu'après l'annulaire il faut couper le pouce ?

— Moi, je considère qu'il ne faut rien couper... *But joking apart*, ces doigts ne sont guère importants, c'est le majeur qui l'est. Toujours dans la tradition judéo-chrétienne, c'est celui que l'on nomme « le doigt du péché », un doigt considéré comme maléfique, que l'assassin n'amputera qu'au plus damné de ceux qu'il poursuit. Ce sera son dernier crime, cinq au total, je suis catégorique.

Époustouflé, Philippe respira longuement avant de lui confirmer qu'on lui avait annoncé ce chiffre. Mis en confiance par son professionnalisme, il lui parla de Mister Conscience, de ses coups de fil, de ses conseils fumeux, de sa logomachie intersidérale. Attentive, l'honorable savante accueillit ses révélations de manière négative.

— Je suis sidérée que votre « suspect » vous ait dit qu'il y aurait cinq victimes. Un *serial killer* est imprévisible, il entretient le mystère, il cultive le suspense, il surprend le public, il aime qu'on l'admire, il a besoin de gloire.

— C'est bien ce que fait ce Black, non ?

— Justement non, ça ne colle pas ! Nous sommes face à un mystique, à un vengeur qui applique sa justice dans l'ombre, à quelqu'un qui aime sa liberté. C'est pourquoi je vous affirme que votre Mister Conscience n'est pas l'assassin puisqu'il agit au grand jour.

— Il est quoi, alors ?

— Un comparse, un complice, un témoin qui ne peut pas parler, sans doute lié par un serment ou sa parenté avec le tueur.

— Qui serait un Noir comme lui ?

Fatiguée d'être incomprise, la belle Anglaise s'efforça de garder son flegme.

— Black, Blanc, homme, femme, peu importe, commissaire, ce n'est pas l'essentiel. Je vous l'ai dit dès le début : c'est son degré de religiosité qui guide le tueur, il se croit inspiré par Dieu.

Spectateur silencieux depuis cinq bonnes minutes, Ruytens revint brusquement sur scène.

— Pardonnez-moi, madame, mais, je m'aperçois que j'ai omis de vous dire qu'un corbeau nous a envoyé une lettre de dénonciation.

— Un corbeau ?

L'expression l'intrigua, elle chercha sa traduction.

— *Yes, sure !* Qui a écrit une lettre anonyme.

— De la meilleure facture… Nous avons cru que Conscience en était l'auteur, mais apparemment ce ne serait pas lui. Pour le peu que vous en savez sur lui, avez-vous une opinion ?

Oui, fit-elle de la tête, un oui qui allait bien au-delà de l'appréciation.

— Plutôt une certitude, commissaire Ruytens : Conscience tient trop à se distinguer pour flatter l'anonymat, le téléphone lui convient mieux pour jauger vos réactions. Quant au corbeau, son désir est de nuire, il détient peut-être un bout de vérité, néanmoins…

Elle coupa net le fil de sa démonstration, fixa Ruytens.

— Mais je m'égare… De quoi parle sa lettre ?

— De coucheries, le texte est un rébus…

— Comporte-t-elle un signe distinctif ?

— Une croix.

— *Wonderful, I see*, hocha-t-elle le menton, une marque de fabrique… Ne désespérez pas, il y aura une suite, un corbeau achève toujours son travail, c'est ainsi qu'il se fait prendre.

Sous leurs pieds, une noria de canots transportaient des touristes sur la Reie. C'était le rush avant les grandes chaleurs, les quais se remplissaient, les clameurs s'amplifiaient, on riait, on chantait, on s'interpellait d'une rive à l'autre.

D'un coup d'œil discret, Miss Strafford regarda sa montre.

— Pardonnez-moi, le temps passe, je vais devoir vous abandonner… Je me permets donc de conclure rapidement… Comme je viens de le dire, la religiosité est la clé de votre enquête. Votre coupable a la foi, une foi déviante, certes, mais chevillée au corps. A-t-il reçu une éducation religieuse ? Probablement, il y a là un champ à sillonner. Mais le point capital de vos recherches est tout autre : trouvez en quoi les victimes, ensemble ou séparément, ont pu choquer un fanatique, voire un croyant déboussolé, et vous aurez le nom de l'assassin…

Elle salua de la tête, réunit ses papiers, referma son cartable.

— *That's all*, messieurs, j'en ai terminé. Avec trois individus à arrêter, il ne me reste qu'à vous souhaiter bonne chance, vous en aurez grand besoin.

Philippe la remercia, se leva, quitta la table rapidement. Il ne fallait pas qu'il voie ce qui allait se passer.

Empêtré dans les formules, Ruytens tournait en rond pour demander un autographe à Miss Strafford.

Ce fut avec joie qu'elle lui dédicaça son livre.

22

Ils en avaient plein les bottes, leurs crânes chauffaient à blanc.

Plus de vingt fois, de long en large, stérilement, Baudouin avait fouillé l'entrepôt, parcouru les dunes, courbé les oyats, inspecté le rivage. De leur côté, les Einstein des labos s'y étaient usés en vain. Après des heures de marche, ils n'avaient rien trouvé à se mettre sous le microscope. Déconvenue supplémentaire, le 4 × 4 de la victime refusait de coopérer. On supposait qu'Epsilon, dissimulé dans les dunes, s'était jeté sur Jacmin pour le chloroformer, le balancer dans sa Jeep, le ficeler et l'emmener dans l'entrepôt.

Selon la méthode Daysvat, Baudouin s'était mis dans la peau de l'assassin. Voyage dans le passé, Epsilon n'avait pu se déplacer à pied. Il était venu sur la côte en voiture, l'avait garée près de la plage où elle avait peut-être laissé des traces. Mais la malchance s'acharnait, l'orage s'était amusé à inonder les routes, il ne servait à rien d'y mouiller ses semelles.

Le seul point positif de ses recherches se résumait à un chrono : la distance entre les dunes Fonteijnes et l'entrepôt, en marchant vite, se parcourait en moins d'une heure, un temps qu'Epsilon avait dû minuter avant de commettre son crime.

Il était donc prémédité, ce qui signifiait que des gens avaient peut-être remarqué ses allées et venues. Mais cela valait-il le coup d'interroger les baigneurs ? Non. Ils étaient trop nombreux, et impossible de tous les retrouver.

Nadine, elle, était restée à la brigade pour chater *via* le Net. Pourquoi ? Tout le monde l'ignorait, il était temps qu'elle le dise.

19 h 06. Assis derrière son bureau, Philippe tapota sur son agenda.

— Je t'écoute, ma grande. À quoi as-tu dépensé l'argent du contribuable ?

— À chercher un Black, commissaire… N'est-ce pas le but de l'opé ?

Son ton frôlait l'impertinence. À l'entendre, Philippe savait déjà qu'elle avait trouvé quelque chose.

— Si… Et tu l'as cherché où ?

— Dans un cirque.

Il la dévisagea comme si elle tombait de la lune.

— Tu peux m'expliquer ta démarche ?

— Sans problème, ça ne prendra que cinq minutes.

D'un coup de reins, elle fit rouler sa chaise jusqu'à son bureau, y étala ses notes qu'elle relut en diagonale.

— Commençons par toi... Tu me confirmes avoir vu Conscience de près ?

— Pourquoi ?

— C'est important.

Il rechigna, son questionnaire l'agaçait.

— Tu m'énerves, va droit au fait.

— Allez, commissaire, insista-t-elle, c'est pour la bonne cause... Tu l'as vu, oui ou non ?

— Affirmatif. J'ai eu tout le temps d'examiner sa tronche.

— Bien... Tu l'as décrit comme quelqu'un qui semblait sortir du maquillage, tu as même ajouté qu'il avait un visage plutôt jeune.

— Et je le répète : son physique m'a frappé.

— Excellent ! Tu maintiens ta déclaration ?

— Totalement.

D'un coup de crayon, elle biffa ses premières notes.

— Passons à son numéro d'équilibriste. Il était comment sur sa poutre ?

— Je te l'ai déjà dit : aussi à l'aise qu'un funambule.

— Et tu me jures que ne l'as pas vu sauter sur la poulie ?

— Ni à terre, ça s'est passé très vite.

— Je te remercie, j'en ai fini avec toi.

Du même geste, elle barra toute la page.

— Abordons à présent la partie calculs... Je suis retournée à l'entrepôt pour prendre des mesures.

Elle sortit un croquis, l'endroit où Conscience avait disparu y était reproduit en trois dimensions, à l'échelle 1 : 20e.

— Regardez bien tous les deux : la poutre se situe à trois mètres dix-sept de hauteur, sa largeur est de dix-neuf centimètres, la poulie descend du plafond à deux mètres quinze devant elle, et son crochet pend à un mètre quatre-vingt-douze au-dessus du sol… Entre nous, il y a de quoi s'interroger sur l'exploit du bonhomme…

Ces chiffres laissèrent Philippe songeur, ils pimentaient sa performance d'un soupçon de magie.

— C'est Tarzan, ironisa Baudouin.

— Presque, continua Nadine, parce qu'il a aussi fallu qu'il grimpe sur cette foutue poutre, et là, je ne sais pas comment… À mon avis, il a dû empiler des bidons pour l'atteindre, mais comme on les a virés, lève-toi de bonne heure pour le prouver.

Subitement, comme piqué par un moustique, Philippe décolla de son fauteuil.

— Les bidons ! C'est ça ! Tu as raison ! Il a construit une pyramide.

— Une pyramide ?

— Ouais, ça explique comment il a pu se hisser sur son perchoir. Une fois là-haut, il a repoussé les bidons d'un coup de pied, et nous, on a crié connement au miracle, c'est pas plus diabolique que ça.

Le mystère de sa grimpette était enfin percé. Avec un sourire retrouvé, Philippe adressa un drôle de signe à Nadine, une sorte de compliment gestuel qui signifiait qu'elle n'avait pas perdu son temps.

— Je suppose que ton histoire a une suite ?

— Plutôt une fin, commissaire… *Cogito ergo sum*… Pour moi, un type aussi agile, maquillé comme un artiste, en est forcément un. Ma conviction est que notre Black est trapéziste ou un machin dans ce genre… Je me suis branchée avec tous les cirques connus, ils doivent m'envoyer des photos d'acrobates africains, je te parie que dans le tas on trouvera la binette de Conscience.

Persuadée d'avoir mis le doigt dessus, Nadine s'attendit à ce que Philippe la félicite, mais, à son immense déception, aucun compliment ne sortit de sa bouche. Conscience n'était pas Epsilon, c'était sur ce foutraque qu'elle devait se concentrer, le Noir ne passait qu'en second, et la remarque valait aussi pour Baudouin.

Après ce recentrage mortifère, il enchaîna sur Miss Strafford. À la virgule près, il leur rapporta ses propos, s'appesantit sur la foi du tueur et, sans mettre de gants, leur ordonna de sonder les milieux religieux.

— Des religieux, éclata Baudouin, Bruges en a à revendre ! Ces gens pratiquent la loi du silence, on va se faire recevoir.

— Et pas qu'un peu ! renchérit Nadine. Dans la ville qui vénère le Saint-Sang, il est plus facile de dénicher un mécréant qu'un croyant unijambiste. Depuis 1149, Bruges, n'a pas quitté le Top 50 de la dévotion, les curés refuseront de coopérer.

— Mais qui te parle de curés ? se fâcha Philippe. Ce que je vous demande, c'est d'enquêter sur l'implication religieuse des victimes. Interrogez leur entourage, cherchez à savoir si elles faisaient partie d'une confrérie ou d'une association dévote, c'est sur cette vague qu'il faut surfer.

— Même pour Van Ruydt ? s'étonna Baudouin.

— Oui, mon garçon, on a trop vite conclu qu'elle n'appartenait à rien. Cuisine son assistante. Rappelle-toi qu'elle m'a confié que Monika allait à la messe – avec une pointe de respect dans la voix –, ce qui me dit qu'elle partageait sa foi.

— Et ça nous mènera où ?

— À ce qu'elle m'a sans doute tu sur ses activités cultuelles.

L'extraterrestre se calma, enregistra les ordres, les mit en place, les peaufina.

— D'accord, patron, j'irai la voir. Mais tant qu'à faire, j'aimerais aussi fouiller l'appartement de Van Ruydt.

— Il a déjà été visité.

— Succinctement, pas dans l'esprit que vous m'avez indiqué, je veux tout recommencer de zéro.

— Pourquoi le sien et pas ceux des autres victimes ?

— C'étaient des mecs mariés, leurs épouses ont eu le temps de faire le ménage. Vous pouvez m'arranger ça ?

L'argument avait du muscle, Philippe ne put que s'incliner.

— Entendu, ça roule. Le temps de remplir les formulaires, tu pourras y aller lundi matin.

Sans retenue, dépitée, Nadine se racla bruyamment la gorge.

— Hum ! Et moi, maintenant que je n'ai plus de Black à traquer, je m'occupe de quel White ?

— De Zenkins et de Jacmin.

— Les deux ! Parce que tu te réserves qui ?

— C'est vrai ça ! intervint Baudouin. Vous êtes un cachottier, patron, on peut savoir où vous allez fouiner ?

D'un air de conspirateur, Philippe mit un doigt sur ses lèvres.

— Chut… Du côté de l'enfer.

Nadine ricana. Pour elle, matérialiste viscérale, bondieuseries et diableries étaient à noyer dans le même puits.

— Et d'abord chez Werport, précisa Philippe, ce merdier tourne un peu trop autour de lui.

Son euphémisme la fit rire.

— *Un peu trop* ? T'as lu la note que je t'ai adressée ?

— Non, j'arrive d'Anvers, je n'en ai pas eu le temps. Elle dit quoi ?

— Que question religion, notre échevin est gratiné. Non seulement il finance les œuvres de sa paroisse, mais en plus il défile tous les ans dans la procession du Saint-Sang. Tu sais comment ? En armure et à cheval !

Si la dévotion de Werport n'était pas le signe d'un haut degré de religiosité, elle acceptait de s'inscrire au catéchisme. Pour comprendre, pas pour croire, il ne fallait pas trop lui en demander.

Philippe la remercia, l'information valait de l'or.

Le soir tombait, il regarda sa montre

— OK, on s'est tout dit, la séance est levée. Je vous souhaite bon courage pour la suite.

Remontés à bloc, ils sortirent du bureau, traversèrent les couloirs, gagnèrent l'accueil. Ce fut presque à regret qu'ils se séparèrent dans la rue.

Philippe se dirigea vers le Markt. « Du côté de l'enfer, pensa-t-il en marchant, c'est plutôt une bonne idée. »

23

Si leurs rondes déplaisaient aux déjantés, elles rassuraient la population. Les patrouilles de police arpentaient la ville 24 heures sur 24. Le jour, elles contrôlaient les chevelus, la nuit, elles surveillaient les noctambules.

Une tradition, une habitude puisée dans la peur de la différence.

L'une d'elles roula doucement devant un estaminet. Par prévention, histoire de montrer sa présence.

À l'intérieur, à travers les vitraux multicolores, Eddie la regarda passer en se boyautant.

— Hou-la-la ! Tes archers font du zèle…

Tordu de rire, il se retourna sur son tabouret, empoigna le manche de son support à Kwak, vida sa bière d'un trait.

Plus traditionnel, Philippe l'imita en éclusant sa Brugse Triple, un breuvage de furieuse consistance, réservé aux connaisseurs. L'ennui, c'était qu'il éclusait sa quatrième tournée, les étagères du bar commençaient à tanguer.

— Plains-toi, mes gars font leur boulot.

— Tu crois que c'est comme ça que vous allez poirer l'assassin ?

— Ça fait du bien aux gens de voir qu'on est là.

Eddie ne sut que répliquer, la langue pâteuse, pareillement embrouillé. D'un œil de veau malade, il regarda leurs verres.

— On fait quoi, maintenant ? On continue à l'orge ou on plonge dans le genièvre ?

— Qui c'est qui paye ? articula Philippe avec peine.

— Moi, je te dois mon dernier article.

— Alors va pour un witteke, ça nettoie les boyaux.

Eddie commanda deux genièvre au patron, un type énorme, hippopotamesque, qui les leur apporta en se marrant.

— Eh be, commissaire, ça fait plaisir de voir que vous n'avez pas oublié les bonnes choses.

— Impossible de les oublier, Léon, comme le chemin de votre maison.

Philippe adorait cet endroit, calme et tamisé, ses faïences de Delphe, ses boiseries bien cirées, ses banquettes en cuir, son long comptoir en cuivre, ses reflets rutilants. Un walhalla où il revenait après huit mois d'absence.

Léon les abandonna. Les deux hommes trinquèrent, levèrent leurs verres à goutte remplis d'alcool blanc et les vidèrent cul sec.

— Waf ! s'étouffa Eddie, ça te ferait chanter un muet.

— Ouais, c'est de la dure… Au fait, à propos de muet, tu me parles plus de ton rédac-chef. Il te fait toujours des misères ?

— Hi ! C'est moi qui lui en fais, je peux pas dire lesquelles.

— Oh ? Même pas à ton meilleur ami ?

À demi vaseux, Eddie mit une main sur son cœur.

— Si, plus tard… Je te le promets… C'est encore trop tôt.

— D'accord, garde ta salive, je m'en voudrais d'insister.

Déçu, Philippe regarda leurs verres. D'un cercle de l'index, il fit signe à Léon de les remplir.

— Celle-ci est pour moi, annonça le poussah, pour le bonheur de vous revoir.

— Merci Léon, vous êtes un ami. Je peux pas en dire autant de tout le monde, parce que j'en connais qui ont des secrets pour leurs frères.

Sans chercher à décoder son message, Léon les servit et s'en alla. Dès que ses oreilles furent loin, Eddie pivota sur son tabouret, le front en plis d'accordéon.

— Secrets, mes fesses… Côté silence, t'es pas mal non plus.

— Pourquoi craches-tu dans la soupe ? Je te file toutes les infos que tu veux.

— Je te cause pas de mon journal, je te dis ce que je sens.

— Et tu sens quoi, Dublair ?

— Que t'as voulu qu'on prenne un pot pour me parler et que t'oses pas.

Philippe trempa un doigt dans son genièvre, le lécha, le nez en l'air, les yeux mi-clos.

— T'as raison, j'ai un service à te demander.

— C'est bien ce que je disais ! Allez, courage, verse ton fiel.

— Tu vas pas aimer.

— T'occupe pas de ce que j'aime, accouche.

— Voilà… Je souhaite que tu me conduises chez Mama Med.

En un huitième de seconde, le visage du journaliste se coloria de bleu, de blanc, de rouge et même d'une pointe de jaune martien.

— Hein ? Mais t'es dingue ! Tu sais les ennuis que j'ai eus à cause de cette bonne femme ?

Il se jeta sur son witteke avant de les lui rappeler.

Trois ans auparavant, dans le cadre de ses chroniques ésotériques, Eddie avait écrit un papier sur les activités de la dame. D'origine congolaise, Mama Med était un pseudonyme sous lequel elle exerçait ses talents de prêtresse. Ou de sorcière pour les inquisiteurs. Elle invoquait les esprits, entrait en transe, s'exprimait – prétendument – par la voix des morts, brisait des maléfices, officiait nue au cours de messes sulfureuses auxquelles assistait la bonne société locale. Que pareille créature sévisse dans la région avait ému plus d'un lecteur. Et qu'on lui fasse de la publicité avait indigné les bigots. Le standard du journal s'était mis à flamber ; d'aucuns exigeaient qu'Eddie dénonce Mama Med, qu'il donne son adresse, dise clairement son nom, sinon ils menaçaient de résilier leur abonnement. En dépit de la pression, Eddie avait refusé de plier, appuyé par ses confrères dans cette bataille de Tartuffe. Il en était sorti vainqueur, mais le scandale l'avait contraint à se mettre au vert – une courte retraite dont il gardait un souvenir exécrable.

— Je sais déjà tout ça, le rembarra Philippe, il y a prescription, où est le problème ?

— Il est... Il est que je ne dévoile pas mes sources, c'est une règle sacrée. À l'époque, j'ai tenu bon, j'ai préservé Mama Med, alors il est hors de question que je la balance aujourd'hui.

Si son credo le faisait râler, Philippe en apprécia la droiture. Côté déontologie, Eddie ne plaisantait jamais. Il savait qu'il devait trouver un arrangement avec lui, un protocole conforme à ses principes.

— Écoute-moi bien, frérot, je te propose un *deal*... Je vais te confier deux éléments confidentiels, ultra-confidentiels, sur l'affaire des décapités... Après que tu les auras entendus, ou tu seras convaincu que tu dois m'amener chez elle, ou tu oublieras ce que je t'ai raconté... Ça te convient comme marché ?

Eddie mit en marche sa balance mentale, pesa les conséquences d'une réponse hâtive. Après tout, que risquait-il d'accepter sa proposition ? Rien...

— On peut toujours essayer.

— Super... Avant de commencer, je veux que tu me jures que tu effaceras mes confidences de ta mémoire.

— Tu as ma parole, comme au temps où on faisait des blagues aux moines.

Il ne pouvait en donner de meilleure, Philippe savait qu'il la respecterait.

— Bon, il faut d'abord que je t'avoue que je connais l'adresse de Mama Med. Elle habite à côté de Bruges, à Dudzele.

— Oh ! s'écroula Eddie, ben si tu le sais, pourquoi tu veux que je te conduise à elle ?

— C'est pas sa bicoque qui m'intéresse, c'est le temple où elle officie, et lui j'ignore où il se trouve. Les gendarmes doivent le savoir, mais je tiens pas à les avoir dans les pattes.

Eddie apprécia le distinguo.

— Je vois, c'est à la prêtresse dans ses œuvres que tu veux causer.

— Bravo, tu percutes au quart de tour.

— En revanche, ce que je ne saisis pas, c'est ton envie soudaine de la rencontrer.

— Je me fiche autant d'elle que de ses fidèles... C'est Gizenga, alias Conscience, que je veux coincer... Et ça, c'est ma première confidence.

Paumé, vidé, largué, Eddie ne comprit plus rien à son laïus.

Depuis que Philippe avait croisé Conscience, il ne cessait de lui répéter qu'il n'était pas Gizenga. Mieux encore, il venait de lui parler des intuitions de Nadine, de sa conviction de retrouver la trace du Noir dans un cirque, ce dont il s'était félicité. Alors quoi ? Se fichait-il de sa tête ou perdait-il la sienne ?

— Gizenga ? C'est une blague ?

— Absolument pas.

— Tu as changé d'avis ?

— Non, j'ai toujours pensé que Conscience et Gizenga étaient le même homme. Je l'ai gardé pour moi, c'est tout.

— Pourquoi me le dis-tu ce soir ?

— Parce que tu m'y obliges, c'est la condition de notre marché.

L'attitude de Philippe lui parut ambiguë.

— Si je te suis bien, tu l'as caché à tes collègues ?

— Ouais.

— Et tu n'as pas honte ? Tu sais que tu protèges un criminel en fermant ta grande gueule ?

— Foutaises, Gizenga n'est pas le tueur.

— Parce que tu en es sûr ?

— À mille pour cent.

— Prouve-le.

Philippe se concentra, soudain dégrisé.

— Tu connais Mary Strafford ?

— Toi, tu n'as pas lu mon article, je l'ai interviewée il y a huit jours.

— Et moi je l'ai vue ce matin. Alors ouvre bien tes oreilles, je vais te dire comment elle analyse cette saloperie d'affaire…

Synthétique, éclectique, il lui restitua son discours, décrivit la personnalité de l'assassin, insista sur son besoin de vengeance, les déviances de sa foi, sa certitude d'être protégé par le Très-Haut – un profil religieux qui effraya Eddie.

— Purée de crottes, il est *smerdlap* ce portrait ! Si ton gars fonctionne à l'eau bénite, s'il croit que Dieu le guide, il n'a plus de repères humains.

— Eh ouais, à l'identique de Gizenga… On peut dire que ces deux-là se sont bien trouvés.

— L'un châtie, l'autre condamne… C'est du sado-maso, ce tandem de merde.

— Y a un peu de ça. Maintenant, je vais te balancer ma seconde confidence… Tiens-toi au comptoir, elle va te râper les tympans.

Philippe fixa Eddie droit dans les yeux, d'un regard qui le prévenait qu'il ne se répéterait pas.

— Brut de fonderie, il manque des infos dans la fiche de Gizenga. Si elles n'y figurent pas, c'est parce qu'elles sont classées dans son dossier, une *farte* de trois cents tonnes qui n'intéresse plus personne. Il se trouve que moi je les connais, je ne les ai pas oubliées.

Il respira, se lissa les cheveux, se massa la nuque, réunit ses mains sous sa mâchoire, posa les coudes sur le comptoir.

— Pour que tu cernes bien le personnage, il faut que tu saches que Gizenga a fait de brillantes études. Fou, mais pas con, le mec, plutôt surdoué. Il aurait pu devenir ingénieur ou toubib, mais voilà, il a préféré répondre à l'appel de Dieu.

— C'est-à-dire ?

— Qu'il est entré dans les ordres.

— Gloups ! Elle devient palpitante ton histoire.

— Et ce n'est que le début… Comme la règle l'exige, Gizenga a d'abord été séminariste. Un modèle du genre, trois ans de conduite exemplaire. C'est ensuite que ça s'est corsé, parce que tu sais quoi ? Le supérieur du séminaire l'a surpris en train de célébrer un culte animiste.

— Non ? C'est pas vrai ?

— Si, et pas qu'un peu… Le bonhomme profitait de sa soutane pour recruter ses brebis. Au grand bonheur des tarés, il mélangeait la métempsycose, les esprits et la Trinité, une grosse toutouille mystique qui ravissait ses apôtres. Autrement dit, Gizenga créait sa propre Église sur le dos des curés. Est-il besoin d'ajouter qu'ils l'ont viré sur-le-champ ?

Inutile, fit Eddie de la tête.

— La suite de sa vie se résume en trois verbes. Il a exercé ses activités de marabout, s'est marié et a tué sa femme d'un coup de machette… À sa décharge, il avait vu dans un cul de poule qu'elle le trompait effrontément.

— Étrange support pour consulter les oracles.

— Ce n'est pas tout, je t'ai réservé le meilleur pour la fin… Dans sa jeunesse, Gizenga était un athlète, un champion du saut en hauteur.

Comme touché par la grâce, Eddie se redressa, en extase, les bras ouverts, les pupilles illuminées comme un sapin de Noël.

— Ce qui nous explique son agilité…

— Et sa souplesse d'acrobate. Pour moi, ces années passées dans un asile ne lui ont pas gâché la forme. Ni le physique : les cures de sommeil n'ont jamais enlaidi un mec.

— Alors, pourquoi il se maquille ?

— Bah ! Gizenga est un malade, un dingue qui joue un rôle ; et quand on joue un rôle, on se grime. Point barre…

Philippe retira ses coudes du comptoir, vrilla vers son ami.

— Voilà, tu sais tout, j'ai vidé ma cantine.

Une à une, il avait abattu ses cartes. Eddie en savait assez pour se décider.

Il hésita.

— Si je comprends bien, tu penses qu'il a trouvé refuge chez Mama Med ?

— Qui se ressemble s'assemble, non ?

— Et tu me demandes de la trahir ?

— De me conduire à elle, nuance.

— C'est quand même cracher sur ma parole.

— N'est-ce pas toi qui as parlé de la honte à se taire ?

Philippe gagna le pli. Embarrassé, Eddie se mit à réfléchir, longtemps, très longtemps, le dos voûté, la tête entre les mains.

Puis, tout à coup, il se leva, marcha de long en large en titubant, interpella Léon pour lui commander une tournée.

— En quel honneur ? s'inquiéta Philippe.

— Pour sceller notre accord.

— Notre accord ?

— C'est OK, commissaire, je vais prévenir Mama Med que j'amènerai un ami demain soir.

— Merci, souffla Philippe, je te revaudrai ça au centuple.

Soupçonneux, Eddie cligna toutefois des yeux ; un dernier détail le chagrinait.

— Il y a quand même un truc qui me gêne dans ton enquête : tu la joues pas un peu perso ?

— Mm… On peut le présenter ainsi…

— Curieux, c'est pas ton genre… T'as un compte à régler avec quelqu'un ?

Il mit un index sur ses lèvres pour signifier qu'il le gardait pour lui.

Pouvait-il avouer qu'il voulait savoir pourquoi il voyait la mer dans ses cauchemars ? Qu'une petite voix lui disait que le Noir avait la réponse ? Qu'entre Gizenga et ses rêves c'était une affaire privée ?

24

Il faisait beau et chaud.

Loin à l'est, à des verstes de Bruges, le dimanche se déroulait dans le bonheur.

Au bord d'un lac, près de la vallée de l'Ourthe, des familles préparaient leurs pique-niques.

Avec le soleil, elles avaient retrouvé le chemin de la campagne, les joies simples d'un dîner sur l'herbe, les délices d'une sieste sous un arbre, les rires des enfants qui s'amusent comme des fous.

Sur des canots en bois, loués pour quelques heures, des gens ramaient sur les flots calmes.

D'autres, plus téméraires, prenaient leur premier bain de la saison.

Pélagie était de ceux-là. À seize ans, la jeune fille, championne de natation, ne craignait pas l'eau froide. Il valait mieux. À midi, celle du lac atteignait 17°, son record de chaleur.

Grande, brune, les épaules carrées, elle fréquentait les piscines tout au long de l'année, pour la gagne, les médailles, dans un esprit de compétition.

C'est pourquoi elle appréciait de nager pour rien, pour le plaisir, sans chrono, sans contrainte.

Elle s'avança sur le ponton, se retourna pour répondre à sa mère qui lui criait de prendre garde – sans trop savoir à quoi –, lui adressa un signe rassurant, pivota, ajusta ses lunettes, se plia et plongea.

La température de l'eau ne la surprit pas, il ne lui fallut que quelques brasses pour s'habituer à sa froideur, puis, les muscles réchauffés, elle se mit sur le dos pour saluer ses parents. À ses « coucous ! », ils lui renvoyèrent des « hou, hou, ma chérie ! » ponctués de gestes naïfs.

Après un crawl puissant, Pélagie s'arrêta au milieu du lac, non qu'elle fût fatiguée, mais pour décider de ce qu'elle allait faire. Nager sous l'eau lui sembla amusant. D'un arrondi du corps, elle disparut de la surface.

La profondeur du lac ne dépassait pas quatre mètres. Le fond était trouble, elle n'y vit rien d'intéressant, même pas un gardon ou un brin d'herbe. Déçue, elle remonta prendre son souffle, regarda autour d'elle, se dirigea vers la berge, s'arrêta, aspira un bol d'air, replongea vers le fond.

L'endroit ne méritait pas davantage le détour qu'en amont, la visibilité y était aussi exécrable, mais puisqu'elle y était, Pélagie alla toucher sa vase.

Tiens, se dit-elle en s'en approchant, enfin une découverte !

Qu'était-ce donc ? Elle y voyait si mal qu'elle ne distinguait qu'une forme floue. Ce ne fut que lorsqu'elle eut le nez contre l'objet qu'elle put l'identifier. C'était un sac énorme, attaché par une chaîne. Bizarre, cette chaîne, que fichait-elle là ? Curieuse, la jeune fille remonta ses anneaux pour voir où elle menait, lentement, concentrée, prête à découvrir un trésor.

Et c'est la mort qu'elle faillit rencontrer.

Une mort due à la peur qui lui fit ouvrir la bouche.

Collé à son visage, les chairs effilochées, les yeux exorbités, un cadavre la fixait.

Elle eut juste le temps de voir que le noyé était un homme, qu'il était attaché à la chaîne, avant de remonter à la surface pour cracher, se débattre et crier au secours…

Deux heures plus tard, prostrée contre un bouleau, le dos couvert d'une serviette, Pélagie tremblait encore. La jeune femme qui lui parlait n'arrivait pas à la calmer. Elle était psychologue, c'était écrit sur son badge.

Pélagie ne pouvait effacer l'image de l'homme, il hantait son regard.

Et elle éclata en sanglots quand les gendarmes, au milieu d'une foule atterrée, emmenèrent sa dépouille.

25

Le Zwin, ancien bras de mer, a fait la fortune de Bruges. Du Moyen Âge à la Renaissance, les navires le remontaient pour accoster en ville.

Mais, au fil du temps, il s'est lentement ensablé. De cité portuaire, Bruges est devenue terrienne, une cité perdue, morte et oubliée, jusqu'au siècle dernier où on l'a ressuscitée. Il suffisait de percer le canal qui la relie à Zeebrugge.

Entre-temps, le Zwin s'est transformé, la flore y a repris ses droits, la faune y a trouvé un nid, une réserve naturelle y est née, une étendue sauvage où cent espèces d'oiseaux, venus de tous les cieux, se côtoient près des vagues.

Tout autour, ce ne sont que des dunes, parfois entrecoupées de boqueteaux – un espace sans fin et fort peu habité.

C'est là que dans la nuit, sous une terrible averse, Eddie roulait vers le temple de Mama Med. À ses côtés, Philippe, le teint bistre, s'accrochait à sa ceinture.

— Tout va bien ? s'inquiéta-t-il.

— Moyen… Il faut que je m'habitue.

— Tiens bon, on est presque arrivés.

— Lâche-moi, je dois surmonter ma phobie.

Eddie quitta la route goudronnée pour un chemin chaotique.

— Je croyais que tu n'avais plus de séquelles ?

— Excepté ma hantise de la bagnole quand je roule la nuit.

Et elle n'était pas près de s'arranger, la fin de leur voyage décupla ses angoisses. De fondrières en dos-d'âne, ils franchirent une piste étroite, s'engagèrent sur un sentier caillouteux, bifurquèrent sur une bande de sable. Dans ce labyrinthe tortueux, un profane se serait perdu. N'allait pas qui voulait chez la prêtresse.

— Je peux te poser une question, reprit Eddie, une question de journaliste qu'un ami ne te poserait pas ?

— Ça dépend, c'est pour quoi ?

— Ma chronique.

— La sulfureuse, celle qui me fait toujours marrer ?

— Je vois que tu l'apprécies.

— Tu en écris de meilleures… Mais vas-y, je ne peux rien te refuser.

Il tourna le volant avant de se lancer.

— C'est à propos du coma. Que se passe-t-il dans ta tête pendant que tu es ailleurs ? Est-ce que tu entends des gens, est-ce que tu vois des choses ?

Si c'est tout ce qu'il voulait savoir, Philippe se ficha de ses précautions, le sujet ne rouvrait aucune de ses cicatrices.

— Rien, tu n'entends rien, tu ne vois rien, c'est le trou noir jusqu'à ton réveil.

— Oh ! Tu ne rêves même pas un tout petit peu ?

— Je n'en ai pas le souvenir.

— Pourtant, c'est ce qu'on raconte. Il y a d'anciens comateux qui jurent avoir voyagé avec des anges.

– C'est leur affaire. Le coma, pour moi, ce sont douze jours qu'on m'a volés.

— Dommage.

— Pourquoi ?

— Ça aurait pu faire une belle chronique. Je dois en pondre une pour demain.

Des lumières filtrèrent à travers la pluie. Ils virent bientôt danser des flammes. La voiture s'en rapprocha, Philippe découvrit des malabars qui tenaient des lanternes, des types patibulaires, planqués sous des feuillages reconvertis en auvent. Sur un ton péremptoire, Eddie lui ordonna de se taire.

— Quoi qu'ils disent, quoi qu'ils fassent, tu me laisses parler.

Il s'arrêta à leur hauteur. Le battle-dress trempé, l'un des gorilles s'avança vers sa portière. Ses dreadlocks dépassaient de son béret, son visage métissé, d'une dureté de circonstance, annonçait aux curieux qu'ils n'étaient pas les bienvenus.

— Bonsoir, se présenta le journaliste, je suis Eddie Flahaut, je viens avec un ami, Mama Med nous attend.

Le musclé regarda Philippe qui le salua de la tête.

— Je suis au courant, finit-il par rugir, vous pouvez y aller.

Eddie redémarra aussi sec. Philippe attendit quelques secondes avant de marmonner :

— La dame est bien gardée.

— Elle tient à sa sécurité.

— Elle craint surtout le fisc, sa vocation doit lui rapporter gros.

— Affirmation mensongère, elle ne se fait pas payer…

Il pouffa de rire :

— En revanche, il est permis de faire des dons.

— Ce qui améliore ses maigres revenus d'infirmière.

— Ah ! grinça Eddie, parce que tu sais *aussi* ce qu'elle fait dans la vie.

— Tu t'en étonnes ? Depuis le temps qu'on se connaît, tu aurais dû remarquer que les flics étaient bien renseignés.

Le tonnerre tonna au loin, un orage se rapprochait du Zwin.

Ils amorcèrent un ultime virage, débouchèrent sur une cour. Une bâtisse en briques rouges s'élevait en son centre, large, illuminée de mille feux – probablement un ancien pavillon de chasse. À qui appartenait cette tanière ? À voir les véhicules garés autour d'elle, dont le moins cher devait coûter vingt fois sa paye, Philippe se dit qu'il valait mieux ne pas le savoir. Par expérience, il contournait les secrets qui bousillaient une carrière.

Un grand type en ciré, recruté chez les durs, leur indiqua une place sous un arbre. Eddie manœuvra son tas de boue, se glissa entre une Porsche et une Lamborghini, coupa le contact, caressa le tableau de bord.

— Super, ma chérie, tu vas te faire des relations.

L'esprit ailleurs, Philippe n'entendit pas sa plaisanterie, déjà pris par l'ambiance, envoûté par le martèlement des djembés qui s'envolait de la maison. Des cris encourageaient leur frénésie, une mélopée accompagnait leur cadence – une plainte de louve, lugubre et lancinante, psalmodiée par une voix rauque.

Ils sortirent du véhicule, entortillés dans leurs parkas, pour courir sous l'averse jusqu'à la bâtisse où, plus féroce qu'un cerbère, un colosse les empêcha d'entrer. La messe avait commencé, Mama Med officiait, il ne fallait pas déranger les esprits. Habitué à ces précautions, Eddie lui renvoya des paroles d'initié. Le malabar changea de ton. Contrairement à ce qu'il croyait, ces hommes connaissaient les rituels. Rassuré, d'un grognement qui se voulait sympa, il leur permit de pousser la porte.

Ils le remercièrent chaudement puis, avec des gestes de cosmonautes, précis et mesurés, ils pénétrèrent dans le temple…

Un bouge.

Un antre bourré de foutraques, bruyant et enfumé.

Ce que Philippe remarqua en premier, ce furent les chandelles. Il y en avait partout, de toutes les couleurs, des petites, des grandes, posées en haut des meubles ou à même le sol. Leurs flammes brillantaient les murs couverts de fresques effroyables, de portraits de démons, de figures de dieux.

Çà et là, taillées dans des bois rares, à demi hommes, à demi monstres, des statues surveillaient l'assistance de leurs yeux globuleux.

Une odeur pénétrante lui piqua les narines, Philippe chercha d'où elle venait. Son regard suivit la trace d'une fumée blanchâtre, le conduisit à un jeune Noir, au torse nu et luisant, qui attisait un feu où brûlait de l'encens, du nard et de la myrrhe.

Près de lui, pareillement dévêtus, trois joueurs de djembé martyrisaient leurs instruments. Autour d'eux, vêtues de boubous écarlates, des femmes marquaient la cadence en frappant dans leurs mains. La plus âgée du groupe chantait. À sa voix éraillée, Philippe l'identifia comme celle qu'il avait entendue sous la pluie.

Il fallait avancer, Eddie le tira par la manche. Ils se frayèrent un chemin dans les rangs des fidèles. Philippe les observa avec attention. Il y avait peu de Noirs ; Conscience-Gizenga n'était pas parmi eux. Chez les Blancs, en revanche, il reconnut des visages. Il faillit en rire, certains de ces notables, proches des idées de Werport, militaient pour un pays chrétien, occidental et propre. Un fonds de commerce, une niche marketing. Eddie, à son rictus, devina ses pensées. D'un mouvement des sourcils, il lui fit comprendre qu'il avait un serment à respecter, à savoir oublier ce qu'il voyait.

Ils gagnèrent un espace plus dégagé où, entre les épaules des gens du premier rang, Philippe découvrit enfin Mama Med.

La prêtresse était nue, le sexe couvert d'un string, peinte de la nuque aux pieds de dessins ésotériques. Malgré son âge, elle exhibait un corps superbe que des plus jeunes auraient envié. Elle venait d'avoir quarante ans. Philippe savait tout de cette belle Noire, sa fiche était gravée au fond de sa mémoire.

L'assistance avait fait un cercle. Mama Med s'y déhanchait, ses lèvres murmuraient une prière. À genoux, près d'elle, extatique, une vieille femme suivait tous ses mouvements. Philippe l'observa. Petite, chétive, les cheveux blancs, les joues blettes, elle devait frôler les soixante-dix ans. À en juger par son tailleur et ses bijoux, l'argent ne lui manquait pas.

— Dju ! hurla tout à coup Mama Med, l'esprit de ton mari est sur moi ! Es-tu prête à l'accueillir ?

— Oui ! ! s'égosilla la femme.

— Alors fais le vide en toi, il arrive !

À son signal, les joueurs de djembé se déchaînèrent, les fidèles retinrent leur souffle, trois assistants s'avancèrent vers la prêtresse. Le premier portait un rat qui se débattait, le deuxième un poignard, le dernier une coupe en bois. En invoquant des dieux inconnus, Mama Med se saisit du rat et du poignard, les mit au-dessus de la tête de la femme, puis, d'un geste précis, trancha la gorge de l'animal. Son sang coula sur le visage de la récipiendaire, sans que personne trouvât à y redire.

— Bois-le ! ordonna la prêtresse, fais plaisir aux esprits !

La vieille s'exécuta avec délices, sa bouche s'ouvrit en grand, le sang du rat s'y déversa.

Philippe échangea un regard avec Eddie, un regard qui en disait long sur ce qu'il pensait de ces marteaux.

Dans le cercle, Mama Med jeta le rat et le poignard, s'accroupit devant le femme, tendit ses mains. Aussitôt, le troisième assistant lui apporta la coupe.

— Après la vie la mort, après la mort la vie. Dju ! Je t'offre son nectar !

Le menton rouge de sang, la femme se pencha, ses lèvres burent le liquide.

Philippe aurait donné cher pour l'analyser, certain qu'il contenait de la psylocibine ou, à défaut, une drogue voisine.

Le dernier acte du rituel renforça sa conviction.

Dans la fumée devenue jaunâtre, au rythme des percussions, le corps en sueur, Mama Med vibra de tous ses membres.

— Ton mari est là… Il me dit qu'il veut entrer en toi… Veux-tu le recevoir ?

— Oui, je le veux !

— Prends mes mains, serre-les fort, je te l'envoie.

Leurs doigts se rejoignirent, elles s'agrippèrent l'une à l'autre, Mama Med entra en transe.

— Dju ! Il est passé dans ton corps !

— C'est vrai, je sens sa présence !

— Je te laisse avec lui, parle-lui vite, tu n'as que peu de temps !

D'un bond, la prêtresse se releva, magnifique et triomphante, pour contempler son œuvre.

À terre, la femme se mit à délirer. Les yeux révulsés, les bras en croix, elle cria des : « Edmond, mon amour ! »

et autres : « Toi aussi tu me manques ! » devant une assistance médusée. Durant deux bonnes minutes, elle entretint un dialogue avec le disparu, lui jura fidélité, lui promit de le rejoindre, avant de hurler comme une bête écorchée : « Ne t'en va pas ! » et de s'effondrer, en état cataleptique.

Très vite, les assistants l'emmenèrent vers les chanteuses qui se chargèrent d'elle. En piaillant comme des moineaux, la volière disparut dans une pièce contiguë.

Les joueurs de djembé baissèrent d'un ton, Mama Med toisa ses fidèles un à un. Dans sa revue de troupe, elle aperçut Eddie. Superbe, elle s'approcha de lui, hautaine comme une châtelaine.

— Tu es venu avec ton ami ?

Pas de bonsoir, pas de formule de politesse, c'était la règle.

— Il est derrière moi.

— Présente-le-moi que je sache à quoi il ressemble.

Eddie le désigna, les fidèles s'écartèrent, leurs rangs s'éclaircirent, Philippe lui fit face.

— C'est lui ? blêmit-elle en le voyant.

Elle recula, effrayée.

— Oui, lui confirma Eddie. Pourquoi, il y a un problème ?

Les bras tendus, les doigts écartés, Mama Med bava de rage.

— Emmène-le ! Qu'il s'en aille ! Il doit quitter ce temple !

La musique s'arrêta. L'air mauvais, musiciens et assistants se regroupèrent derrière la prêtresse.

— Cet homme apporte le malheur ! Un Noir le protège, un Noir aux pouvoirs terribles !

Ses paupières se fermèrent, sa tête fit des cercles.

— Ce Noir est notre ennemi... Il veut notre perte !

Effondré, abasourdi, Philippe chercha de l'aide chez Eddie qui, d'un coup d'œil, lui intima de la boucler.

Les fidèles se turent. Le regard suspicieux, ils se scindèrent en deux rangs pour former un couloir jusqu'à la porte.

Dans un silence chargé de haine, Eddie s'y engagea avec Philippe. Un homme leur ouvrit, Mama Med hurla une dernière fois :

— S'il revient, je le tue !

Pour souligner sa menace, les joueurs de djembé se déchaînèrent à nouveau.

Dehors, l'orage avait fini par atteindre le Zwin.

Les deux hommes coururent jusqu'à leur voiture, s'y engouffrèrent sans échanger un mot. Le moteur vrombit, Eddie démarra sous le contrôle du colosse.

La pluie brouilla leur chemin, la foudre embrasa la nuit.

À quelques mètres de lui, Philippe ne vit pas qu'elle éclairait le visage d'un Noir adossé à un arbre.

Mister Conscience se mit à rire en le regardant partir...

De même, Philippe ne put voir, et pour cause, qu'une ombre, au même instant, profitait de l'averse qui tombait sur Bruges.

La rue était déserte, pas de gardien pour surveiller l'entrée.

C'était le bon moment.

L'ombre s'approcha de l'immeuble, s'arrêta devant une boîte à lettres et, de sa main gantée, y glissa une enveloppe.

Puis elle s'enfuit d'Hauwerstraat à toutes jambes.

27

Elle s'était fichue de lui.

Pour se payer sa tête, elle y avait mis le prix.

Furieux, Philippe n'en démordait pas : Mama Med l'avait reconnu, son numéro n'était qu'un écran de fumée, un subterfuge destiné à protéger Gizenga.

À présent, il en était certain : le Noir se cachait bien chez elle.

La pluie s'acharnait sur sa parka, il rentrait chez lui à pied, Eddie venait de le déposer près de Sainte-Walburge, désolé que les choses se soient mal passées.

En complet désaccord, ils s'étaient fâchés sur la route du retour. Eddie avait défendu la prêtresse. Pour lui, elle ne pouvait être la complice d'un tueur, son « sacerdoce » l'empêchait de couvrir un criminel. Déroger de cette loi, c'était perdre des pouvoirs qu'elle tenait à garder. Sarcastique, Philippe lui avait répondu que ses chroniques lui ramollissaient le cerveau, que ce qu'il avait vu dans le temple n'était qu'une vaste fumisterie, qu'il était temps qu'il recouvre le sens des réalités.

Puis ils s'étaient tus jusqu'à ce qu'ils se quittent au coin de la Koningstraat.

Une cloche sonna une heure du matin. La nuit s'annonçait courte.

L'esprit ailleurs, le nez plongé à terre, Philippe bouscula des passants. Il se redressa, surpris, au point d'oublier de leur présenter des excuses, ce qui lui valut de se faire traiter de mufle. Après ce qu'il avait entendu chez Mama Med, il n'en était plus à une insulte près. Il haussa les épaules et reprit son chemin le long du canal. À petits pas, pour réfléchir.

Mais pourquoi tourner autour du pot ? se dit-il. Sa décision était prise, il allait demander un mandat pour perquisitionner chez la belle Noire. Le problème c'était Eddie, qui n'apprécierait pas sa trahison. Déjà, méfiant, dans sa voiture, il avait senti que l'idée le travaillait ; ses rappels à sa parole n'avaient cessé de pleuvoir.

Déontologie contre justice ; Philippe avait la loi pour lui et un *serial killer* à neutraliser. Le choix ne se discutait pas.

Emporté par ses pensées, Philippe passa devant chez lui sans s'arrêter. Une voix de femme le rappela au présent :

— Ah, quand même ! Je commençais à trouver le temps long.

Il se retourna, aperçut une boule humaine recroquevillée sous son porche.

— Nadine ?

— Qui veux-tu que ce soit ? Je fais le pied de grue depuis des heures, t'as encore coupé ton portable.

— Heu, non, je ne l'ai pas emporté.

En chuintant comme une effraie, elle se redressa, lui montra ses habits trempés.

— Résultat de tes fantaisies, je vais me choper une toux de la mort.

— Mais pourquoi es-tu restée dehors ?

— Parce que personne ne m'a ouvert et que j'ai une info pour toi, une urgente, une pas bonne, une que tu vas détester.

Ses cheveux étaient mouillés, sa veste dégoulinait, Philippe eut pitié d'elle.

— Tu me la donneras chez moi. Allez, viens te sécher et boire un cognac, ça te réchauffera.

D'un geste autoritaire, il lui ouvrit la porte, la guida, la précéda dans l'escalier. Chemin faisant, curieuse, elle ne put s'empêcher de l'interroger.

— C'est indiscret de te demander où tu étais ?

— Oui, ça l'est. Mais rassure-toi, je n'étais pas avec une femme, du moins pas dans le sens où tu l'entends.

Elle s'arrêta sur une marche.

— Alors là, si tu savais ce que je le regrette pour toi.

Prudent, Philippe évita de s'aventurer sur ce terrain, il était sûr de perdre.

Ils atteignirent le troisième étage, entrèrent dans son appartement où, sans attendre qu'elle lui en demande, il lui apporta une pile de serviettes.

— La salle de bains est derrière toi, lui indiqua-t-il.

Elle le remercia, y entra, ôta sa veste en cuir, la suspendit dans la douche. Cela fait, elle vint se planter devant la glace pour se frotter les cheveux. Dès qu'ils furent secs, elle se mit en quête d'une brosse pour se recoiffer. Elle n'en trouva aucune ; il n'y avait que des ustensiles, des produits, des savons masculins. Philippe était seul, solitaire jusque dans ce lieu intime. C'est là qu'elle comprit le vide de son existence, plus profond que n'importe quel autre vide, parce qu'à la différence de sa propre vie il avait su un jour remplir la sienne.

Faute de mieux, elle utilisa son peigne, enleva ses cheveux qui s'étaient coincés entre les dents, réajusta sa chemise et, enfin présentable, regagna le salon.

— Tu as le droit de fumer, j'ai sorti le cendrier.

Assis dans un fauteuil, Philippe lui désigna celui qui lui faisait face. Devant eux, sur une table basse, deux verres de cognac attendaient d'être vidés. Nadine s'installa, sortit son paquet de blondes, en alluma une, aspira la première bouffée comme on déguste un millésime.

— Alors, s'impatienta-t-il, c'est quoi cette info ?

— Une merdique, elle va te secouer.

— Tu peux y aller, j'ai du cognac en réserve.

Elle posa sa cigarette, serra les poings pour se donner de l'énergie.

— On a reçu un coup de fil à 18 h 15. Il venait des Ardennes, d'une brigade de gendarmerie. Le type qui nous a contactés s'appelle Blanchard, capitaine Blanchard.

— Et que vous a raconté Blanchard ?

— Que ses hommes ont repêché un cadavre dans un lac. Il était lesté d'un sac de ciment, son corps était criblé de balles.

— Méthode classique pour effacer la trace d'un gêneur. Et après ?

— Ses gars l'ont identifié… C'est David Gizenga.

Un terrible coup de massue, c'est ce que Philippe eut l'impression de recevoir sur le crâne. En un millième de seconde, ses hypothèses s'écroulèrent. Plus de Mama Med, plus de mandat, plus de perquisition, l'enquête était à refaire, sa course repartait de zéro.

— Sont-ils sûrs que c'est bien lui ? insista-t-il sans conviction.

Par charité, Nadine évita de lui rétorquer qu'il y avait des limites au doute, que les gendarmes étaient des pros. D'une voix posée, elle préféra lui en livrer les preuves. Le meurtrier de Gizenga était un amateur, il avait tout bonnement oublié de le fouiller, ses papiers étaient restés dans sa poche revolver. L'analyse de ses empreintes était sans appel, celle de son ADN ne ferait que la confirmer.

— On sait maintenant pourquoi il s'était envolé, conclut-elle. On le croyait à Bruges, il tenait compagnie aux poissons.

— Bataille de marabouts, railla Philippe, son successeur n'a pas dû apprécier son retour.

Rideau sur Gizenga. Il avala son cognac pour le faire disparaître. Sa mort ne le concernait pas, c'était l'affaire des gendarmes. Lui, il avait son Black, un Black bien vivant, qui lui pourrissait l'existence.

— OK, puisque nous avons un Mister Conscience, nous allons nous occuper de Mister Conscience.

Il se leva, s'avança vers la fenêtre, tira le rideau pour contempler la Reie.

— Dire qu'il est peut-être là, au bord du canal, en train de m'espionner…

Son ton était amer.

Nadine quitta son fauteuil, se rapprocha, lui effleura les joues.

— Veux-tu que je reste ?

Ils se regardèrent.

28

La chronique d'Eddie Flahaut

La sorcellerie m'a autrefois valu quelques déboires, c'est pourquoi je parlerai prudemment des sorcières et des sorciers.

Il me semble qu'une analyse préalable s'impose pour traiter le sujet.

Commençons par son historique.

À l'origine, les termes « sorcerius » ou « sortiaratus » désignaient un diseur de sorts. Voire un simple paysan. Il faut attendre les XII*e et* XIII*e siècles pour qu'apparaissent « sorcier » et « sorcellerie » dans notre vocabulaire, avec le sens qu'on leur donne depuis.*

Cette évolution n'est pas le fruit du hasard, elle est due à leur condamnation par saint Augustin que les papes, huit cents ans plus tard, prirent enfin au sérieux.

Les bulles se succédèrent, les bûchers se dressèrent, l'Inquisition s'organisa.

On en profita pour faire un lot. Les Juifs passèrent pour des suppôts de Satan, les hérétiques furent mis dans le même sac ; on brûla, on tortura, on décapita, bien souvent pour des motifs fallacieux. Les Cathares, les Templiers et Urbain Grandier ne diraient pas le contraire.

Rome se protégea des « serviteurs du diable », intolérables sorciers, au rang desquels, par leurs pratiques, elle catalogua les savants. Galilée, avec sa Terre qui tournait, sentit l'odeur des braises. Au Grand Siècle, à l'instar de ce qu'avait démontré William Harvey, il était suicidaire d'affirmer que le sang circulât. J'arrête ici la liste de ces martyrs, chacun de nous les connaît bien.

Mais pourquoi s'était-on subitement acharné sur les sorciers ?

La question est mal posée, je dois dire : les sorcières.

Car ce sont les femmes, héritières des prêtresses, que l'Église combattait en priorité. Il fallait détruire leur image, d'autant qu'au Moyen Âge beaucoup croyaient encore au pouvoir des esprits. On racontait que des magiciennes, le soir au fond des bois, en célébraient le culte. Dans un autre domaine, les médications étaient une affaire de bonnes femmes – des secrets qui se transmettaient de mère en fille. Enfin, circonstance aggravante, les fées prenaient trop de place dans l'imaginaire des fidèles. Bref, le sexe faible faisait de l'ombre à l'Église, il était temps de mettre un terme à son influence, Dieu l'exigeait, les successeurs de saint Pierre également. Sus aux druidesses et aux pythies !

Ce fut un massacre. Voltaire a calculé qu'en quatre siècles cent mille « coupables » ont ainsi péri en Europe.

Le divin pourfendeur s'est trompé, c'est environ deux fois plus !

Dans le nombre, évidemment, on trouve quelques déviants. Mais n'étaient-ils pas des esprits faibles, convaincus que Le Petit, Le Grand Albert, et autres traités de sorcellerie, étaient, si je puis dire, parole d'évangile ? Au passage, je note que ces ouvrages ont été écrits après que l'Église eut découvert l'existence des sorciers. Car, avant que l'information soit divulguée, personne n'avait eu l'idée de pactiser avec le diable. Et que l'on ne me cite point « L'affaire des poisons », l'Histoire a démontré que La Voisin et ses complices étaient d'abominables charlatans. Louis XIV, le dévot Roi Très Chrétien, en eut sa lanterne éclairée. Le procès à peine terminé, il signa un édit où il contestait l'évidence de la sorcellerie ! Sa Majesté insistait sur la discipline elle-même : à ses yeux, elle n'avait aucun fondement.

Que des messes noires aient été célébrées, soit ! Mais par des zinzins de la meilleure eau.

Quant aux sabbats et autres copulations diaboliques, où en a-t-on vu ailleurs que dans les livres ? Ces allégations résultent de témoignages délirants, arrachés sous la torture par des moines fanatiques – libidineux refoulés – à de pauvres bougres suppliciés...

Que n'avouerait-on pas quand on vous broie les os !

En résumé, nos sorcières et sorciers, parfois des malades mentaux, ont surtout été d'innocentes victimes.

Mais outre-Europe ?

On ne peut prétendre qu'ils n'existent pas, ils sont une réalité.

Chez les Indiens, le sorcier était l'homme-médecine, le gardien des traditions, celui qui consultait les ancêtres.

C'est en Afrique qu'ils sont essentiellement établis. J'ose ajouter : depuis toujours. Attention, je ne fais pas référence aux marabouts de banlieue, ces escrocs qui vous garantissent un retour d'affection ou un désenvoûtement.

Non, moi je vous parle des « vrais sorciers », de ceux qui, encore de nos jours, guident leurs tribus au fin fond de la brousse.

Que sait-on d'eux ? Qui sont-ils réellement ?

Des animaux ! Je ne plaisante pas, car ces hommes, ou ces femmes, s'identifient à des bêtes sauvages dont il tirent la force, la puissance, la ruse et, par-dessus tout, l'instinct...

On leur prête le don de guérir, de prévenir l'avenir, de jeter des sorts, de s'entretenir avec les morts, de devenir invisibles, de se faire entendre à des kilomètres de distance.

Des Européens de bonne foi ont témoigné de leurs pouvoirs, stupéfiés par ce qu'ils les avaient vu accomplir.

Est-ce vrai ? Est-ce faux ? Ces gens sont-ils des thaumaturges ou de brillants illusionnistes ?

Le mystère reste entier, et ils le gardent bien.

29

Quelle que soit l'heure à laquelle elle se couchait, Nadine se réveillait toujours à 6 h 30. Son horloge interne la tirait de ses rêves, d'un coup, sans qu'elle ait besoin d'une sonnerie pour ouvrir les yeux. En ce matin ensoleillé, c'est sur *L'Homme de Vitruve* qu'ils se fixèrent.

Étrange, que fichait ce tableau dans son deux pièces ? Elle rassembla ses esprits, roula dans les draps, découvrit Philippe qui dormait près d'elle.

Tout redevint normal. Avec tendresse, elle revécut leur étreinte douce et gauche. Philippe avait dû réapprendre les gestes du plaisir.

Sans hâte, elle repoussa les couvertures, se leva, enfila sa chemise, quitta la chambre en silence, fila vers la cuisine pour y chercher à boire. Le frigo ronronnait, un frigo de célibataire, aux étagères vides. Quelques laitages y traînaient au milieu de vieux fruits. Une dizaine d'œufs complétaient ce minimum. Par chance, le casier à bouteilles était plein. Elle en retira une brique de jus d'orange qu'elle but en marchant.

Son vagabondage la mena à la porte du bureau de Mathilde, cette porte magnifique que Philippe refusait d'ouvrir.

Après leur nuit d'amour, se déciderait-il enfin à en tourner la poignée ?

Elle en douta. Leur aventure n'était que passagère, sans promesse de lendemain, une rencontre de paumés qui avaient volé une parenthèse au destin. Chacun d'eux savait qu'elle se refermerait là. La question était de savoir, outre un souvenir agréable, quelle leçon ils en tireraient ? Pour Nadine, la réponse était simple : elle estimait Philippe, sa dégringolade la révoltait. En couchant avec lui, elle avait voulu lui prouver qu'il était loin d'être fichu. Ce sauvetage mis à part, elle l'aimait bien, elle n'en était pas amoureuse, sinon elle n'aurait jamais partagé son lit. Les hommes qu'elle avait aimés l'avaient trop fait souffrir. C'était *une remise sur les rails*, pas davantage.

Quant à lui, elle ignorait ce qu'il en penserait. Cependant, elle ne se faisait pas d'illusion, beaucoup d'eau coulerait encore dans la Reie avant qu'il n'entre dans le bureau de Mathilde.

C'est vrai qu'elle était belle cette porte. Nadine s'en approcha, examina ses sculptures de près. Chacune d'elles était un chef-d'œuvre de minutie. Son regard caressa ses contours, glissa machinalement sur le sol… et ne le quitta plus. D'où venaient ces taches ?

Elle s'accroupit, tâta la moquette, observa le bout de ses doigts, les renifla, réitéra la manœuvre. Aucune erreur possible : c'était bien du sang qui imbibait ses boucles...

— Qu'est-ce que tu fiches là ?

Les traits crispés, les yeux torves, Philippe déboula dans le salon en rugissant comme un fauve.

— Ne touche pas à cette porte !

Sans s'émouvoir outre mesure, Nadine se releva pour lui faire front.

— Tu sais vachement bien parler à une femme après une nuit d'amour.

Sa repartie lui remit les idées en place. Philippe se sentit bête, recula, bégaya.

— Pardonne-moi, je... je ne suis pas réveillé.

— Ça ne t'empêche pas d'être aimable.

— Tu as raison, je... je suis confus.

— Et de me dire ce que c'est que ça.

Elle lui montra ses doigts enduits de brun rougeâtre.

— Cette tache, pas besoin de faire venir le labo pour savoir que c'est du sang.

Acculé, battu, le dos au mur, Philippe n'essaya même pas de se défendre.

— C'en est...

Bouleversé, il tituba, s'avachit dans un fauteuil. À son visage défait, Nadine sentit qu'elle n'aurait pas à insister, que ses phrases allaient jaillir toutes seules...

— Après ce qui s'est passé entre nous, je crois que tu as droit à la vérité... Tu te souviens de la première fois que tu es venue ici ? Eh bien je n'avais pas pris de pilule en trop... Et je n'ai jamais bricolé de ma vie...

Sa confession fut un exutoire. Sans artifice, sans pudeur, il lui raconta son désespoir, ses larmes, ses mains déchirées sur la porte, ses évasions dans l'alcool, ses pertes de conscience sur le sol.

— C'est mon sang que tu vois par terre... Mathilde me manque... Ça dure depuis que j'ai repris le travail... Chaque nuit je m'écorche les mains sur cette porte, je l'appelle à en devenir fou jusqu'à ce que je m'écroule comme une loque, comme un pantin sans ressort, assommé par la fatigue et ivre de cognac.

Nadine fut prise de vertiges, Philippe l'entraînait dans une passion exosphérique, d'un niveau bien trop haut pour sa petite existence. Elle découvrait qu'un homme était capable d'aimer même au-delà de la mort, elle qui n'avait connu que des types à la braguette errante. Que pouvait-elle lui répondre ? Quelles phrases devait-elle construire pour endiguer cette folie ? Elles s'imposèrent d'elles-mêmes, claquantes comme un fouet.

— Eh ben c'est fini, il faut que tu réapprennes à vivre.

— Facile à dire.

— Ce n'est pas en chialant que tu feras ressusciter Mathilde.

— Je le sais.

— Alors réagis si tu veux éviter la camisole.

— Je n'en suis pas là.

— T'en es pas loin... Quand ouvriras-tu enfin la porte de son bureau ?

— Bientôt, peut-être.

— Tu sais au moins où est la clé ?

— Évidemment… Je l'ai rangée devant toi, dans le tiroir du chiffonnier.

— Tu sais donc ce qui te reste à faire : la prendre et l'introduire dans la serrure… Mais t'attendras que je sois partie, c'est entre toi et toi que ça doit se décider.

Les mains jointes, Philippe lui promit d'essayer.

Leur face-à-face s'acheva sur ce serment. Les nerfs tendus, ils s'accordèrent un temps mort pour prendre du recul, s'observèrent, se sourirent, jusqu'à ce qu'une sonnerie les sorte du silence. Le portable de Nadine la rappelait sur terre. D'un bond, elle courut l'activer dans la chambre où elle l'avait laissé.

— Planckaert… Non, ça va, je suis déjà debout… Ah ! Daysvat a encore éteint son portable, vous tombez sur son répondeur…

Elle regarda Philippe en se marrant, agita la main comme si elle menaçait un enfant d'une fessée.

— Avec Conscience qui l'emmerde, le numéro de sa ligne privée a changé… Bien sûr, que je l'ai… Non, il m'est interdit de vous le donner. En revanche, je peux lui transmettre un message…

Ce qu'il y avait de formidable avec cet insupportable bidule, c'est que le correspondant ne savait pas où elle était. Nadine adora l'aspect comique de la situation.

— Entendu, c'est enregistré, je le contacte tout de suite… Enfin, s'il veut bien décrocher… OK, je vous promets d'insister…

Elle éteignit. Philippe pencha une tête amusée, le petit doigt devant la bouche, le pouce sur une oreille.

— Oui, Nadine, je t'écoute, de quoi s'agit-il ?

Elle l'imita, mais le ton n'était plus à la complicité.

— T'as reçu une nouvelle lettre anonyme, commissaire, Ruytens nous attend à 10 heures.

Fin de communication. Fin de la romance.

30

Ils étaient deux. Deux gros, deux laids, deux nuls, pas contents de s'être levés de bonne heure.

Baudouin les avait devant lui. Les types se ressemblaient, huileux et moustachus, clonés jusqu'à la cravate.

Pourquoi retenir leurs noms ? Il décida de surnommer l'un Grabedon et l'autre Baudrucha. Mentalement, ça coulait de source.

— Je comprends pas ce qu'on fout ici, grinça Grabedon, on a déjà fouillé partout.

— Et on n'a rien trouvé de consistant, grommela Baudrucha.

Plantés dans le salon de Van Ruydt, les duettistes se demandaient à quoi servait ce come-back matinal.

Par chance pour le blondinet, un second couple l'assistait, intelligent, celui-là, compétent et pugnace. Le flair déjà en marche, Sonya et Jeff n'attendaient que ses ordres, prêts à dénicher l'introuvable.

— Que cherche-t-on ? l'interrogea-t-elle.

— Pour être sincère, je ne le sais pas vraiment.

— Tu en as quand même une idée ? insista Jeff.

— Très vague…

Pour ne pas dire pas du tout.

La veille, il avait coincé Mme Gilis à la sortie de la messe. Il lui avait été facile de la reconnaître, bien qu'elle portât un chapeau et des gants en pécari pour masquer ses brûlures. La brave femme avait eu beau creuser dans ses souvenirs, elle ne se rappelait pas avoir entendu Monika parler de religion. Certes, elle ne s'était jamais cachée d'être pratiquante, mais ses confidences s'étaient arrêtées là. Quant à sa vie privée, Mme Gilis en ignorait les détails, elle ne savait même pas si Monika avait encore de la famille.

Baudouin l'avait laissée tranquille, convaincu qu'il ne servait à rien de lui gâcher son dimanche. Tant pis pour les théories de Strafford…

— Ça s'annonce bien ! persifla Grabedon

— Est-ce animal ou végétal ? renchérit Baudrucha.

Leur salive l'épuisait, l'extraterrestre décida de leur tordre la langue.

— Messieurs, nous sommes ici sur l'ordre de nos patrons. Si vous jugez que ce sont des imbéciles, allez le leur dire. À moins que vous ne vouliez que je m'en charge en votre nom ?

Giflés comme des mômes, les comiques mirent un terme à leurs pitreries. D'autant que Baudouin, malgré son jeune âge, avait un grade supérieur au leur.

— Non, inspecteur, s'aplatit Grabedon, on voulait juste détendre l'atmosphère.

— Ouais, rigoler un brin, se contenta d'approuver son collègue.

L'incident était clos, Baudouin fit mine de l'oublier. Et puis il avait mieux à faire que de les engueuler.

— À ce niveau de l'enquête, attaqua-t-il, nous pensons que les victimes avaient peut-être un lien avec une secte. Ce que nous cherchons ce sont des papiers, des lettres, des tracts qui vont dans ce sens.

— Des objets ? s'enquit Jeff.

— Oui, s'ils comportent des symboles.

— Et les signes extérieurs de richesse, sourit bizarrement Sonya, tu veux qu'on en fasse quoi ?

— Pourquoi me poses-tu cette question ?

— Parce qu'ils sautent aux yeux.

Les deux ventrus évitèrent de rire. Certes, l'appartement ne manquait pas de cachet, c'était même évident. Toutefois, de là à parler de luxe, il y avait un pas qu'elle franchissait imprudemment. Enfin, bon Dieu ! il lui suffisait de regarder autour d'elle pour s'en convaincre : l'ensemble était moderne, ouvert et confortable – pour une fois, on échappait à la Renaissance –, des appliques obovales éclairaient ses murs, son mobilier se composait d'un canapé aux formes ondulantes, de chaises tarabiscotées, d'un bahut, d'un bureau et de tables design, mais il n'y avait rien là d'ancien, elle était bien la seule à croire que ces machins valaient une fortune.

— Combien gagnait Monika ? insista Sonya.

— Environ quatre mille euros par mois.

— Tu en sûr ?

— J'ai épluché ses comptes, ils sont nickel.

— En apparence… Parce qu'il faut que tu m'expliques comment elle s'est offert ce tableau.

Elle s'approcha d'une marine qui fit hurler Grabedon.

— Ces collages ! Mon fils de huit ans en fait autant.

— Alors mets ses œuvres de côté, le rembarra-t-elle, un jour elles se vendront un max : c'est du Pop Art II. Celle-là est signée Evelyne Axell, une Belge connue dans le monde entier. Depuis sa mort, on s'arrache ses tableaux à prix d'or.

L'adipeux en ouvrit grand une mâchoire aux dents jaunes ; et il n'avait pas fini de s'étonner.

— Celle-ci aussi est cotée.

— Peuh ! Ce machin tagué ? postillonna Baudrucha.

— TAG, comme tu le dis si bien, sont les initiales du mouvement Trans-avant-garde. C'est un Villalta, j'ai juste les moyens de le regarder.

Dans un registre voisin, Jeff se mit de la partie.

— Le mobilier n'est pas mal non plus. Je ne serais pas surpris que certaines pièces soient signées par Rateau ou Prouvé. Des géants de l'art contemporain.

— Et ça vaut ? demanda le blondinet.

— Le ticket d'entrée est de six mille euros.

— Mais comment sais-tu ça ?

— La passion.

— Idem, se borna à compléter Sonya.

Ces deux-là ne s'étaient pas loupés, admira Baudouin, ils étaient faits l'un pour l'autre. Et jamais ils n'avaient autant parlé. Leurs remarques étaient justes : sous des apparences angéliques, Monika, à l'évidence, avait mené une double vie. Sinon, comment aurait-elle pu s'offrir ces œuvres ? Pour les initiés, elles n'avaient pas de prix. Pour les ostrogoths, elles venaient d'une grande surface. Colossale erreur !

Par enchaînement d'idées, Baudouin réalisa combien l'inculture en faisait commettre – la preuve était que la sienne avait bien failli l'avoir. Maintenant qu'il savait, son enquête changeait de cap.

— Bon, trancha-t-il, on maintient le religieux et on y ajoute le fric.

À chacun ses compétences. Pour percer le secret de la fortune de Monika, il confia aux deux gros le soin d'examiner ses papiers. Recenser ses voyages, décortiquer ses factures, décrypter son courrier était dans leurs cordes. À Jeff, il assigna la tâche de dresser l'inventaire de ses valeurs. Enfin, pour estimer ses effets personnels, il s'adjoignit le regard féminin de Sonya.

Il fut bien inspiré. Sans hésiter, la jeune femme se dirigea vers le cabinet de toilette.

— Pour évaluer le train de vie d'une nana, lui expliqua-t-elle, il faut commencer par ses produits de beauté.

— Ah ! Et ça peut chiffrer haut ?

— Si tu étais marié, tu aurais la réponse.

Ils entrèrent dans la salle de bains où, stupéfaits, ils béèrent d'admiration en découvrant son faste. Entre un jacuzzi, une douche aux jets multiples et un lavabo immense, une mosaïque de style romain couvrait ses murs. Une splendeur, un travail d'artiste, un ensemble qui avait dû coûter chaud.

— Bel appart, apprécia Sonya, elle en était locataire ?

— Non, propriétaire. À crédit, ça va de soi, pour éviter de se faire remarquer.

— Pas folle.

Dans une pièce attenante, Sonya avisa une coiffeuse, ouvrit ses tiroirs, en sortit un flacon plus riquiqui qu'une mignonnette.

— Bingo !

Largué, Baudouin ne comprit pas le motif de sa joie.

— Pourquoi bingo ?

— Tu sais ce que c'est ?

— Un échantillon.

— Ignorant... C'est un parfum qui vaut deux cents euros.

Le blondinet en eut des suées. Comment si peu de liquide pouvait valoir aussi cher ? Et l'inventaire de Sonya acheva de le mettre en nage.

— Crèmes diverses, fard, eau de toilette, vernis, rimmel, mascara... Que des marques... Les accessoires itou... C'est jour de solde, je te fais le lot à mille euros.

Sidéré par la somme, Baudouin ne put s'empêcher de la convertir en after-shave. Il y avait de quoi s'en payer cent flacons, plus qu'il n'en fallait pour s'apaiser les joues pendant dix ans.

Émotion béotienne mise à part, la démonstration de Sonya le convainquit. Il avait maintenant la preuve que Monika traficotait ses comptes.

— Bien vu, la félicita-t-il, la demoiselle n'était pas aussi catholique qu'elle le faisait croire... Allez viens, passons dans la chambre.

— Pourquoi pas, si elle est aussi amusante que sa salle de bains ?

La chambre se trouvait au bout d'un couloir rouge, au velours tapissé d'aquatintes et d'eaux-fortes.

Dès qu'ils y mirent les pieds, ils furent frappés par son luxe. Le cadre du lit était en cuivre, les draps en soie, les rideaux en dentelle. Pendues aux murs, des lithographies se prévalaient de signatures célèbres. Stylisé et en bronze, symbole de la Flandre, un lion monumental gardait la cheminée. Pas de commode, pas d'armoire, pas de bahut. Intriguée, Sonya chercha où Monika rangeait ses vêtements. L'espace était réduit, elle découvrit sans peine une porte masquée par un paravent du XVIIIe ; ce siècle, autant que les autres, méritait d'y être représenté.

— Le dressing, en déduisit-elle.

— Après toi, l'invita Baudouin, honneur aux dames.

Elle ouvrit la porte, alluma le plafonnier et, fait rarissime chez elle, se mit à tout à coup à rouscailler.

— Pouh ! Je me suis gourée de taf, jamais je ne pourrai me payer ça !

« Ça », c'était une garde-robe de star – des jupes, des vestes, des tailleurs, des manteaux en pagaille, tous griffés, estampillés par de grands couturiers.

Côté chaussures, la quantité l'impressionna tout autant que la qualité. Au hasard, elle ramassa une paire d'escarpins, la brandit sous les yeux de Baudouin.

— Tu vois ces pompes ? C'est deux semaines de mon salaire.

Que pouvait-il y changer ? Le monde est fait de différences.

— C'est la vie, non ? Il y a ceux qui rament et ceux qui ont accès au luxe.

— Mais je n'ai rien contre les gens qui réussissent honnêtement... J'en ai après les poufiasses qui trichent pour paraître.

— Raison de plus pour fouiller ses affaires... Ma petite voix me dit qu'elle a planqué des trucs véreux dans ce fouillis.

— La mienne aussi... Prends la penderie de gauche, je m'occupe de celle de droite.

Gantés de blanc, ils y allèrent hardiment, retournèrent des poches, palpèrent des doublures, ouvrirent des valises, vidèrent des cartons... pour n'aligner, au bout du compte, que des piécettes et des mouchoirs froissés.

Un désastre.

Baudouin s'avoua battu, au contraire de Sonya qui s'acharna de plus belle. Il fallait qu'elle trouve un indice, sa réputation était en jeu. Tour à tour, elle sonda les cloisons, tira les lattes du parquet, cogna au plafond, sans plus de réussite. Ces échecs la stimulèrent, d'autant qu'elle avait le sentiment d'être passée à côté de l'essentiel. Les mains sur les hanches, elle regarda autour d'elle, sans se presser, posément, avec méthode, jusqu'à ce que ses paupières se mettent à clignoter. Voilà ! C'était lui l'objet qu'elle avait négligé : le miroir, une sorte de psyché sans support, accroché au fond du local.

Concentrée, elle prit d'abord le temps de l'observer. Puis elle effleura son cadre, le décolla légèrement et, avec délicatesse, glissa doucement ses doigts au verso…

— Viens m'aider, Baudouin, il ne tient que par des clous X.

— Des quoi ?

— Des clous dont on se sert pour pendre des tableaux.

L'espoir revint, le blondinet s'empressa de lui donner un coup de main. Ils soulevèrent le miroir pour le poser contre les manteaux. Ainsi fait, dégagé, le mur leur réserva une surprise.

— Tu vois cette planche, triompha Sonya, elle me semble bien trop disjointe pour être honnête.

— Attends, j'ai ce qu'il faut pour l'écarter.

Il sortit son couteau suisse, déplia la grande lame, l'introduisit dans un interstice, le tritura avec sa lenteur coutumière.

— Alors ? s'impatienta Sonya.

— J'y suis presque… Tiens, ça y est.

La planche tomba à leurs pieds, Baudouin s'inclina devant sa collègue.

— À toi le trésor, ma chère, tu en es l'inventeur.

Par prudence, la jeune femme scruta l'intérieur de la niche.

— Il y a quelque chose… Et ce n'est pas une tapette à souris.

Elle tendit la main, attrapa l'objet, l'extirpa de son trou.

— Voyez-vous ça, s'extasia-t-elle, un coffret... Verrouillé, hélas.

— Passe-le-moi, je vais faire sauter la serrure.

De la pointe de son couteau, Baudouin, plus rapide qu'à l'ordinaire, en vint à bout en deux secondes. Sonya, d'un geste gracieux, lui laissa l'honneur de l'ouvrir.

Ce qu'il fit.

— Merde de mouche à chiottes ! s'exclama le blondinet.

Amusée, Sonya posa sur lui un regard indulgent.

— Je déteste la vulgarité, mais pour une fois je la comprends.

Ce qu'ils venaient de découvrir relançait l'enquête.

31

Depuis plus d'une heure, Ruytens ne décolérait pas. Son poing s'abattit sur son bureau, sa voix tonna, son goitre trembla.

— Qu'est-ce qu'il fiche ? Il ne faut pas dix ans pour ramener un journal !

D'un calme d'anachorète, Philippe tenta de l'adoucir.

— Celui de mardi dernier, monsieur, Wens doit avoir du mal à le trouver.

— Les invendus partent au pilon, précisa Nadine, les marchands ne les gardent pas plus d'un jour.

Ruytens le savait aussi bien qu'elle, ce n'était pas son propos.

— Hier, plus tard, demain… Il y a toujours un grain de sable dans cette enquête, étonnez-vous qu'elle n'avance pas !

— Nous avons le titre du journal et sa date de parution.

— Et vous vous en contentez, Daysvat ?

Philippe pencha la tête. Le prenait-il pour un bleu ?

— Non… Mais c'est déjà bien de savoir que le corbeau découpe *La Libre Belgique* pour composer ses bafouilles, ce sera mieux de cerner sa personnalité à travers les articles qu'il lit.

— Et quand bien même, s'énerva Nadine, nous en aurons un exemplaire à midi.

— Chaque seconde compte, Planckaert… La procession du Saint-Sang est dans trois jours, Epsilon voudra s'y illustrer, je le sens, j'ai des ondes qui me disent qu'il faut le neutraliser avant jeudi.

Du bout des doigts, désabusée, la jeune femme tapota sur un PC éteint.

— Évidemment, si on était connectés…

— À qui le dites-vous !

Le regard de Ruytens fusilla celui de Philippe. À sa requête, depuis l'aurore, des ingénieurs épilaient leur réseau informatique. Le moindre poil de travers était passé à la loupe. S'il y avait piratage, ils s'étaient juré de le découvrir avant le dîner. En attendant, dans leur jargon, les communications étaient « batchées ».

— Où en sont-ils ? s'inquiéta Ruytens.

— Pour l'instant, tout leur paraît normal.

— Drôle d'idée que vous avez eue, Daysvat, ou plutôt celle qu'a eue Martens. Vous croyez sincèrement que Conscience est un *hacker* ?

— Nous devons tout supposer, monsieur.

— Mm… Et lui, il en est où ?

— Pas de nouvelles, il perquisitionne toujours chez Van Ruydt.

— Pff… J'espère qu'il n'y perd pas son temps.

— J'ose croire que les conseils de Miss Strafford lui en feront gagner.

Le nom magique était prononcé, Ruytens ne pouvait renier son idole, même s'il commençait à douter de ses prophéties.

Un visage apparut dans le chambranle, orné de moustaches en guidon de vélo, celui de Wens qui exhiba un sourire satisfait.

— Je l'ai ! exulta-t-il en brandissant un journal.

— Enfin ! Mais où étiez-vous passé ?

— Chez ma sœur, monsieur, une sainte femme qui ne jette rien. Je me suis souvenu qu'elle était abonnée à *La Libre Belgique.*

— Béni soit son esprit conservateur… Et l'article ?

— Il est en cinquième page, à la rubrique « Finances ».

Ruytens se saisit du journal, l'ouvrit, alla droit au mot qu'il cherchait, le compara à celui que le corbeau avait utilisé dans sa lettre.

— C'est bien le même, Daysvat, vous pouvez vérifier.

Philippe examina les caractères. Il n'y avait aucune contestation possible, le mot collé sur le billet, qu'il relut pour la quinzième fois, avait été composé à partir de cet article.

CoMMissaIRe DaysVAt :
VAN ruyDT, ZenKIns ET JACmiN
tripatouillaient ENsEMBLE.
TROUvez DE QUoi ILS SE SONT RENDus COUPaBlES
ET VOUS AUREZ LE tUeUR.
†

Ruytens rigola :

— Il n'y a bien que dans la finance qu'on trouve le verbe « tripatouiller ».

— C'est extrait d'une citation, monsieur, lui fit remarquer Philippe, le journaliste n'a fait que reproduire les propos d'un témoin.

— Et c'est le seul mot récupéré en entier par le corbeau, ajouta Nadine.

C'était grâce à lui que le directeur du journal l'avait localisé. Son ordinateur l'avait ressorti le temps d'appuyer sur une touche, d'autant plus facilement qu'il n'était guère du style de la rédaction.

— En définitive, s'interrogea Wens, à part savoir qu'il date de mardi, il nous sert à quoi cet article ?

— À comprendre, grommela Philippe.

— Que le corbeau s'intéresse à l'économie ?

— Pas seulement… Tu as vu de quoi il parle ? D'un scandale financier dans le secteur de l'immobilier. Je ne sais pas pourquoi, mais l'immobilier me rappelle quelqu'un…

L'ombre de Werport plana dans le bureau.

— N'allons pas trop vite en besogne, le calma Ruytens, réfléchissons bien avant de nous payer Werport. Déjà, je voudrais qu'on me prouve qu'il a une connexion avec Conscience, puis, si elle était avérée, sur quoi est bâtie leur relation.

La réponse de Philippe fut immédiate : leur complicité devait certainement remonter au temps où l'échevin travaillait en Afrique. Sa théorie s'appuyait sur le fait qu'on n'avait trouvé aucune trace du Noir dans les hôtels, pas plus que dans les restaurants ou dans les bars. Pourtant, il fallait bien que Conscience boive, mange et dorme quelque part. À ce mystère s'ajoutait celui de ses déplacements. Il ne possédait pas de voiture et on ne l'avait pas repéré dans les transports en commun. La conclusion paraissait claire : quelqu'un l'hébergeait à Bruges, et ce quelqu'un avait de fortes chances de s'appeler Werport.

Ses arguments frappèrent Ruytens. Il était vrai, qu'à part son CV officiel on ignorait tout de son passé. Tout bien pesé, il était peut-être temps de s'y intéresser – en douceur, bien sûr, le bonhomme bénéficiait de solides protections. Sans chercher ailleurs, Ruytens confia cette mission à Nadine, en insistant sur la discrétion dont elle devait l'envelopper. Quant à Philippe, c'est avec regret qu'il lui fit part de sa décision : l'enquête tournait en rond, les investigations ne débouchaient sur rien, il allait être obligé de demander de l'aide à Bruxelles.

— Comment ! fulmina Philippe, mais c'est me désavouer !

— Pas du tout, Daysvat, vous avez fort bien fait votre job.

— Alors pourquoi m'infligez-vous ce camouflet ?

— N'en faites pas une affaire personnelle, mon vieux, il faut que j'alerte la hiérarchie avant qu'elle ne me réclame des comptes. Mettez-vous à ma place, imaginez qu'il y ait un nouveau meurtre, qu'aurons-nous à raconter de l'avancée du dossier ?

La porte s'ouvrit, Baudouin fit irruption à l'instant même où Ruytens posait sa question.

— Eh bien, monsieur, lança-t-il avec superbe, vous pourrez dire qu'on progresse… Admirez un peu ce que nous avons déniché chez Van Ruydt.

D'un geste théâtral, il balança des liasses de billets sur son bureau.

— Cent soixante mille euros ! Elle les planquait dans un coffret caché dans un mur. Ce carnet l'accompagnait.

Il le jeta avec le même panache.

— Ce sont les relevés des sommes qu'elle a perçues depuis cinq ans. De qui ? La demoiselle ne le dit pas. En revanche, j'ai déjà fait l'addition, le total dépasse le demi-million. Environ cent vingt mille euros par an ! C'est plutôt chouette comme bonus.

Sur les rotules, impressionné par ce revirement, Ruytens eut du mal à s'en remettre. Surtout après ce qu'il venait de dire à Philippe.

— Très bien, Martens, très bien… Vous méritez des compliments.

— Bravo, mon garçon, ajouta simplement Philippe.

— Et le reste du fric, lui demanda Nadine, elle en a fait quoi ?

— Elle l'a investi en œuvres d'art. Attendez, j'ai tout noté…

Avant de poursuivre, Baudouin tint à saluer la contribution de Sonya et de Jeff. Puis, carnet rouge en main, il se mit à leur énumérer la liste de ses acquisitions.

Dès qu'il en eut terminé, Ruytens exulta.

— Strafford a raison, au goût d'un ascète, ces gens-là s'en sont trop mis plein les poches.

— Possible, admit Nadine. Après tout, ils bossaient dans la réfection de monuments religieux.

— Pas Zenkins, la contredit Philippe, sa spécialité c'étaient les voies publiques.

— Il y en a autour des églises, émergea Wens, ça fait peut-être partie d'un contrat d'ensemble ou d'un accord de sous-traitance ? L'examen de leurs factures devrait pouvoir nous le dire.

— Faut voir, reprit Ruytens, ça ne coûte rien d'éplucher leur compta.

Jusque-là coincé dans son fauteuil, il s'en éjecta soudain, recogna du poing sur son bureau qui trembla sous les coups.

— Pour l'instant, ce qui est sûr c'est que nous ne connaissons que ces chiffres : deux futures victimes à sauver, un Noir à serrer, un corbeau à dénicher, un tueur à neutraliser, et le tout en trois jours… Alors, au travail ! Chacun sait ce qu'il doit faire… Moi, pour commencer, je vais mettre cet argent dans le coffre.

Et, joignant le geste à la parole, il empocha les liasses.

— Joli paquet, apprécia Nadine, il y a de quoi se payer un beau voyage.

— Oui, rêva Philippe, à l'autre bout du monde… Ce qui me fait penser que je n'ai pas besoin de prendre l'avion pour savoir d'où vient ce fric.

Son ton était cassant, ses yeux brillaient de fièvre.

— C'est quoi, votre idée ? sourcilla Ruytens.

— Qu'un échevin qui habite près d'ici devrait m'en apprendre pas mal sur l'origine de ces fonds… À moins, monsieur, que vous ne désiriez lui rendre visite vous-même ?

— Non, Daysvat, il est à vous… Mais *piano*, sans secousse, évitez de le gâcher.

La réunion s'acheva, les quatre flics quittèrent le bureau, s'éparpillèrent dans le couloir. Nadine se précipita vers Philippe.

— J'ai pas aimé ton regard, commissaire, joue-la mollo avec Werport.

— Tu as entendu : on n'a que trois jours.

— C'est pas une raison pour aller plus vite que la machine. Je t'ai remis sur les rails pour que tu roules normalement, pas pour que tu te prennes pour le Thalys.

— Te bile pas, je connais mes limites.

— C'est souhaitable, parce qu'il y en a une qu'il ne faut pas dépasser : Conscience est secondaire, tu as été le premier à le dire… Ne va pas tout foutre en l'air pour lui mettre la main dessus.

— Je ferai attention.

— Je crains que non.

— Fais-moi confiance, j'ai un plan.

Sur cet argument à deux sous, Philippe l'abandonna pour courir chez Werport.

Pas vraiment convaincue, Nadine s'apprêta à regagner son bureau. Son projet dut attendre, une main la retint par la manche.

— Excuse-moi, je peux te parler ?

Le teint chaulé, chaviré, Baudouin la fixait anxieusement.

— Qu'as-tu à me dire ?

Le blondinet se dandina, pas à l'aise pour deux sous.

— Heu… Je… Sans vouloir écouter, j'ai entendu ce que tu as dit au patron… C'est quoi cette histoire de remise sur les rails ?

De quoi se mêlait-il ? implosa-t-elle. La question était choquante, sa vie privée ne le regardait pas, son impudence méritait une bonne leçon. Survoltée, elle s'apprêta à l'envoyer bouler mais, tout compte fait, se ravisa, de justesse – il n'était jamais bon de cacher la vérité à un collègue, un mensonge, tôt ou tard, vous retombait toujours sur la tronche.

— À ton avis ?

— Non ?

— Si.

— Tu veux dire que lui et toi…

— Une fois, rien qu'une fois.

C'était net, sans détour, Baudouin en fut pris d'une rage froide.

— Bravo… Je vois que tu es parvenue à tes fins.

L'expression frisait l'insulte, un affront qu'elle refusa de laisser passer.

— Tu me prends pour qui, mon gars ? Pour une pute ou une salope ?

— Pardon, verdit Baudouin… Ni l'une ni l'autre…

— Alors quoi ?

— Je me suis mal exprimé.

— Autant que tu as compris de travers... « Une fois », c'est bien une expression belge, non ? Tu devrais en saisir le sens, ça signifie qu'il n'y en aura pas une seconde. J'ai remis Philippe sur les rails, point, notre relation s'arrête là.

Baudouin ferma les yeux. À son air d'enfant triste, Nadine comprit qu'il souffrait sincèrement puis, dans un éclair, se souvint de son amour pour Mathilde. Pourquoi chercher plus loin la cause de sa douleur ? Elle venait de ce que le père avait remplacé la mère, il en voulait à celle qui avait pris sa place. Or ce n'était pas le cas, il fallait qu'elle lui enlève cette hérésie de la tête – en prenant garde aux mots, elle n'était pas censée connaître son passé.

— Je vais te faire une confidence, mon gars : Philippe refera sa vie, je ne sais pas avec quelle femme, mais je lui souhaite bien du plaisir. Et tu sais pourquoi je la plains d'avance ? Parce que jamais il n'oubliera Mathilde, elle sera toujours à ses côtés.

— Tu le penses vraiment ?

— À fond la caisse... Tu as déjà été chez lui ?

Il buta sur la réponse, elle entrebâillait les grilles de son jardin secret.

— Oui, plusieurs fois, finit-il par avouer.

— Tu as donc vu la porte du bureau de Mathilde ?

— Évidemment.

— Eh bien il ne l'a pas ouverte depuis sa mort. Pourtant la clé est dans un chiffonnier, à deux mètres d'elle, il lui suffit de la prendre pour achever son deuil, mais non, il s'y refuse, comme si sa femme l'attendait dans son bureau pour lui dire enfin adieu.

Baudouin eut du mal à traduire son témoignage.

— Tu insinues qu'il retarde ce moment pour continuer à croire qu'elle est toujours derrière ?

— Je ne l'insinue pas, je l'affirme, j'en ai la preuve.

Ce fut comme s'il venait de recevoir une claque, une terrible, une sévère ; le blondinet s'en frotta les joues.

— Aïe ! Ça devient grave s'il n'accepte pas la réalité.

— Je ne te le fais pas dire... Il ne redeviendra pas lui-même tant qu'il n'aura pas poussé cette maudite porte.

— Eh merde... Comment peut-on l'aider à l'ouvrir ?

— J'en sais rien... Moi, j'ai fait ce que j'ai pu...

Sa colère retomba, Baudouin venait de comprendre la démarche de Nadine. Il était le dernier des idiots, elle méritait des excuses...

— Ah ! Je vous cherchais.

Un grand gaillard déboula dans le couloir, dégingandé, le sourire triomphant. C'était l'un des ingénieurs chargés de contrôler leur réseau. Il venait les informer que leur système était intègre, qu'aucun *hacker* ne l'avait piraté, que tout redémarrait, qu'ils pouvaient se remettre devant leurs consoles.

Pari tenu avant midi, il en était fier comme un *pediculus* éligible à la Marie-Rose.

Son étonnement fut colossal de voir que la nouvelle ne les réjouissait pas.

32

Davantage qu'une imposante maison, c'était un hôtel particulier qui donnait sur la Reie. Gardé par un mur, un jardin s'étalait sur son flanc droit, un vrai luxe dans cette ville, mais Werport nageait dedans depuis son enfance, il n'en était pas à une fleur près.

Veste blanche, cravate noire, la tignasse grisonnante, guindé, plus princier qu'un héritier royal, un major-dome ouvrit la porte.

— Commissaire Daysvat, se présenta Philippe, j'ai rendez-vous avec M. Werport.

— Oui, monsieur m'a prévenu de votre arrivée, veuillez bien me suivre.

D'un signe de la main, le factotum l'invita à entrer.

Dès le vestibule, la demeure le prévint qu'il entrait dans un monde protégé, éloigné des misères, où les valeurs du *vulgum pecus* n'avaient pas cours, où les lois plébéiennes n'affectaient pas son maître.

Au stuc brillant de l'entrée monumentale succéda le marbre rose d'un imposant couloir. De part et d'autre, Philippe entrevit de grandes pièces, chacune décorée d'après un thème précis. Là, il remarqua une salle de jeu Grand Siècle, ici un salon Empire, ailleurs un fumoir Modern style. Il ralentit l'allure en passant devant une porte entrebâillée. Derrière elle s'entassaient des objets africains, des masques d'animaux, des statues, des tambours, tout un art auquel il ne connaissait rien. Inquiet de ne plus entendre ses pas, le majordome se retourna. Il surprit Philippe en train d'admirer un trône en bois.

— C'est un siège d'apparat Songo, monsieur, il nous vient d'Angola, sa valeur est immense.

En déployant sa science, il évita de préciser qu'elle s'élevait au prix d'une Rolls – comparaison de pouilleux.

Philippe le remercia puis se remit en marche. Pour de nouveau marquer le pas devant la salle suivante. Il venait d'y apercevoir la collection de Werport, un ensemble d'armes blanches de tous pays, de toutes factures, de toutes époques. En un éclair, il recensa des rapières, des dagues, des yatagans, des sabres et autres estramaçons. Mais à quoi bon en dresser l'inventaire ? Il lui serait impossible de prouver, même s'il en voyait une semblable, que la lance qui avait servi à charcuter Zenkins provenait de ces râteliers.

La visite prit fin, le majordome toqua à une porte ornée de feuilles d'or, la voix de Werport lui commanda d'entrer.

— Le commissaire Daysvat est ici, monsieur, annonça-t-il.

— Très bien, Édouard, priez-le d'entrer, je l'attends.

Édouard, puisqu'il s'appelait peut-être Édouard – dans ce genre de métier on est souvent rebaptisé –, fit place au visiteur et, le buste incliné, referma derrière lui.

Le décor laissa Philippe pantois. Fi des tapisseries médiévales et des chaires à bras ! Werport travaillait dans une ambiance Art déco, étoffée, chaleureuse, où, entre nacre et galuchat, les bois exotiques dominaient. Son bureau surplombait les plantes rares d'un jardin qu'égayait une vasque étoilée.

Philippe, familier de la Renaissance, fut incapable d'en apprécier le sucre. Il eût fallu que Sonya et Jeff fussent présents pour lui indiquer que les chaises étaient signées Pierre Chareau, les fauteuils Pierre Legrain, la bibliothèque Jules Leleu. D'un volume presque simpliste, ces meubles ne correspondaient guère à l'esprit impérial de leur propriétaire. Pourtant, Werport semblait flotter au milieu d'eux, décontracté, vêtu d'une chemise tibétaine et d'un pantalon en lin.

— Commissaire, l'accueillit-il, savez-vous que je commence à douter de votre avenir ?

Le ton était narquois, Philippe se mit sur ses gardes.

— Comment dois-je le prendre ?

— Comme de l'étonnement. Je ne vous vois que lorsque vous m'apportez une lettre, j'en déduis donc que vous entamez une carrière de postier.

— Si tel était le cas, monsieur, avec vos relations, je solliciterais votre appui pour devenir facteur chef.

Sensible à la flatterie, Werport eut beaucoup de mal à rester modeste.

— N'exagérons rien, mes relations sont ce qu'elles sont.

— Plutôt impressionnantes, je suis en première ligne pour apprécier leur qualité... Et aussi leur virulence.

— Non ?

— Si... Vos amis me harcèlent pour que je vous ménage. Leurs noms ne me laissent pas indifférent.

— Oui... Je comprends votre embarras... Mais qu'y puis-je s'ils sont députés ou ministres ? Moi-même le serai peut-être bientôt... Les élections approchent, ils m'ont garanti leur soutien, voilà pourquoi ils me protègent...

Suivant une stratégie éprouvée, Philippe lui laissa marquer les premiers points, ceux qui donnent à l'adversaire l'impression d'être maître du terrain. L'excès de confiance lui fait commettre des erreurs, l'ennemi attaque alors sur tous les fronts. Or une bataille, d'après ce qu'affirmait Napoléon, se gagne toujours au centre. C'est donc de plein fouet qu'il riposta.

— Nous avons également des amis, monsieur, et ces derniers nous ont communiqué votre programme : retour aux valeurs morales, respect de la famille et amour pour le roi en point d'orgue...

Werport s'en émut, sa ligne conductrice était encore confidentielle, un motto où derrière chaque chapitre se déclinaient des mesures draconiennes.

— Vous êtes bien renseigné, commissaire, mes compliments… Mais plus que vos sources, votre ton me surprend : j'espère que vous n'êtes pas contre le roi ?

— Je suis belge, ce serait un pléonasme de dire que je suis pour.

— Et la famille ?

— Mon rôle est de la protéger, de même que nos valeurs morales. C'est d'ailleurs pour elles que je suis ici, elles me semblent mal en point…

Il sortit un papier de sa poche, le lui tendit.

— Mais trêve de bavardage, vous comprendrez mes craintes quand vous aurez lu la dernière lettre du corbeau.

Satisfait de son *teasing*, il guetta les réactions de Werport. À la différence de leur première entrevue, celui-ci ne chercha pas à parader. Il n'était plus question de coucheries mais de malversations et de détournements de fonds. Si les dénonciations sur ses parties de jambes en l'air le faisaient rire, ces attaques lui donnaient des boutons.

— C'est une honte, blanchit-il, je n'ai jamais rien lu de plus sordide. Comment peut-on salir la mémoire de deux victimes et l'honneur d'un élu ? Ce dingue est ignoble, il accuse sans preuves et vous, évidemment, vous tombez dans le panneau !

Par avance, Philippe dégusta les retombées de sa charge finale.

— Il se trouve, monsieur, que nous avons ces preuves, du moins en ce qui concerne Van Ruydt.

C'est à un Werport décomposé qu'il parla de Monika, du luxe de son appartement, de son train de vie, de l'argent qu'elle avait caché dans un mur, du carnet dans lequel elle notait ses rentrées. Chaque révélation lui procura un plaisir ineffable, une jouissance rarissime, et il atteignit un orgasme cosmique quand il en vint à la conclusion.

— Vu les circonstances, monsieur, je crains que vos adversaires, s'ils en avaient connaissance, ne se fassent une joie d'utiliser ces éléments contre vous. Puisqu'elle « a été » votre maîtresse, ils n'hésiteraient pas à se servir d'elle pour vous abattre.

— Et Zenkins et Jacmin, comment les présenteraient-ils ?

— Comme des fournisseurs qui gravitaient dans votre entourage, ça leur suffirait pour finir de vous démolir.

Il n'eut guère besoin d'en dire plus pour que l'échevin apprécie l'étendue des dégâts. Son empire était en danger, il devait le sauver, prendre des décisions, et vite.

— Avant tout, commissaire, puis-je compter sur vous pour que cette affaire ne s'ébruite pas ?

— Tant que cela me sera possible, mais il faut que vous réagissiez.

— J'en ai bien l'intention, c'est pourquoi j'ai besoin de votre discrétion pendant quelques jours, pas davantage.

— Qu'avez-vous en tête ?

— Je vais commander un audit de mes services. S'il y a eu détournement des deniers de la ville, je le saurai dans huit jours, tout au plus.

— Et si tel est le cas ?

— La justice punira les coupables… Et je vous garantis que je ne serai pas dans le box des accusés, j'ai suffisamment de biens pour éviter de « tripatouiller ».

— J'en suis pour ma part persuadé. Il est de notoriété publique que vous avez fait fortune en Afrique.

— Et mon père avant moi. Une partie de ce que vous voyez dans cette maison lui appartenait déjà. C'est d'ailleurs lui qui l'avait achetée, je n'ai fait qu'hériter.

Le bonhomme était sur la défensive, c'était le moment que Philippe attendait pour l'amener enfin sur son terrain.

— Pourquoi avez-vous quitté le Zaïre ?

— J'en avais fait le tour, je voulais vivre ici.

— Y avez-vous gardé des contacts ?

— Aucun, commissaire. D'autant que, depuis mon départ, le Zaïre est devenu la République démocratique du Congo. C'est un pays différent de celui que j'ai connu, dirigé par des gens avec lesquels je n'ai pas d'affinités.

Philippe fit semblant de partager son spleen. Ce qui l'intéressait, c'était de savoir s'il entretenait des liens avec des Noirs, surtout avec l'un d'eux qui se faisait appeler Conscience.

— Après la mort de Mobutu, beaucoup de ses partisans se sont exilés en Europe. Certains ont-ils tenté de vous rencontrer ?

— Plusieurs, oui, mais la page pour moi était tournée, je n'ai pas donné suite à leurs sollicitations… Ceci étant, vous m'inquiétez, se reprit-il… Pour quelle raison insistez-vous sur cette période de ma vie ?

— Parce que je dois examiner toutes les hypothèses. Rien ne me dit que notre corbeau soit blanc.

Soulagé qu'il s'en tienne là, Werport retrouva le sourire. Il fut d'autant plus heureux que Philippe commença à bouger pour partir.

— Avant de vous quitter, j'ai une dernière chose à vous demander.

— Je vous écoute, commissaire, de quoi s'agit-il ?

— D'un renseignement tout bête : l'un de vos proches lit-il *La Libre Belgique* ?

Werport parut surpris, il s'attendait à une question plus incisive.

— Ils sont une multitude à la lire. Mes services au Stadhuis y sont abonnés, de même qu'à tous les journaux belges. C'est Mlle Vermersch, ma secrétaire, qui s'occupe de leur gestion. Je ne peux vous en dire plus, je ne suis à mon bureau que deux jours par semaine… Ma réponse vous convient-elle ?

— Oui, monsieur, amplement, je ne vais pas vous embêter plus longtemps.

Il se leva, s'apprêta à sortir quand, au hasard d'un nouvel angle de vue, son regard fut attiré par le jardin. Il venait d'y apercevoir une bâtisse qu'il n'avait pas remarquée.

— Fichtre ! fit-il en la montrant du doigt, vous avez des dépendances ?

— Ça ? se mit à rire Werport, c'est la cabane du jardinier.

— En pierres rouges ! C'est coquet pour une cabane…

Sur le même ton naïf, Philippe poursuivit son inspection.

— Et cette porte au bout du mur, j'espère que vous l'avez fait condamner ?

— Depuis belle lurette, commissaire, sécurité oblige.

— Avec tous ces voleurs, l'approuva-t-il.

— À qui le dites-vous, c'est dans mon programme.

L'entretien était clos. Après une poignée de main, Werport sonna pour qu'Édouard vienne raccompagner son visiteur. La démarche amidonnée, le majordome le guida jusqu'au vestibule, lui ouvrit la porte, puis, dans un langage châtié, lui souhaita moult bonheurs que le sort n'accorde qu'aux riches.

Dès qu'il fut sur les quais, Philippe téléphona à Baudouin pour lui donner des ordres. Ceci fait, content de lui, il se dirigea vers le Stadhuis.

12 h 34. Pour ce qu'il y comptait faire, c'était le moment idéal.

33

Ça criait, plaisantait, chahutait dans toutes les langues.

La brasserie était pleine de bons vivants, heureux de s'y retrouver, surtout les étudiants qui avaient fait de l'estaminet leur quartier général.

Le reproche que Philippe lui adressait, c'était d'être enfumé. On clopait dur autour de lui, l'odeur du tabac l'indisposait, ou plutôt, sans qu'il l'avoue, le faisait salement baver : ancien accro, il avait grillé sa dernière cigarette la veille de son mariage – un cadeau de noce pour Mathilde qui détestait les fumeurs.

Son vice, toujours présent, expliquait qu'il se fût installé le plus loin possible du bar, seul, pour échapper à la tentation d'en allumer une.

Spectateur silencieux de la folie ambiante, tranquille, détendu, il attendait Baudouin sur une banquette arrondie en moleskine, telle qu'on en fabriquait jadis. Les tables étaient séparées par des étagères communes. Entre leurs barres en laiton, les clients y posaient leurs affaires, la direction y entassait des journaux. Philippe en prit un, l'ouvrit à la recherche de la chronique d'Eddie, qui lui déplut dès la première ligne. C'est comme s'il lui envoyait un message. Pas touche aux sorciers semblait-il lui dire, rappelle-toi ce que tu m'as promis pour Mama Med.

Il ne lui serait pas difficile de tenir sa parole, la mort de Gizenga avait réglé le problème.

Une présence lui fit relever la tête. À force de jouer des coudes, le serveur avait enfin réussi à atteindre sa table. Crispé, énervé et en nage, il posa sa Duvel sans un mot, puis replongea dans la cohue en multipliant les « pardon, s'il vous plaît ». Dans un esprit convivial, les clients restaient debout, agglutinés autour du bar, regroupés près des fenêtres, pour discuter en plus grand nombre, coutume qui l'empêchait de regagner son zinc.

Philippe remit le journal à sa place, fit couler sa bière dans un verre aux formes amples, laissa la mousse se reposer et s'apprêta à en boire la première gorgée.

— À votre santé, commissaire.

Cette voix… Dieu qu'il la connaissait bien…

— Mister Conscience ?

— Oui, je suis assis derrière vous.

Il reposa aussitôt son verre.

— Ne vous retournez pas, commissaire, laissez votre arme dans son étui.

Les sens en alerte, Philippe scruta la foule. Conscience insista, comme s'il le voyait de face.

— Non, ne tentez rien, mettez vos mains à plat sur la table… Voilà, c'est parfait.

Pour que le Noir soit si précis, il fallait qu'un complice l'accompagne. Et celui-ci était sans doute armé. Mais qui, parmi les clients, le renseignait sur ses gestes ?

— Je suppose que vous n'êtes pas seul ?

— Jamais, commissaire.

La réponse était nette, Philippe oublia son revolver – s'en servir ne pouvait que déclencher un massacre.

— Que voulez-vous ?

— Vous guider… Vous vous trompez de chemin.

— Encore ! Vous devenez lassant.

— C'est vous qui m'épuisez à force de ne pas m'écouter.

— Je ne fais que ça.

— Non… Par exemple, vous savez que je ne suis pas David Gizenga. Mais à quel prix ! Il a fallu qu'on le repêche dans un lac pour que vous me croyiez enfin.

Philippe encaissa ce nouveau coup avec l'envie de hurler.

— Qui vous l'a dit ? Il n'y a que la police qui soit au courant.

Conscience soupira, il soupirait si bien.

— J'ai des yeux et des oreilles partout, commissaire, y compris chez Mama Med… Vous avez eu tort de la rencontrer, c'est une déviante, nos rapports sont conflictuels.

— Vous étiez chez elle hier soir ?

— Comme d'habitude, commissaire, pour vous protéger, et là, vous en aviez besoin, elle aurait pu vous faire du mal.

— Cette folle ? Ben voyons. Elle en fait déjà assez aux gogos qui croient en ses pouvoirs. Parler aux morts, et quoi encore ?

— S'il vous plaît d'en contester la possibilité, c'est votre droit.

La réserve de Conscience le frappa, Philippe y vit une brèche.

— Pour que vous défendiez ses pratiques, j'en déduis que Mama Med est votre concurrente.

— Non, commissaire, hoqueta le Noir, je ne suis pas un sorcier, je suis leur pire ennemi.

— Est-ce à dire que vous les combattez ?

— Autant que ceux qui me missionnent pour vous ouvrir les yeux.

Ses périphrases le chauffaient, Philippe sortit de sa réserve.

— Bon, cessons de jouer, quel est votre intérêt à m'aider ?

— Excellente question, commissaire. Disons que ces meurtres doivent s'arrêter parce qu'ils me touchent de près.

Des jeunes, au comptoir, éclatèrent de rire, Philippe attendit qu'ils se calment pour reprendre le dialogue.

— Il n'y a rien de plus facile : donnez-moi le nom du tueur et je le coffre tout de suite.

Les jeunes se bousculèrent en s'esclaffant. Ce fut au tour de Conscience de laisser passer leur chahut.

— Pour la centième fois, je vous répète qu'il m'est impossible de vous le livrer.

— Pourtant, vous prétendez que ses crimes vous touchent de près.

— Moralement, c'est une image. En revanche, je suis autorisé à vous donner un indice : Epsilon, comme vous l'appelez, est quelqu'un qui cache sa souffrance.

— C'est tout ?

— Non, il m'est aussi permis de vous faire un cadeau : je vous confirme qu'Epsilon est une personne à part, profondément croyante. Miss Strafford ne s'est pas trompée sur son profil.

Ça aussi il le savait ! Décidément, il était trop bien informé, ça devenait insupportable. Sa remarque, cependant, eut pour avantage de faire basculer Philippe : il n'avait plus de doute à avoir, une taupe sévissait dans son service, il fallait qu'il la découvre avant qu'une nouvelle tête ne tombe.

Dans l'urgence, il se focalisa sur Conscience, chercha le moyen de lui extorquer des confidences, prit le parti de lui poser des questions anodines.

— Aidez-moi, Conscience, dites-moi simplement si on a affaire à une femme ou un homme… Un jeune ou un vieux… Un riche ou un pauvre…

Aucune réponse. Il modifia sa tactique.

— OK, je respecte votre silence. Vous pouvez au moins me dire si Epsilon est brugeois.

Conscience ne broncha pas davantage.

Nouveaux éclats de rire au bar, Philippe profita du bruit que faisaient les clients pour réviser son approche.

— Je vous propose un protocole : je vais avancer des suppositions. Si l'une d'elles est exacte, contentez-vous de soupirer, ça me suffira pour comprendre que je suis sur la bonne voie. Quant à vous, puisque vous n'aurez pas dit un mot, personne ne pourra vous accuser d'avoir trahi votre parole… Ça vous va ? Allez, on démarre…

Le cerveau en surchauffe, Philippe se mit à recenser les branches religieuses, politiques, policières, effleura les problèmes africains, dressa l'inventaire de ses parents, de ses amis, de ses collègues, de ses voisins, de ses profs, évoqua sa carrière, nomma les gens qu'il avait arrêtés.

Son soliloque laissa le Noir de glace.

À bout d'idées, il embraya, pêle-mêle, sur les médias, les sectes, les intégristes, les sportifs, les militaires, les médecins, les artistes.

Sans que Conscience réagisse.

Il poursuivit avec les écologistes, les altermondialistes, les économistes…

— Vous causez tout seul, patron ?

Déconcerté, il mit fin à son monologue. Debout devant lui, Baudouin le fixait d'un air ahuri.

— Quoi ? Qu'est-ce que tu dis ?

— Que vous parlez tout haut. Il n'y a personne avec vous.

Philippe se leva, renversa sa table, se retourna comme un fou vers le box voisin.

— Ah, le salaud ! Il s'est fait la malle.

— Qui ça, patron ?

— Conscience ! Il était là il y a cinq minutes, c'est à lui que je parlais.

Il regarda autour de lui, le Noir avait disparu. Au aguets, prêt à bondir, Baudouin avisa une porte de service près du comptoir.

— Là, patron, il a dû se barrer par l'office.

— Fonce, mon garçon, je te suis !

Le blondinet se rua vers le zinc, sauta par-dessus les banquettes, fit valser les chaises, bouscula les clients, à l'émoi du serveur qui barra le passage à Philippe.

— Ça va pas, non ? Il est fou dans sa tête votre ami, et vous aussi !

Au bord de la bavure, Philippe lui présenta sa carte.

— Police ! Par où est passé le Noir qui était derrière moi ?

— Un Noir ! Quel Noir ?

— Un Black, un Africain, la cinquantaine.

Le bonhomme postillonna, incrédule, sceptique.

— Non, j'ai rien remarqué avec tout le boulot que j'ai au bar…

— Comment ? Vous l'avez pourtant servi.

— Moi ? Je n'ai servi personne en salle à part vous.

Baudouin courut vers une issue de secours.

La porte, ouverte, donnait sur une rue bourrée de monde.

Le blondinet enragea. Mister Conscience devait déjà être loin.

34

Nadine eut envie de rire.

— Soupçonner soixante mecs avant de comprendre que Conscience surveillait Philippe avec une glace de poche, c'est pas ce que j'appelle du rapide.

— Le coup était vicieux, protesta le blondinet, j'aurais aimé t'y voir, t'aurais séché tout autant.

— Et il s'y est pris comment avec sa petite glace ?

— En l'orientant vers un cadre publicitaire.

— Un cadre publicitaire ?

— Oui, tu sais bien, ces miroirs sur lesquels on imprime des pubs.

— Ah, c'est ça.

— C'est même plus compliqué : c'est de tout un jeu de cadres dont il s'est servi comme réflecteurs multiples. Remarque qu'il lui a fallu trouver le bon angle.

— Alors, persifla-t-elle, si c'est pas un *hacker*, c'est au moins un géomètre.

La conversation dégénérait, Philippe y mit un terme avec diplomatie. Il vit deux aspects positifs dans les conclusions de Baudouin. Le premier démontrait que Conscience n'avait pas de complice, ce qui était rassurant. Le second prouvait que le Noir, à défaut de gorille, faisait preuve d'ingéniosité pour garantir sa fuite. La leçon devait servir. À leur prochaine rencontre, il se promit de lui sauter dessus sans écouter ses boniments.

Wens l'approuva. Lui aussi était assis dans son bureau bien rangé, où l'ordre le disputait à la propreté. Pas un crayon de travers, Philippe détestait la pagaille, il se méfiait des négligents, aussi confus dans leur mental que dans leur logique du rangement.

Et pour l'heure, c'était de précision dont ses synapses avaient besoin.

Bientôt 22 heures, ses adjoints, fatigués par une journée à courir dans tous les sens, l'aidaient à faire le point sur l'enquête.

Privilège des anciens, le moustachu ouvrit le ban. Non sans humour, il confirma que les premières recherches, tant dans les hôtels que dans les bibliothèques, les compagnies aériennes ou les gares, s'étaient soldées par un Bouvines côté flamand.

— Mais, ajouta-t-il avec un demi-sourire, il me reste à visiter les maisons closes.

— N'y rêve même pas, le rembarra Philippe.

— Oh ! t'as plus de budget ?

— Non, t'as plus l'âge.

Wens se garda de lui répliquer avec verdeur. À cet exercice imbécile, il préféra lui tendre un papier.

— La chasse est fermée, sauf à Groeninge où il me reste cinq personnes à interroger.

— Pourquoi ce retard ?

— Elles sont en voyage ou injoignables depuis des mois.

— Je connais ces gens, dit Philippe en découvrant les cinq noms qui figuraient sur la liste de Bauer, Mathilde travaillait avec eux.

Tous étaient des artistes qu'il avait rencontrés dans des vernissages, certains étaient même venus manger chez lui, il se souvenait de leurs têtes.

— Ôte-moi d'un doute, Wens, leurs adresses ne t'ont pas choqué ?

— Pourquoi ?

— Ce sont celles de leurs éditeurs.

— Forcément, puisque ce sont les éditeurs qui cautionnent leurs recherches.

— Et le musée s'en contente ?

— C'est la procédure normale, elle offre plus de garanties.

Embrouillé par la fatigue, Philippe se gratta le crâne.

— Attends, que je comprenne tout... Comment sais-tu que ces zèbres sont en voyage ou ont disparu de la circulation ?

— Justement, grâce aux renseignements que m'ont fournis leurs maisons d'édition. Trois sont en mission à l'étranger, et deux ne donnent plus signe de vie depuis leur dernier contrat. Par malheur, ils utilisent des pseudos...

— Et tu ne leur as pas demandé leurs coordonnées ou leurs numéros de portables ?

— Si, mais ils ont exigé un papier officiel avant de me les communiquer. Avec tout le boulot qui nous est tombé dessus, je n'ai pu l'envoyer que ce matin.

— T'aurais pu déléguer... Enfin, soit... Les réponses doivent arriver quand ?

— Tantôt, par fax.

Philippe plia la feuille, la glissa dans sa veste.

— Ça va, laisse tomber, je m'en occuperai, c'est un milieu que je connais bien.

— Et je fais quoi à la place ?

— Tu te concentres sur le corbeau.

Cette priorité lui permit d'enchaîner sur ses propres recherches.

Pour commencer, il raconta sa virée au Stadhuis où, en l'absence de Vermersch, partie dîner, il avait fouillé ses racks à journaux. Sous le contrôle de Joseph, tint-il à préciser, qui ne l'avait pas quitté une seconde. Il y avait bien trouvé une pile de *La Libre Belgique*, mais dont le numéro le plus ancien datait du mercredi précédent. *Exit* celui de mardi. Ce ménage aurait dû lui montrer que la vieille fille avait le goût de l'ordre si elle en avait fait autant avec les autres publications. Car, que ce soit pour *Knack*, *Le Soir*, *Le Quotidien de Namur*, *Het Nieuwsblad* ou *De Standaard*, les étagères ployaient sous le nombre. Ce déséquilibre le troublait. Le corbeau, s'il travaillait dans ce service, en était peut-être l'auteur. Ce n'était qu'une supposition de plus mais, dans l'expectative, il pria Wens d'examiner les dossiers des employés de Werport.

— J'aurais dû y penser plus tôt, confessa-t-il, ce sont des fonctionnaires qui ne choisissent pas leur patron. Dans le tas, certains doivent combattre les idées de notre bon échevin. Vérifie s'il y en a qui font de la politique, ça pourrait nous mener à notre oiseau.

Le moustachu en prit bonne note avant que Philippe ne continue son exposé. D'un ton qu'il voulut neutre, il parla de sa rencontre avec Werport, de sa décision de commander un audit, de son faste, de son luxe et surtout de ses dépendances.

— Toi, Baudouin, tu me feras surveiller le mur de son jardin. Si Conscience loge dans la cabane en brique, il doit forcément sortir par la porte du fond.

— C'est comme si c'était fait, sourit le blondinet en songeant aux tronches de Grabedon et Baudrucha qu'il allait flanquer sur ce coup.

— Ce n'est pas tout, mon garçon. En sortant de chez Werport, je t'ai demandé de chercher des infos sur sa période africaine. T'en es où sur ce front ?

Le visage épanoui, l'extraterrestre ouvrit son carnet rouge.

— J'en ai plein, patron ! Merci Interpol.

— C'est si bon que ça ?

— Du nanan, écoutez plutôt : peu avant de quitter le Zaïre, Werport s'est sorti ras les noix d'un scandale financier. L'affaire portait sur des millions de dollars détournés d'un projet de construction. Deux de ses partenaires se sont retrouvés en taule, un troisième s'est taillé avec la caisse. D'aucuns prétendent que Werport l'a aidé à quitter le pays. Ça n'a jamais été prouvé. Le gars s'appelait Honoré Jemba, il aurait cinquante-trois ans aujourd'hui, on a perdu sa trace à Jersey... Tenez, voici à quoi il ressemblait à l'époque.

Il montra la photo d'un Noir mieux vêtu qu'un cadre de la City.

— Avec une barbe et quinze ans de plus, il pourrait ressembler à Conscience.

Assise en retrait, Nadine fulmina. Il ne fallait plus lui parler de photo. Non sans motif : les cirques contactés lui avaient envoyé trente-deux portraits de Blacks – tous jongleurs, trapézistes, antipodistes ou clowns. Persuadée que Conscience se trouvait dans le lot, elle les avait présentés à Philippe. Une conviction. Un sixième sens. Une grave erreur. Sa réponse, aussi lourde qu'un maillet, avait vite détruit ses illusions : Conscience ne figurait pas dans cette galerie de Noirs.

Mais en voyant le portrait de Jemba, ce ne fut pas par dépit qu'elle poussa une gueulante, ce fut pour avancer. Leurs parlotes à rallonge n'aboutissaient à rien.

— Y en a marre des : « Il aurait, il se pourrait, on pense que... » Il faut se remuer, les gars, on oublie trois choses : un, trouver le motif de ces meurtres ; deux, comprendre pourquoi ce Noir y est mêlé ; trois, chercher qui seront les prochaines victimes.

Dehors, à l'écart d'un lampadaire, appuyé contre un mur, dissimulé dans les plis de la nuit, à quelques pas du bâtiment de la police, Mister Conscience fixa les fenêtres du bureau de Philippe. Il ferma les yeux comme s'il cherchait à entrer en contact télépathique avec lui. D'une voix cassée, il mâchonna une prière : « Faites un effort, commissaire, ayez un peu de courage, la vérité est proche, vous n'osez pas la voir. » Puis il se remit en marche, d'un pas lourd, pour disparaître dans la rue qui portait le même nom que lui : Hendrick Consciencestraat…

Le coup de gueule de Nadine l'avait galvanisé, Philippe retrouva ses mots de passe, ses logiciels d'analyse. D'un trait, il répondit point par point aux questions de la jeune femme. Dans son esprit, il n'y avait aucun doute : sur fond de religion, le mobile de ces crimes était le fric. Il suffisait de voir combien Monika en avait encaissé pour s'en persuader. Et puis cette vieille affaire africaine montrait une fois de plus les appétits financiers de Werport. Si ce dernier avait aidé Jemba à s'enfuir avec un pactole, il était plus que probable que son coup de main n'avait pas dû être gratuit. Mieux, il se pouvait même qu'il ait été le cerveau de l'arnaque. Par ricochet, il fut catégorique : si Jemba et Conscience ne faisaient qu'un, le Noir devait un renvoi d'ascenseur à l'homme qui l'avait enrichi. Ce qui expliquait qu'il ne pouvait le dénoncer ouvertement, lui ou l'assassin qui gravitait dans son entourage.

— Car si j'ai bien compris, depuis quinze ans Honoré Jemba fait tout pour éviter qu'on le retrouve. Raison pour qu'il ne veuille pas témoigner à visage découvert.

Son venin craché, il se cloîtra dans le silence. Au tour de ses adjoints de s'exprimer. Il attendait leurs commentaires, ils étaient là pour en faire, pour que ça pète une bonne fois, pour que la muraille s'effondre. Les labos n'avaient pas pu l'aider, alors, à défaut de leur science, il devait se servir de celle de ses équipiers, de leur expérience, de leur intelligence, de leur esprit inventif. Surtout de leur imagination, persuadé qu'il était que cette affaire sortait d'un cadre rationnel.

— Ça me va, commissaire, opina enfin Nadine, au poil près que je ne vois pas qui ce Jemba peut couvrir.

— Tu as le choix, ma grande. Soit un ami politique de Werport, soit un Grand Mamamouchi de je ne sais quel mouvement.

— Et pourquoi la bouclerait-il ?

— Parce qu'à quelques mois des élections l'arrestation d'Epsilon éclabousserait son ami Werport, à qui il ne veut que du bien.

Ses adjoints se regardèrent, l'approuvèrent. Ses arguments tenaient la route.

— OK, soliloqua Baudouin, pensif, si je saisis bien, Conscience est confronté à un dilemme. En gros, il accepte de collaborer au coffrage d'Epsilon, mais sans avoir à le balancer pour ne pas nuire à Werport… Cornélien, comme débat…

— C'est le *pitch*, mon garçon…

À l'instar de ses collègues, Wens contribua à l'étoffer.

— Pas bête, ton topo, il permet de comprendre comment Conscience a obtenu tes numéros de téléphone. Avec les relations de Werport, ça a été du gâteau.

— Explication à retenir, admit Philippe... Quoi qu'il en soit, je suis moins affirmatif pour les fuites. Qui l'a renseigné sur notre enquête ? Ça, c'est une autre question.

Nadine hocha la tête, au bord de la crise de nerfs.

— Mais tu viens de le dire toi-même ! T'as parlé d'un Grand Maître du hula-hoop, et t'as pas tort, cette affaire pue l'ésotérisme depuis le début.

Voilà enfin ce que Philippe attendait : une approche différente.

— Tu penses à quoi, inspecteur ?

— À ce qu'un de nos gars milite dans un machin secret où il aurait rencontré Conscience. C'est pas la peine d'aller plus loin.

Philippe fut tenté de lui répondre qu'elle déraillait. Mais sa soirée chez Mama Med l'en empêcha. C'est vrai qu'il y avait vu des gens connus, des personnalités qu'il n'aurait jamais soupçonnées d'adhérer à son délire.

— Continue, ma grande, ça me convient.

— C'est simple comme bonsoir ! Au cours d'une cérémonie à la con, notre Black l'aura approché pour lui faire des confidences et lui, à son tour, lui en aura fait. Brut de décoffrage, c'est le contenant. Maintenant, faut étudier le contenu.

— Admettons... Et ce corbeau qui, d'après Conscience, est mon ennemi juré, tu le situes où dans ce foutoir ?

Au point où elle en était, Nadine vida son sac jusqu'aux coutures.

— Près d'une fosse d'aisances ; c'est dans la merde qu'il veut t'envoyer.

— Rien que ça ?

— Et pas qu'un peu ! Tu t'es pas rendu compte qu'il mêlait les meurtres aux « tripatouillages » ? Moi, si ! Et c'est un truc que je sens pas… Quelque chose me dit que son amalgame t'envoie au casse-pipe, qu'il sait que tu vas y laisser ta peau, mais qu'il s'en bat les bretelles, parce qu'il veut que tu l'aides à se venger et rien d'autre… De qui ? Je sais pas… C'est de ça que Conscience te prévient.

— En volapük.

— Décode son langage, commissaire, t'as pas encore percuté qu'il était ésotérique.

La conviction de Nadine l'ébranla, Philippe scanna ses composantes.

— Mm… En somme, tu me dis qu'il y a deux affaires dans cette affaire.

— Affirmatif, et le corbeau s'arrange pour que tu croies qu'il n'y en a qu'une. Sépare les morts et le fric, les meurtres et les magouilles, ou tu vas te planter. Le but de ce rapace est de faire morfler les notables qui ont piqué dans la caisse… mais qui n'ont tué personne… Si tu tombes dans le panneau, ça fera un joli scandale.

— Dont je ne me remettrai pas.

— Tu diras adieu à ta carrière.

Elle se calma avant d'abattre son dix de der.

— N'oublie pas notre récente découverte : Jacmin et Zenkins militaient dans le parti de Werport. Tu ne trouves pas que ça fait un paquet de coïncidences ?

Au fond, se dit Philippe, elle n'avait pas tort. L'histoire de fesses de Monika et de Werport était classée sans suite. Ses galipettes n'avaient aucun lien avec la mort de la jeune femme. Et rien ne prouvait que les victimes aient magouillé entre elles. Du moins jusqu'à présent. C'est-à-dire à trois jours de la cérémonie du Saint-Sang, une échéance que Baudouin lui rappela.

— Reste le dernier volet, patron : qui seront les prochains décapités d'ici à jeudi ?

Philippe n'hésita pas une seconde, un seul nom s'imposait pour l'instant.

— Dans ce merdier, il y a en un que les faits désignent : Werport.

En l'état, sans munition, son constat ne convainquit personne. Il dut le reprendre de zéro, démontrer que, puisque Epsilon était un proche de Werport, il était forcément au courant de ses magouilles, de son passé, de ses coucheries. Et, comme si l'affirmait Strafford, le tueur avait tout d'un mystique, doublé d'un militant pur et dur, convaincu d'avoir pour mission de nettoyer son Église et sa ville, l'échevin figurait en bonne place sur sa liste. Mais comme majeur, pas comme index, il fallait faire avec, et surtout protéger l'échevin.

— Et le filer, ajouta Wens qui se rallia à ses vues. Il faut que l'on sache qui il rencontre en dehors des heures de bureau. On trouvera peut-être la prochaine victime dans ses fréquentations.

— Je suis volontaire, se proposa Baudouin, il ne m'a jamais croisé, il ne se méfiera pas de moi.

L'idée était excellente, Philippe retint sa candidature.

— Ce n'est pas tout, continua le blondinet, je propose qu'on suive aussi Mme Gilis. Je la sens bien en quatrième position pour le cimetière.

— Développe, mon garçon, c'est quoi le déclic ?

— Une intuition, patron : elle bossait avec Monika, elle devait en voir beaucoup… Et puis elle porte des gants, comme le corbeau.

— Sans oublier qu'elle est pratiquante, renchérit Nadine en bâillant, elle a peut-être des remords.

Ils auraient pu continuer à en parler, mais les aiguilles tournaient, la fatigue se faisait sentir, ils avaient faim, ils mouraient de soif. Entracte. Philippe les invita chez Léon. Il leur devait bien ce moment de détente.

Avant de partir, il fit un crochet dans le bureau de ses adjoints.

Cinq télécopies étaient tombées sur leur fax. Celles qu'attendait Wens.

Il les prit sans les lire, les plia et les rangea dans une poche de sa veste.

35

La fin d'après-midi était resplendissante, le soleil flirtait avec la jolie Bruges, les touristes, épuisés, se traînaient vers des cafés où ils pourraient enfin s'asseoir.

Les terrasses se remplissaient, la bière coulait à flots.

L'heure était au commerce, les marchands de souvenirs réalisaient le gros de leur chiffre. Au centre du Burg, l'un d'eux, ambulant, croulait sous la demande. Pourtant, il ne proposait rien de plus que ses confrères, son offre se limitait à des stylos, des crayons, des porte-clés, des cartes postales, exposés dans un panier qu'il portait en bandoulière. Il aurait dû être heureux, mais non, il pestait contre ses clients, pour l'excellente raison qu'il s'appelait Baudouin Martens, que son activité était une couverture, et que ces gens allaient faire capoter sa mission.

Posté devant le Stadhuis, il en surveillait les portes, prêt à foncer derrière Werport en jouant les camelots.

L'ennui venait de ce qu'il devait s'appliquer dans son rôle, répondre aux badauds, leur rendre la monnaie, avec le risque de manquer l'échevin.

Par bonheur, ce ne fut pas le cas. Il le vit sortir, prêt à s'engager sur le Burg, au moment même où une petite fille lui tendait un billet. Baudouin regarda la fillette, lui décocha un sourire.

— Je n'ai plus de monnaie, ma belle. Garde ton crayon, je t'en fais cadeau.

La gamine eut du mal à réaliser ce qui lui arrivait. Baudouin ne lui laissa pas le temps de le remercier, lui tourna le dos et, d'un pas nonchalant, se mit à suivre Werport en jetant un œil à sa montre. Les bureaux du Stadhuis étaient fermés depuis une heure, Werport les quittait toujours après les employés, histoire de montrer qu'il œuvrait d'arrache-pied au bonheur de la ville.

Mais peu lui importait ses artifices tutélaires, ce qui comptait pour le blondinet, c'était qu'il fût enfin dehors.

Werport l'entraîna du Burg à la Hoogstraat, une rue légèrement située à l'est du centre, où il s'arrêta près du canal, face à une antique bâtisse qu'il contempla longuement. On eût dit qu'il craignait de s'avancer vers elle, que ses pierres lui étaient hostiles. Il sembla à Baudouin qu'il surmonta ses appréhensions pour s'en approcher, lire les noms de ses locataires, appuyer sur une touche. Baudouin le vit parler, ou plutôt négocier dans l'interphone. Le résident hésitait à lui ouvrir. Ce ne fut qu'après d'interminables palabres que celui-ci consentit à libérer l'ouverture de la porte.

Dès que Werport pénétra dans le hall, le blondinet courut vers l'immeuble. La liste de ses occupants se résumait à six noms. Il lui fallut peu de temps pour trouver le bon.

Par prudence, il partit s'asseoir sur un muret qui surplombait la Reie où, superbement installé, il attendit que le temps passe. Et il fut long, bien trop long à son goût. Un quart d'heure, puis vingt minutes s'écoulèrent, et les aiguilles continuaient de tourner. Un touriste s'attarda devant ses cartes postales. Plus question de jouer les marchands. D'un geste ostentatoire, Baudouin sortit son portable. Vexé, le bonhomme s'en alla en le couvrant d'injures. Le blondinet se marra. De toute manière, gêneur ou pas, il fallait qu'il appelle…

Dans le bureau des adjoints, Nadine rouspétait. Elle s'occupait de la paperasse, comme si elle n'avait pas mieux à faire que de taper un rapport ! Son portable sonna, elle le chercha en jurant, le retrouva enfoui sous une pile de papiers, regarda son écran, l'activa en râlant.

— Salut, Baudouin, qu'est-ce qui se passe ?

— J'ai besoin d'un renseignement, collègue. Qu'est-ce qu'on a sur Fidéline Wermersch ?

— La secrétaire moisie ? Pourquoi ?

— Werport est chez elle après les heures légales. Et j'ai constaté qu'elle a mis du temps avant d'accepter de le recevoir.

— Wah, ça bouge ! Attends, je vais te donner l'info.

D'un mouvement rageur, elle poussa des dossiers qui tombèrent à terre, fouilla dans son bazar, ouvrit une chemise, en extirpa la fiche de Wermersch. Court et succinct, son contenu ne livrait que peu d'indications. La vie de l'aigre demoiselle était d'une fadeur à faire pleurer un pitre. Née cinquante-cinq ans plus tôt, elle avait fait ses études chez les sœurs, maîtrisait cinq langues, œuvrait dans une association caritative – Le Saint-Cœur du Christ – qui accueillait en permanence des personnes en détresse. Membre des plus actif, elle y effectuait des veilles dans une chapelle qui ne fermait jamais. Il était rare que quelqu'un y vienne la nuit, mais il fallait croire que ça l'occupait. Aspect plus tragique de sa morne existence, sa mère souffrait de la maladie d'Alzheimer. Wermersch l'avait confiée à l'Institut Érasme, une clinique privée où elle payait tous ses frais.

— Érasme ! s'égosilla Baudouin, mais c'est pour les richards ! Comment s'en sort-elle avec son petit salaire ?

— Elle se contente de peu, mon grand, tout son fric passe dans les soins de sa maman. J'en ferais autant pour la mienne. Pas toi ?

Trop tard, bourde énorme, Nadine s'en mordit les lèvres.

— Oui, certainement, fit le blondinet qui ne releva pas. Tu préviens le patron ?

— Je lui laisse un message sur sa boîte.

— Ne me dis pas qu'il a encore coupé son portable.

— M'en parle pas, ça me fiche en rogne.

— Où est-il ?

— En ville. Il suit une intuition, j'en sais pas plus.

— Bon, ben file-moi son nouveau numéro, je vais le rentrer en mémoire.

Elle le lui annonça d'abord d'une traite, puis commença à épeler ses chiffres.

— Stop ! l'interrompit Baudouin, Werport fiche le camp, je te recontacterai pour le noter.

Il éteignit son portable, le rangea, se remit à déambuler comme un colporteur à l'affût du chaland, les yeux fixés sur les talons de l'échevin. Subitement, sans raison apparente, ce dernier hésita sur le chemin à prendre, ralentit, puis, aussi rapide qu'une girouette, fit demi-tour pour retourner vers le Burg. Par expérience, Baudouin lui laissa un peu d'avance, s'apprêta à lui emboîter le pas quand, cerise sur le gâteau, Wermersch sortit à son tour de l'immeuble. La dévote portait une mantille noire qui masquait peu ses yeux rougis ; ses mains tremblaient en serrant un vieux missel. À l'évidence, elle venait de subir un choc. Que décider, qui suivre ? s'angoissa-t-il. La question ne se posa pas longtemps. À l'instar de son patron, la vieille fille se dirigea vers le centre. Deux filatures au prix d'une, rigola le blondinet, décidément, c'était son jour de chance…

Dans le bureau des adjoints, Nadine s'était replongée dans la paperasse.

Des papiers traînaient encore sur le sol. Elle se mit à croupetons, fit le tour de son bureau pour les ramasser, les coinça sous son bras et, en étouffant un cri de surprise, faillit les relâcher : une paire de chaussures d'homme tutoyait les derniers feuillets. Furibonde, elle leva la tête. Eddie, gêné, se tenait dans l'encadrement de la porte.

— Hum ! dit-il, peu à l'aise, j'espère que je ne te dérange pas.

— On frappe avant d'entrer, abruti ! aboya-t-elle, agressive, en se redressant. Y a longtemps que t'es là ?

— Non... Je viens d'arriver... Je patientais dans le couloir.

— Tu as entendu ce que j'ai dit ?

— Vaguement, je n'ai pas voulu écouter.

Pouvait-elle lui faire confiance ? Mais pourquoi s'inquiéter ? se rassura-t-elle, Eddie jouait toujours franc-jeu, c'était son intérêt.

— Tu veux quoi ?

— Voir Philippe. J'essaie de le contacter depuis ce midi, il ne répond pas.

— Tu ne risques pas de l'avoir, il a changé de numéro.

— Ah ! Tu peux me le filer ?

— Négatif, on n'est que peu à le connaître, procédure exceptionnelle, je ne te le donnerai pas.

Eddie grimaça.

— Oui, je comprends, il veut obliger Conscience à s'approcher de lui.

— Y a de ça...

— C'est pas gagné, Conscience se débrouille toujours pour obtenir ses numéros.

— Pas cette fois, et t'en sauras pas plus.

Sinon, ajouta-t-elle par gentillesse, que l'ordre émanait de Ruytens. Pour déstabiliser le Noir, il avait confié à Philippe le portable d'un membre de sa famille. Rien de moins. « Comme ça, avait-il déclaré, si Conscience parvient à vous joindre, ça prouvera qu'il est le diable... »

Mais pour l'heure, ce n'était guère Lucifer qui intéressait le gros homme.

Attablé à l'Hôtel de Bourgogne, il dégustait une Gueuse en compagnie de Miss Strafford. L'illustre Anglaise avait tenu à le voir avant de quitter Bruges. Sa convention était terminée, elle devait regagner Londres le lendemain.

— Vraiment, madame, vous ne pouvez pas rester pour la procession du Saint-Sang ?

— J'en suis navrée, commissaire, *that's life*, on m'attend.

Il répondit qu'il comprenait – sans au fond savoir ce qu'il devait comprendre –, ce dont elle le remercia avant d'aborder le sujet dont elle voulait lui parler.

— Je vous ai fait venir, commissaire, parce que j'ai beaucoup réfléchi à votre enquête. Il y a des éléments importants que je dois vous communiquer.

— Je vous écoute.

Des touristes s'emparèrent d'une table voisine, elle attendit qu'ils se soient installés avant de démarrer.

— Commençons par Mister Conscience. En fait, son nom est plus qu'un nom, c'est un aveu.

— Ah ! Est-il symbolique ?

— Non, pathologique. Mais j'éviterais de vous infliger un cours. Disons, avec humour, que votre Black est un inconscient qui se donne bonne conscience en indiquant la piste du coupable sous un pseudonyme de confort.

— En résumé, c'est un malade.

— Très gravement atteint, qui souffre – comment exprimer cela ? – de délires interprétatifs. *Do you understand ?*

Ruytens fit oui de la tête, ce topo réducteur convenait à ses neurones.

— Il est vrai que ses propos sont confus. Il n'y a que pour la croix que porterait l'assassin qu'il a été clair avec Daysvat. Tout le reste n'est que de la pâtée pour chien.

La docte dame acquiesça, d'autant plus volontiers que c'était sur ce chemin qu'elle voulait l'amener, un chemin qu'elle évita de franchir trop vite. Avec délicatesse, elle lui confia qu'elle avait trouvé curieux que Mister Conscience, en temps réel, ait avoué à Philippe connaître tous les détails de son enquête. De même qu'elle s'étonna qu'il ait facilement obtenu ses numéros de téléphone. Conscience insistait tellement, qu'il avait l'air de vouloir lui faire comprendre d'où il tenait ses sources, à savoir, en termes déguisés, de sa garde prétorienne.

Ruytens blêmit, il comprenait où elle voulait en venir.

— Voulez-vous dire que celui qui le renseigne serait l'un des nôtres ?

Les tergiversations n'étaient plus de mise, Strafford alla droit au but.

— *I regreat*, c'est effectivement un membre de votre équipe. Et c'est de lui dont Mister Conscience veut protéger le commissaire Daysvat.

Touché, meurtri, Ruytens s'insurgea pour répondre à ce coup.

— Que croyez-vous, madame ? Daysvat n'est pas seul. Si ce que vous affirmez est avéré, moi aussi je tiens à le protéger.

— J'en suis persuadée, mais le verbe protéger, poursuivit-elle en ignorant sa colère, n'a pas la même signification dans la bouche de Mister Conscience. Dans sa folie, il tente de protéger un homme *en danger*.

Abattu, Ruytens osa à peine traduire l'avertissement.

— Différemment exprimé : en danger de mort ?

— *Yes*, commissaire.

— Ah ! Et à supposer qu'Epsilon soit l'un de mes gars, pensez-vous que Daysvat soit l'une de ses prochaines victimes ?

L'Anglaise soupira de soulagement, elle arrivait au terme de son analyse.

— Je ne l'exclus nullement, commissaire. Quant à savoir pourquoi M. Daysvat est sur sa liste : *That is the question*, comme l'a écrit ce cher William. Ce dont je suis sûre, c'est que le *serial killer* est un flic. Pas d'ADN, pas d'empreintes, pas d'indices… *Really professional, isn't it ?*

À un jet de flèche de l'Hôtel de Bourgogne, dans la Mariastraat, le long du couvent des frères, Baudouin se figea au milieu de la foule. Son problème était énorme, et à moins de s'appeler Janus nul ne pouvait le résoudre seul. Werport tournait dans une rue, Wermersch poursuivait vers Notre-Dame. Il devait faire un choix. L'objectif de sa mission lui évita d'avoir à gamberger : l'échevin était prioritaire. La pisse-vinaigre passait après lui. Mais, avant de l'abandonner, il l'observa une dernière fois. L'ultime image qu'il eut d'elle fut son dos arrondi qui se dirigeait en direction de la cathédrale. Apparemment, elle allait à la messe. Était-ce utile de le signaler ? Dans l'expectative, tout en filant Werport, il ouvrit son portable pour appeler Nadine. Elle fut prompte à lui répondre.

— Re, Baudouin, quoi de neuf ?

Il n'eut pas le temps de s'éterniser, l'échevin marchait vite. En six verbes, trois adjectifs, il se contenta de résumer la situation.

— T'as pris la bonne option, confirma-t-elle. Cela dit, il crèche dans le coin. M'est avis qu'il rentre chez lui, tu vas devoir faire le pied de grue devant sa porte.

— Je verrai bien.

— Quant à savoir ce qu'on doit faire de Wermersch, je vais laisser un message sur la boîte de Philippe.

— Pourquoi ? Il ne répond toujours pas ?

— Non, j'ignore ce qu'il fabrique.

— Peut-être du grandiose.

— Espérons-le.

Leur échange prit fin sur cette inconnue…

36

Les mains jointes, le nez sur le dallage, Wermersch pénétra dans Notre-Dame, mouilla le bout d'un doigt dans un bénitier, fit une génuflexion, se signa, avança entre les piliers en faisceaux de colonnettes.

La cathédrale était pleine d'une foule bigarrée. La majorité des gens la visitait. Le gros de la troupe se concentrait dans le colatéral droit, devant une niche en marbre noir, pour admirer *La Vierge et l'Enfant* de Michel-Ange, aussi célèbre à Bruges que *Mona Lisa* au Louvre. Plus fluides, de longues files de flâneurs se croisaient pour découvrir, là, un tableau de Gérard David, ici, *Sainte Marguerite et le dragon* de Van Oost le Jeune, ailleurs, le triptyque de Van Orley et Gerald. Dans le chœur, après s'être acquitté d'un droit d'entrée, des curieux s'agglutinaient le long de hautes grilles blasonnées. Derrière elles, en cuivre de teinte aurique, les gisants de Marie de Bourgogne et Charles le Téméraire reposaient sur leur tombeau.

De partout les touristes s'extasiaient, il y avait tant à voir dans cette église.

Mais aussi tant à demander au Seigneur, tant de prières à lui adresser, ce à quoi un nombre restreint de fidèles venaient se consacrer. C'était bientôt l'heure de la dernière messe, ils s'y préparaient sur leurs prie-Dieu.

En habituée des lieux, Vermersch se dirigea droit vers un confessionnal. Le prêtre était en retard. Elle s'agenouilla dans une travée, ferma les yeux, égrena son chapelet en attendant sa venue.

À quelques pas d'elle, caché par un pilier, Mister Conscience, le visage grave, observa son recueillement...

Au même instant, vers Saint-Sauveur, l'air tourmenté, Ruytens regagnait son QG. Il venait de quitter Miss Strafford sur un merci laconique. Ce qu'elle lui avait révélé n'était pas pour le mettre en joie. Il s'arrêta pour y repenser, repartit, freina à nouveau, se remit en marche, recommença encore et encore, jusqu'au Zand où, la face tournée vers le ciel, il parla à haute voix sans même s'en rendre compte : « J'étais trop confiant, je n'ai pas fait assez attention, c'était une erreur... »

Au cœur de Notre-Dame, Wermersch patientait toujours, en conversation avec Dieu. Un bruit de porte lui fit rouvrir les yeux. Elle vit une main tirer le rideau du confessionnal. Le prêtre y avait enfin pris place, prêt à absoudre tous les péchés du monde. D'un coup d'œil, elle réalisa qu'elle était l'unique candidate au repentir.

Elle quitta sa chaise de paille, s'engouffra dans l'antre des pécheurs. Aussitôt, le prêtre poussa le volet de bois qui le dissimulait, sans pour autant, à travers la grille alvéolée, qu'elle voie le haut de son visage.

— *In nomine Patris et Filii...*

D'une voix enrouée, forcée et monocorde, il prononça les formules rituelles, la bénit et, avec un débit d'une extrême lenteur, lui posa les questions traditionnelles. Nerveuse, au bord des larmes, Wermersch s'embrouilla dans les réponses. D'un ton calme et tranquille, le prêtre la rassura.

— Ce n'est pas grave, ma fille, reprenez vos esprits, venez-en à ce qui vous ronge.

Elle le remercia, s'embarqua dans un discours brouillon.

— Il va recommencer, mon père.

— De qui parlez-vous, ma fille ?

— De l'assassin, du coupeur de têtes, je sais qui il est.

Dans le chœur, les célébrants s'étaient installés derrière l'autel, la messe allait commencer.

À l'intérieur du confessionnal, un instant décontenancé, le prêtre prit le parti de la modération.

— Vous savez qui il est, ou vous pensez le savoir ?

— Je vous jure que je le sais.

— Ne jurez pas, ma fille, surtout ici.

— Pardon, mon père, ça m'a échappé.

La tension était grande, le confesseur marqua une pause avant de continuer.

— Vous affirmez connaître l'identité du criminel qui a tué trois innocents ?

— Oui, j'en fais le serment.

— Oubliez les grands mots, je vous crois… En avez-vous parlé à la police ?

— Non, je ne peux pas.

— Pourquoi ?

— À cause de ma mère. J'ai accepté de l'argent sale pour la faire soigner. En contrepartie, j'ai promis de me taire.

Un chant s'éleva dans l'église. Les fidèles, debout, célébraient l'eucharistie de la Parole.

— Reprenons tout, ma fille, afin que je comprenne bien. Celui qui vous achète est-il l'assassin ?

— Non, mon père. D'ailleurs, ils sont plusieurs à me donner de l'argent.

— Ah ! Et qui sont ces gens ?

— Des individus sans scrupule, des femmes et des hommes haut placés.

— Pour quelle raison monnayent-ils votre complicité ?

— Pour que je couvre leur trafic. Quand je l'ai découvert, ils m'ont proposé un marché : mon silence en échange de versements réguliers. J'en avais besoin pour m'occuper de ma mère, ils le savaient, ils n'ont pas été étonnés que je cède. Hélas, j'étais loin d'imaginer que leurs combines se termineraient dans le sang.

En homme de Dieu qui se respecte, le confesseur trouva le remède miraculeux à ses maux.

— Pourquoi garder ce poids qui vous pèse ? Dénoncez-les, car même si la justice vous poursuit votre âme se sentira plus légère.

— L'envie ne m'en manque pas. Mais, si je parle, je n'aurais plus les moyens de payer les soins de ma mère. Tout le problème est là…

À l'autel, une fidèle, choisie au hasard dans les rangs, ouvrit les évangiles pour en lire un passage.

— Revenons-en à l'assassin, reprit le prêtre, comment savez-vous son nom ?

— Parce que c'est moi qui lui ai tout raconté. C'est une personne droite, honnête, incorruptible, il fallait qu'elle sache. Sur le moment, j'ai cru qu'elle ne m'avait pas entendue, mais je me suis trompée : aujourd'hui elle se venge.

Le prêtre se racla la gorge.

— Je ne vous suis plus, ma fille : est-ce une femme ou un homme ?

— Excusez-moi, mon père, se reprit Wermersch, c'est vrai qu'il faudrait que je commence par le début… Je vais tout vous raconter, ce ne sera pas long…

Dans l'église, la lectrice regagna sa place. Dès qu'elle fut assise, l'un des cérémoniaires leva les bras. À son signal, l'assistance entama un chant de grâce. Douces et mélodieuses, ses notes s'envolèrent vers l'abside, effleurèrent ses pans, pénétrèrent dans la sacristie où régnait l'anarchie. Rubicond, ventripotent, furieux, un vieux curé s'épuisait à activer deux enfants de chœur. Un tantinet espiègles, les gamins renâclaient à suivre ses directives. Avec des gestes lents, le premier fouillait dans une armoire qu'il mettait à sac, le second, à plat ventre, examinait les dessous de meubles, sans se presser, en rampant comme une limace. Excédé, le vieux curé explosa :

— Ça fait un quart d'heure que vous cherchez ! À ce que je sache, une étole et un surplis ne disparaissent pas par enchantement ! Je les avais posés sur cette table, il a bien fallu que quelqu'un les déplace !

Les deux gosses, amusés, échangèrent un clin d'œil…

Dans le confessionnal, Wermersch termina son récit. Le prêtre, de sa voix rauque, lui conseilla d'écouter sa conscience. Son cas le dépassait, il ne savait que lui dire. Alors, faute de mieux, il se borna à lui donner l'absolution.

Après un signe de croix, elle n'eut d'autre envie que de se joindre aux fidèles. D'un pas mesuré, repliée dans ses pensées, elle quitta le bas-côté, se rapprocha de l'autel, s'installa sur un prie-Dieu, plongea dans ses prières.

Ainsi concentrée, elle ne vit pas l'un des enfants de chœur qui courait dans l'église. Le gamin s'arrêta devant le confessionnal. La porte du milieu était entrebâillée. Il l'ouvrit, trouva, roulés en boule, le surplis et l'étole du curé. Non sans sourire, il les récupéra.

— Alors, mon père, rigola-t-il tout bas, on abuse du vin de messe ?

À l'extérieur, derrière Notre-Dame, Baudouin se sentit mal. C'est presque en chancelant qu'il traversa le pont Saint-Boniface, au célèbre dos-d'âne que les touristes photographiaient à qui mieux mieux. Le regard vide, il ne les vit pas, comme seul avec sa douleur, descendit sur les berges de la Reie, s'appuya contre un mur, le souffle court, le visage blême…

De l'autre côté de la rive, Philippe marchait entre les maisons de bois, son portable collé à l'oreille.

— Oui, Nadine, c'est un principe, je coupe toujours quand j'interroge quelqu'un… J'étais dans les bureaux de Gilis, elle m'a refilé des contrats signés par Monika… Bien sûr, que je l'ai obligée à le faire, elle n'en avait pas envie… Quoi de particulier ? Des bizarreries, j'ai l'impression qu'il y a dans le tas des sociétés écrans, il faudra vérifier ça… Non, ne t'inquiète pas, j'ai écouté mes messages, Baudouin a fait ce qu'il fallait.

Tout en parlant, Philippe bifurqua vers le pont Saint-Boniface.

Où il se pétrifia comme la statue du Commandeur.

Au détour d'une rue, il venait d'apercevoir Baudouin sur la berge, mal en point, livide, recroquevillé à terre, qui fixait le chevet de Notre-Dame.

Son regard alla du blondinet à la cathédrale, de la cathédrale au blondinet, vite, de plus en vite, jusqu'à ce qu'il ferme les paupières. Son bras glissa le long de son corps. Au creux de sa main, la voix de Nadine hurla dans son portable…

À cent mètres de là, assis entre deux tilleuls, caché par les passants, Mister Conscience assista à la scène. Monolithique, impénétrable, il murmura en clé d'*ut* : « Rien ne va plus, commissaire, il va falloir vous décider… »

Dans Notre-Dame, on chantait. Le vieux curé gagna son confessionnal. En chemin, son regard croisa celui de Wermersch qu'il salua.

37

Les bureaux du journal se vidaient. Eddie était l'un des derniers à rester. Il savourait ce moment : son rédac-chef était parti à La Haye pour deux jours, il pouvait réfléchir sans l'entendre beugler en continu.

L'écran de son ordinateur tourbillonnait, des spirales tricolores y tournoyaient sur fond jaune. Par moments, elles changeaient de couleur, l'aplat de même, sans pour autant varier de danse. Derrière elles, pour qu'apparaisse le blanc, le blanc de la page à écrire – celui de la création, des idées, des colères –, il lui suffisait d'appuyer sur une touche.

Eddie regarda son clavier comme si l'appareil devinait que ce geste le démangeait. « Objets inanimés, avez-vous donc une âme ? » invoqua-t-il en souriant. Si tel était le cas, ses octets n'avaient pas tort, un sujet lui prenait la tête, encore diffus, mal construit, mal mûri, qu'il découpait mentalement. Par principe, tant qu'il n'était pas cousu, il ne brodait jamais un texte. Mais celui-là était exceptionnel, il lui tardait de voir ce que son assemblage donnerait. Peu à peu, l'envie de le savoir fut trop forte. La peste soit de ses résolutions ! Il se redressa, tapa sur la flèche magique et se mit au travail…

La chronique d'Eddie Flahaut

La procession du Saint-Sang m'offre l'occasion de poser une question : qu'est-ce que croire en Dieu ?

Par logique chrétienne, il va de soi que c'est être convaincu de Son existence avec, en filigrane, l'espoir de vivre à Ses côtés. À condition, bien sûr, de l'avoir mérité, car pour peu que l'on ait enfreint les commandements de Rome l'éternité céleste nous est refusée. Qu'arrive-t-il alors ? Si l'on se réfère aux précisions des fondateurs de l'Église, notre âme, pour punition, rejoint l'enfer que le diable, en catimini, a creusé sous la croûte terrestre. Sauf si, par chance, le Juge Suprême l'expédie pour un temps au purgatoire qui, toujours aux dires des mêmes, a pour sièges le Stromboli et l'Etna.

Ne riez pas, mécréants, inclinez-vous plutôt : depuis le concile de Nicée, en 325, l'Église sait tout sur tout.

C'est ainsi qu'elle n'a pu admettre les théories de Galilée (oui, c'est vrai, j'en parle souvent), puisque – référence biblique –, à la bataille de Bethoron, Dieu permit à Josué d'arrêter le Soleil pour terrasser les Cananéens. Par ce miracle, dixit le Saint-Office de l'époque, le Créateur a voulu nous démontrer que le Soleil tournait autour de la Terre, et non le contraire !

Le professeur Tournesol en pleure encore de rire.

Pour conclure cette brève introduction – et par pure charité –, je n'évoquerai pas l'infaillibilité du pape. La supercherie a été découverte. Qui ignore encore que les faux sur lesquels elle reposait sont retournés dans un tiroir ?

Exit donc la Terre centre de l'univers !

L'Église aurait dû tirer les leçons de son erreur, mais non, elle persista. Car dans l'esprit de ses Princes, si la science lui avait infligé une correction, c'était que la science était son ennemie. Il lui fallait la contrer.

Voilà comment elle s'y prit.

D'abord, et ce n'est pas idiot, elle intensifia le combat sur son terrain de prédilection : le merveilleux ! Des reliques furent retrouvées à point nommé, témoin la carcasse de saint Pierre que Margherita Giarducci, en 1968, déterra au Vatican, ossements que Paul VI reconnut comme étant ceux de l'apôtre. Et gare aux incrédules qui oseraient parler d'ADN, l'excommunication leur pend au nez.

À ce propos, parenthèse mathématique, je signale que l'on recense trente-deux doigts de saint Pierre, tous béatement vénérés dans diverses chapelles. Saint Blaise, lui, est crédité de huit bras. Par ailleurs, saint Matthieu est doté de onze jambes, saint Léger de dix têtes. Quant à Lazare, non content d'avoir ressuscité, il s'est multiplié après sa mort : on peut voir sa dépouille à Marseille, Avallon et Autun.

Dans cette veine, l'Église ressortit ensuite son catalogue d'assistanat : ange gardien personnel et indul-

gences (malgré Luther), rappela-t-elle, aidaient chacun à trouver les chemins du paradis.

De même que – arme ô combien puissante – elle préserva le culte des objets les plus sacrés. Par honnêteté, je passerai sous silence la bataille qui fait toujours rage autour du Saint Suaire de Turin. En 1988, les savants l'ont daté du XIII*e, voire du* XIV*e siècle, mais, paraît-il, sans avoir tenu compte des faiblesses (?) du carbone 14. Qu'importe ! En attendant un diagnostic fiable, la dévotion est autorisée. Comme à Bruges avec le Saint-Sang du Christ qui, je le souligne au passage, n'est honoré publiquement que depuis 1820.*

Mais pourquoi si tardivement ?

Parce que depuis Galilée – auquel j'associerai Copernic et Giordano Bruno –, les savants s'acharnaient à tailler des croupières aux croyances établies. Pour les prélats, champions de la métaphysique, il était temps de faire front.

Jusqu'à ce que des trublions démontent ses assertions, l'Église, dépositaire du verbe et du savoir, avait réponse à tout. Et ces mécréants lui rétorquaient qu'elle avait tout faux. Elle avait cru avoir enduré le pire avec la marche du cosmos, elle se trompait gravement, car ces messieurs, sans vergogne, s'en prirent un jour à la Création, son domaine réservé.

À tout gêneur, tout honneur, Darwin fut le premier à tirer sur nos origines. Sa théorie sur l'évolution provoqua de tels remous qu'on en ressent toujours les vagues. Être évolutionniste, aujourd'hui encore, se révèle parfois dangereux. Souvenons-nous qu'en Espagne, au *début du régime franquiste, parler d'*Homo Sapiens *ou de diplodocus vous valait la prison – avec les compliments des évêques, outrés que l'on promeuve des horreurs communistes sous couvert scientifique.*

Bon, d'accord, c'était il y a longtemps. Mais les mentalités ont-elles changé ?

Non, hélas... Dois-je vous rappeler qu'aux USA, pays à la pointe du progrès, les lobbies anti-évolutionnistes ont contraint l'Administration à dispenser leurs enfants des cours sur la préhistoire ? Eh oui ! pour des millions d'Américains, pour qui la paléontologie est une invention de Satan, Dieu a réellement créé la Terre et l'Homme en six jours, et ce en 4963 avant Jésus-Christ... On ne peut être plus précis...

Certes, l'Église a parfois tenté de concilier la religion et la science. En 1950, par exemple, dans son encyclique « Humani generis », *Pie XII a « autorisé » les scientifiques catholiques – offre limitée au cénacle – à puiser dans la Genèse des éléments utiles à la compréhension de notre espèce. Autant dire que leurs recherches ont tourné court.*

Il a encore fallu attendre quinze ans pour que, tout à fait fortuitement, Arno Penzias et Robert Wilson mesurent un étrange rayonnement dit « à 3 K ». Les deux hommes, en toute ingénuité, venaient de localiser le Big Bang !

C'est donc grâce au hasard que l'homme de la rue a appris que sa planète datait de quinze milliards d'années et le Soleil de cinq.

L'Église aussi, qui a dû réagir à cette affreuse annonce.

Pas en reste, elle a durci le ton. Mais cette fois envers ses fidèles, en ne déclarant pas moins que ses brebis qui recouraient à l'IVG, utilisaient des contraceptifs, pratiquaient l'homosexualité et la sexualité hors mariage étaient condamnées aux tourments post mortem. *À savoir à l'enfer. Or, pour qui a la foi, quoi de plus terrible que d'atterrir dans un chaudron en ébullition ? C'est l'horreur absolue, il faut alors se soumettre pour y échapper.*

La réplique était géniale ! Face à l'adversaire, l'Église avait enfin pris ses marques, car la foi n'étant pas mesurable on pouvait croire que la science ne piétinerait pas ses plates-bandes.

Point s'en faut, puisqu'au grand dam du Vatican voici qu'apparaît l'imagerie cérébrale.

Toujours aux États-Unis – paradoxale Amérique –, la fondation John Templeton consacre des millions de dollars à étudier « la neurophysiologie des sentiments religieux ». L'un de ses chercheurs, Dean Hamer, biologiste moléculaire, a ainsi découvert le gène VMAT2, qui n'est autre, d'après lui, que le siège de nos croyances. Pour peu qu'un religieux l'active, adieu raison et libre arbitre ! C'est fichu, vous êtes pris, cadenassé, il vous inocule la foi !

La prochaine étape, pour les scientifiques, sera-t-elle de nous permettre de la désactiver ?

Que dire à cela ? Sinon que cet affrontement est tout bonnement pitoyable.

Et c'est ici que je reviens à ma question : qu'est-ce que croire en Dieu ?

Si c'est accepter de participer à ce combat, je m'insurge violemment. Pour ma part, je renvoie les deux partis dos à dos.

L'Église, intolérante, pour nous pousser vers le rationnel à force de nous raconter des fables sans fondement.

La science, inflexible, pour trop vouloir nous démontrer que nous ne sommes que des molécules programmées.

L'éternité contre le vide ! La créature du Seigneur contre le chaînon manquant ! Principe de moindre action versus *principe d'économie ! La métaphysique de Maupertuis contre l'épistémologie de d'Alembert !*

L'une et l'autre oublient l'essentiel : personne n'a su, ne sait et ne saura jamais qui est Dieu. Il n'est dépeint que dans les récits des hommes – à savoir des prophètes sur lesquels nous n'avons aucune indication sérieuse. Mais comme leurs écrits sont anciens, il est impératif de croire ce qu'ils contiennent.

Soyons vigilants, Dieu n'est peut-être pas Celui qu'ils prétendent avoir entendu, et je caresse cette éventualité. Ai-je besoin de la Bible pour être touché par ce qu'on nomme « la grâce » ? Non ! Je suis évolutionniste et pourtant je crois en Lui, mais pas Celui que l'on nous présente, moi

Eddie arrêta de maltraiter son clavier. Son texte devenait trop personnel. Il se concentra, le relut jusqu'à ce *moi* sans point, une fin au-delà de laquelle il risquait de se dévoiler… Lui, et le projet qu'il cultivait en secret…

Pas question de conserver ce brouillon. D'une pression du doigt, il effaça ces deux pages. Ce qu'il se préparait à écrire était bien plus terrible pour la religion – la sienne, il ne se mêlait pas de celle des autres. On fait le ménage chez soi, pas chez le voisin, à chacun sa poussière. C'était les liens qui unissaient le pouvoir et l'Église qu'il voulait dénoncer, un thème vieux comme Sumer, mais qu'il saupoudrait à sa sauce, un brouet qui n'aurait pas été du goût de tout le monde.

Car, au-delà de ses convictions, c'était Werport qu'il s'apprêtait à viser. Son intention était de le flinguer par philippiques interposées.

Des salauds de son espèce ne méritaient pas le nom d'homme. Cette ordure bouffait à tous les râteliers, par ambition, pour le fric et la gloire. Ah ! elle était belle la morale de ce donneur de leçon. Rien ne le dérangeait. Petit arrangement bourgeois avec l'Éternel, il cocufiait son épouse et s'en confessait sans complexe. Pourquoi se gêner puisque c'était permis ? Et dire que ce type avait des chances d'être élu aux prochaines élections, au nom de Dieu et de l'ordre, sans qu'aucun prêtre lui intime de la boucler. Foutu silence. Il y avait de quoi gerber dans le bénitier de Notre-Dame.

Écœuré, Eddie éteignit l'écran de son ordinateur.

Il décolla ses fesses de son fauteuil, enfila sa veste, se dit qu'il avait mieux à faire que de penser à ce pourri.

S'occuper d'une femme, par exemple.

38

Fallait-il qu'il soit bouleversé pour qu'il roule entre chien et loup.

Philippe avait pris sa voiture. Il allait vite, la gorge nouée, les idées noires. Le crépuscule jaspait la campagne flamande, ses champs ondés de sang et or s'éteignaient peu à peu, les eaux de ses canaux s'assoupissaient. Le paysage disparaissait, la nuit l'engloutissait.

Où se courbait la route ? Où se redressait-elle ? Plus rien n'était clair dans ce plat pays, Philippe y voyait mal. D'un geste machinal, il alluma les codes.

De Bruges à sa destination, la distance était courte. À peine trente kilomètres, un simple saut de puce – une épreuve pour lui : il ne conduisait plus le soir depuis son accident.

Mais de toutes ses peurs, laquelle était la pire ? Sa phobie du volant ou sa hantise de tuer ? La seconde surpassait la première. Jamais il n'avait eu à tirer sur quiconque, il détestait la mort, il vomissait d'avance d'avoir à la donner. Du moins s'il y était obligé, car il lui restait une chance de ne pas avoir à appuyer sur la détente. L'homme et le flic cherchaient une solution pour la saisir avant l'irrémédiable. Probabilité infime, il n'y en avait qu'une sur mille, autant dire pas du tout, Philippe ne le savait que trop. La fin était inéluctable et, pour l'affronter, il avait besoin de force. C'était pour en faire le plein qu'il roulait à la brune. Les événements à venir seraient pénibles à vivre.

En queue d'une route interminable, entre polders et houblonnières, les lumières de sa voiture éclairèrent les murs d'une abbaye.

Terminus. Son voyage s'achevait ici.

Doucement, à vingt à l'heure, il se faufila dans l'embrasement d'un arc, s'avança dans une cour bordée de lauriers, se gara près de longs bâtiments, pour la plupart éteints. Dans l'esprit des Brugeois, leur architecture était récente puisqu'ils dataient du XIXe. Pas pour Philippe qui, à des siècles de là, avait brûlé sa jeunesse à l'ombre de leurs pierres.

D'un pas d'androïde, il fonça vers une porte dérobée, l'ouvrit, se faufila dans un couloir au revêtement crémeux, traversa un cloître sans regarder ses rosiers, entra dans une chapelle au décor épuré.

Ni tableaux ni statues, seules les quatorze stations du Christ ornaient ses murs blancs, un dépouillement qui se retrouvait dans le chœur où, simples et stylisés, s'élevaient l'autel et un grand crucifix.

Des bancs en chêne leur faisaient face, luisants comme des pommes au soleil. Philippe s'écroula sur celui du milieu, abattu, sans savoir que dire à Dieu. Aucune prière ne sortit de sa bouche. Il ne sut même pas lui en adresser une intérieure, privé de mots, vidé d'espoir, au bout de sa foi.

Une main se posa sur son épaule.

— Bonsoir, Philippe, c'est une joie de te revoir.

Il se retourna, découvrit un moine, grand et sec, qui s'était approché en silence.

— Je vois que tu n'as pas oublié la maison de ton enfance.

Sa voix était douce, Philippe lui sourit. Plus de trente années le séparaient du vieux religieux et, malgré le temps qui avait fait de lui un homme, il se sentait toujours un môme près de son ancien maître.

— C'était il y a longtemps, frère Benoît. Pourtant, elle me semble toujours pareille.

— En apparence, hélas, soupira le moine, nous n'accueillons plus autant d'élèves qu'autrefois. Je me rappelle qu'à ton époque tu étais l'un des meilleurs, tu aurais pu décrocher un doctorat… Enfin, si le Seigneur t'a conseillé une autre voie, tu as bien fait de l'écouter.

D'autorité, il s'assit à côté de lui.

— Mais je présume que ta présence signifie que quelque chose ne va pas. Puis-je t'aider ?

Le menton de Philippe tremblota.

— Non, frère Benoît, seul Dieu le peut ou le pourra…

Des larmes coulèrent sur ses joues.

— Je crains d'avoir à tuer quelqu'un qui m'aime plus que lui-même…

Dehors, la nuit acheva sa conquête.

La Flandre disparut sous son grand manteau noir.

39

Au fil des heures qui s'écoulèrent, la nuit facilita les excès, protégea des secrets, couvrit d'étranges pratiques que la multitude ne pouvait partager…

Aux confins du Zwin, dans son temple illuminé, en pleine cérémonie, Mama Med se figea. Coup de théâtre, pourquoi s'arrêtait-elle de danser ? Ses assistants s'interrogèrent, ses fidèles n'osèrent la questionner. Les pupilles de la prêtresse se dilatèrent, comme si devant elle, monstrueux et puant, surgi de pandémonium, un démon la menaçait. Son corps dénudé frissonna. On l'entendit grincer des dents. L'esprit dans les étoiles, elle resta pétrifiée un long moment, puis, sans que son visage s'apaise, étendit les bras, les balança, ondula sur place en fixant un point dans l'espace. Un joueur de djembé crut bon de l'accompagner. Elle le laissa jouer, enchaînée à sa vision…

À l'instant même, à Bruges, l'ombre frôlait les murs. Elle avait dû patienter avant de s'avancer. L'immeuble de la police avait reçu bien trop de visiteurs. Mais le flux s'était tari, elle pouvait désormais s'en approcher sans craindre d'être vue.

L'ombre attendit encore pour changer de trottoir. Personne. Elle traversa, s'assura une dernière fois que nul ne l'observait, plongea sa main gantée dans son imperméable, en sortit une enveloppe, s'apprêta à la glisser dans la boîte… et la remit dans sa poche.

Quelqu'un venait de tourner au coin de la rue.

Et ce quelqu'un ne bougeait plus.

Dans la nuit, ses contours se distinguaient mal. Ce pouvait être n'importe qui, un promeneur ou une femme qui revenait du cinéma. Mais l'ombre ne se fit pas d'illusion : elle avait reconnu sa silhouette.

Devait-elle crier ? Appeler au secours ? Se précipiter dans l'immeuble ? Non, se jeter dans les bras de la police était stupide, pour cent mille raisons. Que lui raconterait-elle ? Qu'elle était le corbeau ? Qu'elle avait eu peur ? De qui ? lui demanderait-on. Question évidente, à laquelle elle se garderait de répondre. Car, ou elle dirait la vérité et on l'enfermerait dans un asile, ou elle refuserait de parler et on l'enverrait en prison.

Elle décida de fuir.

Mais pas n'importe où, dans un refuge situé au-dessus du Zand, un havre qu'elle atteindrait en passant par des rues fréquentées.

Son parcours établi, elle détala aussi vite qu'elle le put.

Elle remonta à grands pas la Hendrik Consciencestraat, dépassa en trottant la Porte maréchale, fila à toute allure vers le nord de la ville.

Ses jambes, peu habituées à ce régime, refusèrent bientôt d'avancer. L'âge, la frayeur, l'émotion l'empêchèrent de courir. Paralysée, épuisée, à bout de souffle, l'ombre pirouetta, prête à demander grâce, à supplier, à implorer, et se remit tout à coup à espérer : la silhouette avait disparu.

S'était-elle sauvée ? Se cachait-elle derrière un arbre ?

Comment le savoir ? Impossible de distinguer quoi que ce soit dans ce tulle anthracite.

L'ombre se remit en marche, angoissée, haletante.

Encore quelques pas, et elle serait à l'abri. La bouche pleine de *Pater*, elle courut jusqu'à une chapelle où, le front en sueur, elle entra en criant pour réclamer de l'aide.

Mais en pure perte. Pas âme qui vive à l'intérieur. Elle était vide. Elle était seule. Hors de question de baisser les bras, l'ombre réagit aussitôt, revint vers la porte, la ferma, la coinça avec une chaise et, en essuyant ses larmes, s'agenouilla sur un prie-Dieu.

Le silence la surprit. Avait-elle échappé à la mort ?

L'ombre commença à le croire.

C'est alors qu'un coup violent ouvrit la porte en grand…

Dans son temple, Mama Med s'immobilisa. Le joueur de djembé cessa de rythmer ses mouvements.

— Non ! hurla-t-elle.

Puis, comme une masse molle, elle s'effondra, évanouie...

Dans la chapelle, au même instant, la tête de Wermersch roula sur le carrelage...

4 h 08.

Philippe se réveilla en se demandant où il était. Vaseux, il chercha d'où venait le bruit qui le tirait de son sommeil. Sur la table de nuit, son portable vibrait, la *40e Symphonie* de Mozart agitait son téléphone. Il ne s'interrogea pas sur ce choix musical, il se posa plutôt la question de savoir qui l'appelait. Le meilleur moyen pour avoir la réponse était de l'activer, ce qu'il fit en maugréant.

Un souffle, une saloperie de souffle envahit son oreille.

— Conscience ?

Non, impossible que ce fût lui, ou, comme l'avait dit Ruytens, ça devenait diabolique.

— Désolé, commissaire, de vous sortir de vos cauchemars.

Les murs s'écroulèrent, la terre gronda, Philippe ne comprit pas comment ce bougre de fumier avait obtenu ses coordonnées.

— Qui vous a donné mon numéro ?

— J'ai l'impression que vous vous répétez.

— Répondez-moi ou je coupe.

— Alors je me répète aussi : je sais tout de vous, commissaire. La preuve en est que M. Ruytens a eu beau vous confier le portable de son fils, son astuce ne m'empêche pas de vous parler.

Philippe se retint de l'insulter, sa morgue lui donnait envie de tuer.

— Profitez-en, Conscience, je ne tarderai pas à connaître la vérité.

— Vérité ! Joli mot, commissaire, belle liaison... Merci de me fournir cet enchaînement, c'est pour elle que je vous appelle.

— Qui s'en étonnerait ? C'est votre leitmotiv.

— Si ce n'est qu'aujourd'hui la réalité dépasse vos plus folles suppositions.

— C'est-à-dire ?

— Que je vous recommande de vous habiller.

— Pour aller où ?

— À la chapelle des membres du Saint-Cœur du Christ. Une quatrième victime vous y attend... Je pense que vous savez où elle se situe ?

Le Noir n'eut pas le temps de finir sa phrase que Philippe était déjà debout.

— Qui est-ce ?

— Ce n'est pas le plus important. Ce qui l'est, c'est que vous allez enfin découvrir cette vérité dont nous dissertons tant... À condition que vous l'acceptiez.

Un dernier souffle, une conclusion laconique.

— Cela ne dépend que de vous... Bon courage, commissaire, il va vous en falloir plus que d'habitude.

Comme toujours, Conscience raccrocha sur une parole aimable, à la différence qu'il n'agrémenta pas celle-ci de la promesse de le revoir ou de le recontacter.

Il devait faire vite. En enfilant ses vêtements, Philippe composa le numéro de Baudouin. En vain, le blondinet ne répondit pas. Ce contretemps le contraria. Il insista, l'appela une deuxième, une troisième, puis une quatrième fois sur son portable et sur son fixe, sans plus de résultat. Il regarda son revolver, grimaça, le rangea dans un tiroir. Non, il ne le prendrait pas, il refusait de tuer. Décision courageuse autant que dangereuse. Il en était conscient et avait besoin d'aide. En désespoir de cause, il tenta sa chance avec Nadine…

La jeune femme fit un bond dans son lit. Son téléphone sonnait en *si* bémol aigu. Allongé près d'elle, la tête sous les couvertures, réveillé en sursaut, un type ronchonna.

— Après ta molle prestation, y a pourtant pas de quoi être fatigué, le secoua-t-elle.

Elle avait sommeil, ne demandait qu'à se rendormir, et cette vacherie de sonnerie lui commandait de décrocher. Plus furieuse qu'une lionne en colère, elle obéit à son ordre en rugissant de haine.

— Si c'est une blague, je rétablis la peine de mort !

Ce n'en était pas une. Elle desserra les dents.

— OK, commissaire, je te rejoins tout de suite.

Pour gagner du temps, Philippe prit un taxi.

En chemin, il tenta à nouveau de contacter Baudouin. Sans succès, ses appels répétés échouèrent sur ses répondeurs.

L'espace d'une seconde, Philippe fut tenté de demander à Wens de venir. Mais à quoi bon, finalement ? Rien ne lui prouvait qu'il trouverait un cadavre dans la chapelle. Et s'il y en avait un, en attendant les renforts, Nadine saurait se débrouiller seule. Dans cette logique, il évita d'alerter ses équipiers. Surtout à 4 h 42. Les tirer du lit pour du vent lui vaudrait leur rancune.

Et puis si, comme il le redoutait, Epsilon était sur place, son arrestation ne regardait que lui. Il fallait qu'ils se parlent sans témoin.

Il rangea donc son portable et admira la ville.

Les rues de Bruges, la nuit, ressemblaient à un livre d'enfant. On eût dit que ses pavés étaient dessinés au fusain, que ses berges étaient des aquarelles. Nostalgique, Philippe songea à Mathilde qui, de ses doigts d'artiste, les avait sublimées.

Son taxi frôla le musée Groeninge. Sa proximité le renvoya dans le passé. Il revécut la découverte du corps de Zenkins, se repassa les images de son cauchemar et, par succession d'idées, réalisa qu'il n'en faisait plus de tel. Ce vide signifiait-il qu'il ne trouverait pas de victime, que Conscience bluffait ? Attention, se conseilla-t-il, il ne fallait pas tomber dans ce piège. Ses rêves n'avaient rien de prémonitoire. D'ailleurs, il se souvint de celui que le coup de fil du Noir avait interrompu. Philippe s'était vu sur le bord d'une route où, menotté, encadré par des gendarmes, un homme sans visage marchait vers une prison. Sur son passage, il avait murmuré : « Pourquoi n'y ai-je pas cru ? » Puis il s'était réveillé.

Le chauffeur s'arrêta près du pont de la Clé. La chapelle était toute proche, fit valoir le bonhomme, s'y rendre en voiture, entre détours et sens uniques, confinait au gymkhana. Il n'avait pas tort, autant y aller à pied. Philippe régla sa course, sortit du véhicule, franchit le canal et fonça vers le Saint-Cœur du Christ.

La chapelle – un ex-entrepôt reconverti en lieu de culte –, se situait en retrait d'une ruelle, au fond d'une courette. Sa porte était ouverte, une faible lumière filtrait de l'intérieur. En la voyant entrebâillée, Philippe eut un mauvais pressentiment. Une sorte de vertige le fit tourner de l'œil. Il le surmonta, repartit à pas feutrés, s'approcha avec précaution, poussa doucement la porte, entra sans faire de bruit et faillit suffoquer pour de bon.

Au centre de la chapelle, dépourvue de richesses, accroupi, les mains en sang, Baudouin palpait le cadavre décapité de Vermersch.

Autour du jeune homme, le tableau n'était qu'horreur.

La tête de la vieille fille, aux yeux encore étonnés, avait roulé sous un prie-Dieu. L'index de sa main droite manquait, sectionné à sa base.

Philippe se ressaisit. Baudouin, maître de lui, l'accueillit d'un regard ambigu.

— Beau travail, patron... Que pensez-vous de la dernière d'Epsilon ?

Mister Hyde à l'envi, son attitude se voulait provocante.

— Que fais-tu là, mon garçon ?

— Je fouille dans ses poches.

— Ce que je te demande, c'est ce que tu fais ici ?

— La même chose que vous, patron… Enfin, presque.

Les deux hommes se toisèrent comme des boxeurs au début d'un combat.

— Et par quel hasard as-tu atterri dans cette chapelle ?

— Un coup de fil anonyme.

— Voyez-vous ça… Pourquoi ne m'as-tu pas prévenu ?

— Je suis devenu méfiant.

Ses arguments ne tenaient pas debout, Philippe les balaya d'un jet.

— Un coup de fil, dis-tu ? Alors explique-moi comment on peut te parler quand ton portable est éteint ? Ça fait trois quarts d'heure que j'essaie de te contacter.

— Je l'ai coupé après l'appel, c'était il y a une heure.

Malgré le chagrin qui lui hachait les tripes, il lui fallait agir. Philippe avança de deux pas.

— Ne bouge pas, mon garçon, je viens t'aider.

Baudouin fit non de la tête, se redressa, dégagea son holster. Philippe s'arrêta, mit les mains en l'air.

— Pas de connerie, mon petit vieux, on va s'expliquer.

— Laissons de côté les mensonges, durcit le blondinet, l'explication s'appelle Mathilde.

Philippe ouvrit lentement sa veste.

— Au contraire, il faut qu'on en parle… Regarde, je suis venu sans arme… Allez, un bon geste, pose la tienne.

— Oh non ! Je n'ai plus confiance… Plus du tout…

Il dégaina son revolver, le pointa sur Philippe.

Quelles étaient ses intentions ? Nul besoin d'être voyant pour deviner la suite : soit il allait tirer, soit il allait s'enfuir, il n'avait pas d'alternative.

Prévision pour le moins hâtive, ce fut un troisième scénario que le destin privilégia.

— Lâche ton flingue, Baudouin !

Arme au poing, Nadine bondit dans la chapelle. L'effet de surprise fut total, les séquences se succédèrent à toute allure. Philippe se baissa, la jeune femme mit Baudouin en joue, celui-ci se retourna, fit feu dans sa direction, les balles sifflèrent près de ses oreilles, elle se jeta à terre, son regard rencontra la tête de Vermersch, elle eut un haut-le-cœur. Baudouin profita de son malaise, bouscula chaises et prie-Dieu, se fraya un passage, franchit le porche d'un saut pour s'échapper dans la rue.

— C'est maintenant que tu arrives ? s'emporta Philippe.

— Plains-toi ! protesta Nadine, j'aurais pu me rendormir.

D'une traction des bras, elle se releva d'un coup, se lança à la poursuite du fuyard qui filait vers le canal. Des couche-tard prirent peur en la voyant courir avec son arme. Elle les rassura d'un « police ! » péremptoire, reprit sa course, sprinta sans savoir où aller, puis s'arrêta, déboussolée : pas de Baudouin à l'horizon, le blondinet s'était noyé dans la nuit.

Philippe la rejoignit.

En pleurs, Nadine craqua, hurla de rage et de tristesse.

— Pourquoi lui ?! Pour quelle raison ?!

Il la serra dans ses bras.

— Pour Mathilde, m'a-t-il dit…

40

Le jour se levait, le soleil coloriait Bruges d'un jaune orangé, un tournoiement de gyrophares pignochait de bleu la cité endormie.

Au cœur de la chapelle, raides et lugubres comme des pénitents, les experts relevaient des empreintes, prenaient des photos, faisaient leur boulot sans grande conviction.

Le moral des flics était au plus bas.

L'un des leurs était un assassin.

Une lettre qu'ils avaient trouvée dans le manteau de Vermersch – la dernière du corbeau – avertissait Ruytens en ces termes :

COMMISSAIRE RUYtens :
vous CÔTOYEZ le TUEUR,
VOUS ApPRÉCIEz SA droitURE.
†

Sans doute était-ce à cause de l'affection que Daysvat portait à Baudouin, quasi paternelle, que Vermersch avait changé de style et de correspondant. Son ultime message, plus précis que les précédents, ne désignait cependant pas Epsilon… Et n'expliquait pas non plus comment elle le connaissait. Ce mystère le rendait fou. Ruytens ne parvenait pas à comprendre leur relation. Par quel tour de magie s'étaient-ils rencontrés ? Et pourquoi, alors qu'elle craignait pour sa vie, la vieille fille n'avait-elle pas clairement dénoncé le blondinet ?

Son unique certitude était que ses hommes, quel que soit leur grade, se sentaient complices de ce gâchis.

Et lui davantage qu'eux.

Appelé en renfort, Maynaert débarqua dans ce triste climat. Déjà frais et dispos, sa bonne humeur y tomba comme un cheveu dans un cornet de frites.

— Salut à tous ! clama-t-il en entrant, il est où ce numéro quatre ?

Pas de réponse. L'ambiance était morose. Renfrogné dans un coin, Ruytens jetait un regard lourd sur tout ce qui bougeait. Effondré sur un prie-Dieu, Philippe fixait le plafond. Nadine, d'habitude enjouée, baladait des yeux rouges sur son portable. Il n'y eut que Wens pour l'accueillir d'un mot aimable.

— Que se passe-t-il, lui demanda tout bas Maynaert, il y a eu de la casse ?

— Pire que ça, docteur, on a découvert qui était Epsilon.

— Ah ! Et c'est qui ?

— Baudouin Martens.

Maynaert étouffa un : « Oh merde ! » qu'il remplaça de justesse par un : « C'est pas possible ! »

Ruytens le salua de loin, puis, décidé à reprendre le gouvernail, quitta sa vigie pour inviter Philippe à le suivre.

— Venez, Daysvat, je crois qu'il faut qu'on se parle.

— Je le crois aussi, monsieur.

Les deux hommes quittèrent la chapelle, marchèrent en silence, se posèrent au bord du canal où, appuyés contre un muret, ils admirèrent le soleil jeter ses premiers feux sur les toits de la ville.

— Magnifique, n'est-ce pas ? apprécia Ruytens.

— Oui, monsieur, il n'y a rien de plus beau que Bruges qui renaît.

Ce préambule n'était qu'un échauffement, ils ne s'étaient pas isolés pour s'extasier sur les beautés de la nature. La preuve en fut que la voix du ventru s'enfonça dans les graves.

— Je ne vais pas vous mentir, Daysvat, je connais les liens qui vous attachent à Martens. J'ai donc pris une décision : tant qu'on ne l'aura pas coincé, on ne parlera pas de lui à la presse. Je m'en voudrais qu'un crétin héroïque le descende.

— Merci, monsieur.

— Dans la foulée, dès qu'il sera à l'ombre, c'est moi qui présenterai l'affaire aux journalistes. Ça vous convient ?

— Non, monsieur, ça me soulage.

— Je vous le dois, mon vieux, j'ai trop pratiqué la politique de l'autruche.

Depuis le début, Ruytens pressentait qu'Epsilon était l'un de ses hommes, Martens ou un autre, une hypothèse que par orgueil il avait refusé d'admettre, jusqu'à ce que Miss Strafford lui dessille les yeux.

— À part ça, Daysvat, j'ai un reproche à vous faire : si vous aviez pris votre arme, vous auriez pu l'arrêter.

— J'aurais aussi pu le tuer... J'étais presque certain de le trouver dans la chapelle.

— Hein ! s'enfla Ruytens, vous vous foutez de moi ?

— Non, je suis sérieux.

— Alors là, je vous somme de vous expliquer.

— J'y tiens aussi, monsieur, rassurez-vous.

Mais avant de tout lui déballer, Philippe repensa à son dernier rêve. Pourquoi n'avait-il rien dit plus tôt ? Par lâcheté, évidemment, et par protectionnisme. Conscience avait vu juste en lui répétant qu'il craignait la vérité. Quant à savoir comment le Black la connaissait, ça, c'était un autre mystère.

Il s'en occuperait plus tard, pour l'instant il devait s'en tenir au concret.

Les idées claires, cohérent, Philippe articula son récit à partir de l'effet déclencheur : sa découverte de Baudouin, pâle et défait sur les berges du canal, jetant des regards désespérés sur Notre-Dame. Pour être dans cet état, qu'avait-il pu y voir ? Mais surtout, que fichait-il près du pont Saint-Boniface ? La question pouvait se poser car, par l'intermédiaire de Nadine, il savait que Baudouin, conformément à ses ordres, avait laissé filer Wermersch pour suivre Werport. Sa consigne était de ne pas le quitter, de surveiller sa maison, de noter ses déplacements. Alors que faisait-il effondré près du canal, loin de la demeure de l'échevin ? Et pourquoi fixait-il intensément le chevet de la cathédrale ? Pour le savoir, Philippe s'était rendu à Notre-Dame où, pieusement courbée, Wermersch recevait la communion. Et c'est en la voyant prendre l'hostie qu'il avait tout compris : Baudouin était Epsilon.

Largué par ses prémisses, Ruytens eut du mal à apprécier son syllogisme. Son raisonnement était bancal, il lui manquait un pied.

Pas du tout, lui répliqua Philippe, il n'y avait plus qu'à le poser dans un décor approprié. Et celui-ci était religieux.

Wermersch, pratiquante de la vieille école – celle d'avant Vatican II –, ne pouvait communier qu'après s'être confessée. Baudouin avait dû la voir sortir du confessionnal, ce qui l'avait rendu fou de rage. Pour lui, il était inconcevable que Dieu lui ait accordé Son pardon. Wermersch était sa future victime, sa proie numéro quatre, il ne pouvait accepter qu'elle meure après avoir reçu l'absolution. Et c'est pour savoir ce qu'elle fichait à Notre-Dame, au mépris des consignes, qu'il avait laissé tomber Werport.

La suite coula d'elle-même.

D'abord, Philippe s'était accroché à l'idée que le surmenage lui avait dicté ses conclusions. Mais après l'appel de Conscience, quand, en vain, il s'était acharné à contacter Baudouin, le doute l'avait repris, comme si une voix lui répétait qu'il allait trouver le blondinet dans la chapelle. Le dernier acte lui avait prouvé qu'elle ne s'était pas trompée.

Par pudeur, il passa sous silence sa rencontre avec le frère Benoît. Qu'il ait, en sa compagnie, prié le Ciel de ne pas avoir à tuer Baudouin, n'intéressait que Dieu.

Ses arguments convainquirent Ruytens qui se détendit, un demi-sourire aux lèvres.

— En somme, Daysvat, vous vous êtes inspiré des théories de Miss Strafford.

— Exactement, monsieur, d'autant que je me suis souvenu de la foi profonde de Baudouin… Saviez-vous qu'il voulait devenir prêtre ?

— Non. Comme j'ignorais qu'il avait entamé une carrière de *serial killer*…

Le gros homme s'interrompit ; un chapitre manquait dans ce livre.

— Entre nous, Daysvat, plus j'y pense et plus je me dis que Martens n'a pas le profil d'un psychopathe.

— Vous m'excuserez de ne pas être de cet avis

— Ah ! Pourquoi donc ?

— Parce que je ne l'ai jamais vu éprouver le moindre regret ou remords. Baudouin traverse l'existence comme s'il jouait dans une morgue : froidement.

— Mm… Admettons qu'il ne fasse aucune différence entre la vie et la mort, je n'en retiens pas moins qu'il croit en Dieu.

— Sa foi n'est pas incompatible avec ses pulsions. Un psychopathe est un être dual dont la science n'a pas encore fait le tour. Quand on sait qu'un de ces tarés peut torturer des gens et aimer un animal, il ne paraît pas irréaliste que Baudouin soit cruel et croyant.

La thèse avait du jus, Ruytens ne se força guère pour l'agréer… D'autant plus facilement que Miss Strafford – la référence ! – évoquait cette dualité dans l'un de ses ouvrages…

— OK, Daysvat, disons que Martens est un malade. Ce qui n'est qu'une réponse parmi celles que nous attendons.

— Oui, monsieur, il y en a d'autres qu'il me tarde d'obtenir, à commencer par celle qui expliquera sa relation avec Conscience.

— À défaut, on sait maintenant qui lui refilait vos numéros de téléphone.

— Et le renseignait sur l'enquête et ma vie privée.

— Quant à ses motifs, si tant est qu'il en ait, il faudra patienter pour les connaître.

Le ventru hésita à épuiser le sujet. Une question délicate le taraudait.

— Vous me pardonnerez, Daysvat, mais je suis obligé de vous demander ce que vous pensez de sa dernière phrase : « La raison s'appelle Mathilde. »

Philippe ne put que hausser les épaules.

— Rien, monsieur, absolument rien…

À l'est, vers le moulin Saint-Jean, le soleil continuait son ascension. La ville se réveillait, on ouvrait les volets, les premiers cyclistes s'emparaient des rues.

Appuyés sur leur muret, les deux hommes virent Nadine s'avancer vers eux. Les joues pâles, le visage fermé, la jeune femme paraissait mal en point.

— Ça ne va pas ? s'inquiéta Philippe.

— C'est cette affaire qui ne va pas, on accumule les erreurs.

— Oui, surtout avec Baudouin.

— Je ne te parle pas de lui, je te parle des conneries qu'on va faire si on ne met pas le turbo. Y a urgence, j'ai soulevé un lièvre.

D'un geste nerveux, elle lui colla son portable sous le nez.

— Entre parenthèses, c'est le mien, payé avec mes sous : Internet intégré, messagerie en ligne, infos en permanence, que demande la police ? Les mêmes ! On *chate* à tout moment, c'est le grand pied du savoir.

— Et tu sais quoi grâce à ce machin ?

— Que Werport est la prochaine victime. Officiel, c'est écrit là.

Intrigué, Ruytens lui prit l'appareil des mains.

— Qu'est-ce que vous racontez, Planckaert ? C'est du chinois votre truc : Flad Inc. SBT SA GSG… Ça correspond à quoi ?

— À des noms de sociétés bidons, monsieur, sauf une : la Sacob, domiciliée à Bruges, grosse boîte de construction, qui travaille *énormément* avec notre échevin.

Philippe se redressa.

— La Sacob ? Mais c'est l'une des sociétés dont je t'ai filé le nom hier.

— Oui, une que j'ai prise au hasard sur la liste que t'as piquée à Gilis. Je me suis intéressée à elle… En version courte, à partir de ses statuts, j'ai appris que la

Sacob avait pour partenaires des coquilles vides qui se facturaient entre elles et, en bout de chaîne, que M. Werport, *chairman of the board* de la Flad, domiciliée à Jersey, encaissait les bénéfices… Vous avez percuté ou je vous fais la version longue ?

Non, c'était inutile, Ruytens s'en épongea le front.

— Ça sent le lourd, Planckaert, on va devoir se faire aider sur ce coup.

— Je vous le conseille, monsieur, ça fouette le gros poisson.

— Jersey, persifla Philippe, ça ne vous rappelle rien ? Je crois me souvenir qu'un dénommé Jemba y a planqué son fric… C'est fou ce que le monde de l'arnaque est petit.

Le corbeau n'avait pas raconté de blagues, tous ces gens fricotaient ensemble. Belle assemblée d'escrocs. Quatre de ses membres avaient déjà payé leur note et le cerveau de la bande n'allait pas tarder à recevoir l'addition.

— Il y a quand même une arête dans le rollmops, maugréa Ruytens. Pourquoi Wermersch, si elle touchait des pots-de-vin, ce qui est fort probable, nous a-t-elle envoyé des lettres anonymes au risque de se faire pincer ?

Sans trop y croire, puisqu'ils baignaient dans le religieux, Philippe envisagea l'éventualité que, ayant reçu l'ordre de son confesseur, elle avait eu recours à ce moyen pour qu'éclate enfin la vérité.

Nadine, pour sa part, se garda d'émettre un avis. Tout ce qui fleurait la bigoterie lui filait de l'eczéma. En revanche, côté rationnel, elle ne craignait aucun microbe.

— Bon ! fit-elle en claquant dans les mains. Puisqu'on ne peut plus rien pour l'index, il faut s'occuper du majeur. Comme on sait qu'il s'appelle Werport, et que c'est vous les chefs, le petit personnel vous écoute : on fait quoi maintenant ?

Ruytens laissa la parole à Philippe.

Son plan fut des plus simple.

41

Bruges se préparait pour la procession du Saint-Sang.

La ville se faisait belle. Ses rues se paraient d'étendards et de draps d'honneur.

Sur la Grand'Place, des ouvriers installaient les gradins.

Aux pignons des fenêtres, les particuliers accrochaient des gonfalons.

Dans un registre différent, deux équipes de police s'apprêtaient à forcer des portes.

La première, conduite par Philippe, fit sauter la serrure de celle de Baudouin.

En parallèle, la seconde, conduite par Wens, crocheta celle de Vermersch.

Un à un, après les sommations d'usage, les hommes de Philippe entrèrent arme au poing. Pour la forme. Aucun d'eux ne pensait trouver le blondinet dans son trois pièces. L'espace, meublé sobrement, était privé de bibelots, de tableaux et de goût. Excepté dans le salon d'où un auxiliaire cria d'une voix de châtré :

— Commissaire ! Venez voir !

Il n'osa lui dire quoi, laissant à Philippe le soin d'apprécier sa découverte. À la blancheur de son visage, il devina qu'elle lui faisait mal. Sur un mur, dans un cadre, le portrait de Mathilde surmontait un petit autel où, entre des fleurs séchées, des cierges avaient brûlé. À leurs mèches éteintes, Philippe comprit que Baudouin, n'était pas rentré chez lui. L'extraterrestre se cachait, comme il cachait les raisons qui avaient fait de lui un assassin. Cette énigme lui bouffait le cortex. Quel donc était le lien qui unissait Mathilde à ses victimes ? Il avait beau retourner la question, la réponse refusait de venir…

Plus détendus, les hommes de Wens pénétrèrent chez Vermersch. À peine furent-ils à l'intérieur qu'ils sifflèrent de surprise. Plus qu'un appartement, c'était un oratoire. Des images pieuses couvraient les cloisons, un immense crucifix trônait dans la salle à manger, une statue de la Sainte Vierge gardait la chambre à coucher. Une photo du pape agrémentait ce triste sanctuaire. Tout y était sinistre, y compris les copies de mobilier Henri III.

Wens ne fit aucun commentaire. Tant qu'elle ne virait pas à l'extrémisme, à chacun sa religion et sa liberté de la pratiquer. Tel était son credo.

Son boulot était de trouver des preuves et des indices. Il n'eut guère besoin de les chercher. Dans le bureau de la vieille fille, sur sa table de travail, s'étalaient des exemplaires découpés de *La Libre Belgique.* Près d'eux, une paire de gants de chirurgien, des ciseaux et de la colle n'attendaient, pour dénoncer les impies, que le bon vouloir du corbeau…

Sur le Markt, pendant ce temps, en accord avec les gendarmes, Ruytens définissait les consignes de sécurité. La procession du Saint-Sang devait se dérouler dans le calme. Il sortit une photo de son portefeuille. Le portrait de Baudouin passa de main en main…

À des kilomètres de Bruges, dans les couloirs de l'Institut Érasme, Nadine referma la porte d'une chambre. Une infirmière en blouse blanche l'accompagnait.

— Vous pensez qu'elle a compris ce que je lui ai dit ? lui demanda-t-elle.

L'infirmière se retourna. C'était une Noire plantureuse, au charme indicible. Son nom, gravé sur son badge, indiquait qu'elle s'appelait Joëlle Numbu.

— Je n'en sais rien. Son esprit d'ici-bas est déjà mort. J'espère pour elle que son esprit de l'ombre est en contact avec celui de sa fille. Sa disparition lui paraîtra plus douce.

Nadine s'était vu confier le soin d'annoncer la mort de Vermersch à sa mère. C'était toujours elle qu'on chargeait de cette besogne, sous le prétexte que sa tristesse passait mieux avec une femme. Mais, pour une fois, elle ne regrettait pas le déplacement. Le discours de la Black l'amusait. Il la faisait d'autant plus rire qu'elle l'avait reconnue : trois ans plus tôt, à la suite d'une plainte, elle avait enquêté sur ses activités extra-médicales. En dehors de son service, sous le pseudonyme de Mama Med, Mlle Numbu se livrait à la sorcellerie. Ou plutôt à des pratiques ridicules. Aussi, faute de charges à retenir contre ses clowneries, le dossier avait été classé aux oubliettes.

— Sincèrement, vous croyez à ces machins ? l'asticota Nadine.

— Sans eux, je ne pourrai pas faire ce métier.

— Ouais… Le mien n'est pas non plus rigolo tous les jours. Et vous savez ce que je crois ? Que l'Homme descend du singe et le père Noël dans la cheminée. Du moins, jusqu'à un certain âge.

Les deux femmes se dirigèrent vers la sortie. En chemin, Nadine apprécia le luxe de la clinique. Sa réputation de cherté était proportionnelle à la qualité de ses soins. Bien sûr, les murs étaient joliment peints en rose, des cadres les agrémentaient, des plantes vertes embellissaient les couloirs, mais c'étaient les malades qui profitaient de ses différences, avec des chambres *single,* le *nec plus ultra* de la technologie et un personnel disponible.

Mama Med n'avait toujours pas répondu à l'attaque de Nadine. Elle s'y employa en attendant un ascenseur.

— Si vous étiez à ma place, inspecteur, vous changeriez d'avis. On assiste à d'étranges phénomènes dans les cliniques. D'aucuns ont beau les appeler « guérisons », ce n'en sont pas moins des miracles.

— C'est fort possible.

D'une moue méprisante, Nadine tenta d'échapper au sujet. Mais Mama Med s'obstina.

— Le commissaire Daysvat est bien votre supérieur ?

— Oui, pourquoi ?

— Il fait partie de ces miraculés.

La porte de l'ascenseur s'ouvrit. Interloquée, Nadine la laissa se refermer.

— Expliquez-moi ça.

La Noire sourit bizarrement.

— M. Daysvat a été amené chez nous après son accident. Il venait de l'avoir près d'ici. Je peux vous jurer que personne, aux urgences, ne donnait cher de sa peau. En attendant qu'il meure, c'est moi qui m'en suis occupée. Je l'ai veillé dans son coma pendant douze jours, jusqu'à ce qu'il reçoive une « visite »… suite à laquelle il a repris conscience. Étonnant, n'est-ce pas ?

Elle en disait trop ou pas assez, Nadine alourdit le ton.

— C'était qui, cette visite ?

Mama Med la tira par la manche, poussa une porte de service, l'entraîna dans un escalier de secours.

— Venez par ici, nous serons plus tranquilles.

À travers le hublot, un infirmier vit les deux femmes discuter…

Sur le Markt, Ruytens serra la main des gendarmes.

Martens pouvait s'amener. Le dispositif de sécurité était verrouillé.

42

Toute la journée, des patrouilles de police traquèrent Baudouin. Elles inspectèrent les enceintes, les tours, les parcs, firent la tournée des estaminets, fouillèrent les églises, les musées, les cinémas, sans trouver sa trace.

Le blondinet se cachait bien. Les dédales de Bruges se prêtaient à son jeu.

En fin d'après-midi, lessivée après des heures de parlote, de courses et d'émotion, Nadine regagna son bureau.

Épuisée, elle jeta un regard morne sur son courrier. Une enveloppe estampillée « Confidentiel » surmontait un tas de papiers. Elle l'ouvrit, en extirpa une copie de la dernière lettre du corbeau. L'original n'avait pas été envoyé au labo, on savait maintenant qui avait composé ce message. Nadine relut le texte. Si Ruytens l'avait reçu à temps, il se serait méfié. Philippe également. Tout y était écrit. Quoique… Elle le lut de nouveau, se frotta les yeux, hypnotisée par un mot, un seul, qui outrageait son QI. Elle se renversa en arrière et se tapa sur le crâne.

— Je suis la reine des connes !

Fiévreuse, excitée, elle décrocha son combiné pour passer des coups de fil.

De questions en réponses, de s'il vous plaît en merci, elle appela une dizaine de personnes, écrivit, souligna, ratura, synthétisa ses notes, les mit dans le bon ordre et, les joues en feu, courut dans les couloirs.

Elle ne prit pas le temps de toquer à la porte de Ruytens, entra d'autorité dans son bureau. Debout, près d'une carte, Philippe s'y entretenait avec lui.

— Qu'est-ce qui vous prend, Planckaert ? On frappe avant d'entrer !

— Oui, monsieur, mais on réfléchit aussi avant de frapper : Baudouin n'est peut-être pas Epsilon.

À leurs regards, elle comprit que ses supérieurs se demandaient combien de joints elle avait fumés.

— Tout va bien, les rassura-t-elle, je sais ce que je dis et je le prouve. Un, Baudouin n'a pas le nouveau numéro de Philippe, il a raccroché avant que je le lui donne, par conséquent, il n'a pas pu le filer à Conscience. Deux, sur la lettre du corbeau il est écrit : « Vous le côtoyez », et non : « Vous travaillez avec lui », ce qui constitue une sacrée différence…

Sur ce, sans qu'on l'en prie, elle s'effondra dans un fauteuil.

— Et en trois, vous avez un autre nom à nous proposer ?

Ruytens avait beau se ficher d'elle, il n'empêche qu'à son visage elle vit qu'elle avait marqué un point. Pas peu fière, elle en inscrivit un second.

— Oui, monsieur : Eddie Flahaut.

Choqué, Philippe prit son accusation comme une injure personnelle.

— Mesure tes propos, ma grande, Eddie est mieux qu'un frère pour moi, de plus c'est un journaliste que nous respectons tous.

— Justement c'est ce que Vermersch écrit : « Vous appréciez sa droiture », ça vaut pour lui, il ne nous a jamais fait de crasse.

— Concentrons-nous sur Martens, la recentra Ruytens. Si ce n'est pas lui l'assassin, expliquez-moi pourquoi il s'est enfui ?

— Avec tout le respect que je vous dois, monsieur, dites-moi où est la machette qui lui aurait servi à décapiter Vermersch ? On ne l'a pas retrouvée et, pour l'avoir poursuivi, je vous affirme que je n'en ai pas vu une dépasser de son blouson. À ce que je sache, c'est le genre d'engin qui ne passe pas inaperçu, surtout s'il dégouline de sang.

La remarque avait du sens, Ruytens dut reconnaître que ce n'était pas une arme qu'on mettait dans sa poche. Nadine reprit de plus belle.

— Quant à savoir pour quelle raison il s'est barré, demandez-le aux martiens, on le surnomme l'extraterrestre… Baudouin ne fait jamais rien comme tout le monde, je parie mes bottes qu'il sait un truc et qu'il veut se débrouiller seul.

Sa plaidoirie déstabilisa Ruytens, Philippe prit le relais.

— Entendu pour Baudouin, mais pourquoi Eddie ?

— Un détail tout bête : il m'a entendue donner ton numéro de téléphone. Je suis sûre qu'il l'a noté.

— C'est peu pour accuser un homme.

— T'inquiète, je me suis renseignée sur ce qu'il a fait depuis hier. L'info est troublante : il a découché la nuit dernière.

— Et après ?

— En prime, il s'est fait porter pâle au bureau. Ses collègues n'arrivent pas à le joindre.

L'étau se resserrait, Philippe tenta d'écarter ses mâchoires.

— C'est tout ce que tu as glané sur son compte ?

— Non. Figure-toi qu'aujourd'hui j'ai rencontré Joëlle Numbu, allias Mama Med. Elle m'a beaucoup parlé d'Eddie… Il t'a dit, ton copain, qu'il développait des théories religieuses dont il veut faire un livre ? D'après Numbu, il s'apprête même à créer un mouvement religieux, une dinguerie propre et pure pour faire le ménage chez les pourris. Ça ne te rappelle rien ?

Philippe sentit qu'il perdait pied.

— Non, je l'apprends. Je suppose qu'elle a aussi évoqué ma visite dans son temple ?

— Ouais.

— C'était une erreur. Je pensais y trouver Mister Conscience.

Un coup de tonnerre, un hurlement, un déchaînement vocal.

Ruytens s'était réveillé, enragé, et cognait contre un mur.

— Assez de bla-bla, bougez-vous le cul ! J'exige que vous m'ameniez Martens et Flahaut ! Quand ils seront devant nous, on verra bien lequel des deux est Epsilon.

Il ne le dit pas, mais ils comprirent que sa préférence allait vers le journaliste.

43

Jeudi. Le soleil était au rendez-vous dans les rues de Bruges.

Par milliers, les spectateurs se pressaient sur le chemin de la procession.

Beaucoup étaient là en curieux, pour admirer un défilé de personnages costumés, les uns en surcot, les autres bardés de fer – référence médiévale à l'arrivée du Saint-Sang dans la ville. Pour cette catégorie de gens, ce n'était qu'une parade.

Mais pour l'immense majorité, il s'agissait d'un acte de foi. Recueillis, les chrétiens s'étaient réunis pour honorer le Fils, avec une ferveur qui irait crescendo quand, coiffé d'une couronne d'épines, un figurant barbu traînerait sa croix sur les pavés.

Les croyants assistaient à une messe et non à un défilé, dont la finalité était de se faire bénir avec le sang que Jéhoshoua avait versé pour eux.

L'événement était considérable et, pour le marquer avec faste, la cité avait déployé ses oriflammes. Des bougies et des palmes décoraient les fenêtres.

Sur le Markt où, après un long périple, démarrait et s'achevait le cortège, des femmes coiffées de hennin, des hommes en pelicette, des cavaliers en tenue de croisé, guettaient le signal du départ. En l'attendant, des musiciens réglaient leurs instruments.

Un brouhaha incessant envahissait la Grand'Place, résonnait dans les halles aux arcades moyenâgeuses, remontait vers les carillons du beffroi, tournait autour de la statue de Jan Breydel et Pieter de Coninck – un bronze de style épique planté au centre du Markt –, rebondissait sur la façade néo-gothique de l'imposant Palais provincial.

Dans cette effervescence, Ruytens observait la foule qui trépignait. Il revoyait mentalement son dispositif. Avait-il négligé un détail ? Non, toutes les rues étaient surveillées, les points stratégiques barrés, Martens et Flahaut ne pouvaient lui échapper.

Tout à coup, la rumeur s'amplifia. Les figurants se mirent en marche, musique en tête, sous les vivats du public.

Ce fut le prétexte à une belle bousculade. Dans ce désordre, en jouant des coudes, Nadine s'insinua jusqu'à Ruytens. Il fallait qu'elle lui parle.

— J'ai du neuf, monsieur, Flahaut n'a pas reparu chez lui.

— Bigre ! Il commence à nous manquer.

— On devrait le revoir tantôt, sa rédaction l'a chargé d'un reportage sur la procession.

— Depuis le temps qu'il couvre l'événement, il n'a plus besoin de se déplacer pour le décrire.

— C'est un pro, je vous garantis qu'on le verra.

Ruytens soutint la gageure, moins convaincu que Nadine. Toutefois, ce fut avec l'espoir de se tromper qu'il l'entraîna vers un espace transformé en paddock. Des hommes en cotte de mailles y faisaient tourner leurs chevaux. Au-delà du cercle de paille, près des vans, Philippe conversait avec Werport. Caparaçonné, une croix rouge sur sa tunique, l'échevin paraissait mécontent. Il marchait en levant les bras au ciel. Dès qu'il vit Ruytens, hors de lui, il pointa un index vengeur sur son ventre.

— C'est un scandale, commissaire ! Je vous en tiens pour responsable !

— Qu'avez-vous à me reprocher ?

— M. Werport refuse d'être protégé, s'interposa Philippe.

— Non, monsieur Daysvat, je m'insurge contre votre omniprésence ! Que vont imaginer les gens ? Votre surveillance nuit à mon image.

— Et quand vous n'aurez plus de tête, elle ressemblera à quoi ? Vous voulez finir comme votre secrétaire ?

— Pourquoi m'en voudrait-on ? Je n'ai lésé personne.

— Elle non plus, à moins que vous n'ayez des révélations à nous faire.

Coincé, Werport laissa tomber la querelle.

— Je peux quand même aller seul aux toilettes avant d'enfiler mes jambières ?

L'édicule mobile se trouvait dans sa ligne de mire, Philippe l'y autorisa en ne le quittant pas des yeux.

— Quel connard, grogna Ruytens, il fera moins le mariolle après la procession.

— C'est toujours prévu pour ce soir ?

— Oui, Daysvat, M. l'échevin est attendu par des fanas de la finance. Le dossier que je leur ai transmis sur la Sacob les a passionnés. Ils ont débarqué de Bruxelles ce matin pour lui demander des comptes. Je ne pense pas qu'il appréciera leurs questions.

— La dégringolade le jour de l'Ascension, il va pas apprécier, se marra Nadine.

Ses boutades l'énervaient, Philippe s'isola en haussant les sourcils. D'un geste discret, il porta à ses lèvres le col de sa chemise. Le micro de son émetteur-récepteur HF y était épinglé.

— Daysvat à toutes les unités, le cortège est en route.

La voix de Sonya glissa dans l'écouteur.

— Bien reçu, patron, on est en poste.

De tous côtés lui parvint la même réponse, ses équipiers quadrillaient le parcours. Il n'y avait plus qu'à prier la chance pour que les choses bougent enfin, la situation commençait à s'enliser.

En revanche, autour du paddock, on s'agitait ferme. Un officiel venait de convier les cavaliers à préparer leurs chevaux, leur tour allait bientôt arriver. Il s'ensuivit un désordre qui fit râler Philippe. Dans la confusion générale, il perdit de vue les toilettes où Werport s'était engouffré…

Non loin de là, dans une rue proche, une partie de la foule s'agenouilla au passage d'un figurant. Suivi par une troupe en tenue des temps bibliques, l'homme tenait le rôle de Jésus sur le chemin du Golgotha. La ferveur était extrême. Dans ce pieux recueillement, Sonya et Jeff restèrent debout. Le tandem s'était séparé, chacun d'eux avait pris position à un croisement. La jeune femme balaya les trottoirs du regard. Rien devant, rien derrière, mais soudain, sur sa gauche, au-dessus des dévots ployés, elle avisa un grand échalas qui prenait des photos. Son cœur s'emballa. Doucement, se dit-elle, en penchant le menton vers son pull.

— Jeff, Eddie à trois heures sur ta droite.

Son compagnon se tourna légèrement.

— Vu. On le prend en sandwich.

Le journaliste ne se méfiait pas. Il continuait à mitrailler la procession. Les deux flics s'approchèrent de lui sans se presser. De toute manière, quoi qu'ils fassent, il ne pouvait s'enfuir. Tout ce qu'ils craignaient, c'est qu'il ne fût armé. Ils contournèrent le gros des pèlerins, avancèrent dans son dos jusqu'à sa hauteur, remontèrent à petits pas pour le saisir par derrière. Agenouillé comme les adultes, un petit garçon priait, les mains jointes, le visage plus sérieux que celui d'un pape. Les yeux illuminés, en communion avec Dieu, il ne vit pas le sourire que Sonya lui adressa. De son côté, Jeff remarqua un vieillard cassé par l'âge et les souffrances. En dépit de son arthrose, il avait tenu à se prosterner. Combien étaient-ils autour de lui, pareillement recueillis ? Des dizaines, des centaines, qu'il fallait préserver d'une fusillade meurtrière.

Le duo devait faire vite. Sans prendre de risque, au signal de Jeff, Sonya se jeta violemment sur Eddie qui, au coup qu'elle lui porta, s'étala sur le bitume. Son appareil photo valdingua, sa tête cogna contre le trottoir. Pris au piège, il hurla de douleur et de colère.

— Aïe ! Laissez-moi, abrutis !

D'un geste prompt, Jeff lui mit son revolver devant le nez.

— Les mains dans le dos, ne bouge plus !

— Pour qui me prenez-vous ? Je suis journaliste !

Autour d'eux, les pèlerins se relevèrent en criant. D'abord apeurés, puis scandalisés, ils s'en prirent aux policiers, persuadés qu'ils attaquaient un type à terre.

— Vous n'avez pas honte ! Devant la croix du Christ ! s'indigna une mamie.

— Qu'est-ce qui se passe ? demanda une voix de femme.

— Ce sont des jeunes qui agressent un homme ! lui répondit un vieux monsieur.

— En pleine procession ? On aura tout vu !

La cause était entendue, ces deux-là étaient des voyous, il y avait urgence à les arrêter. La foule s'avança, agressive et justicière. Leur position devenait critique, Sonya lâcha Eddie pour fouiller dans ses poches, Jeff remonta son revolver pour contenir les plus excités.

— Police ! Dégagez ! s'époumona la jeune femme en brandissant sa carte.

Le premier rang s'immobilisa. Les suivants, qui ne l'avaient pas entendue, maintinrent la pression. On se bouscula, on s'invectiva. En résulta un instant de flottement, un relâchement dont Eddie profita pour s'échapper.

En quelques bonds, servi par ses grandes jambes, il sauta par-dessus des chrétiens agenouillés, poussa des spectateurs, s'enfuit dans la première rue qui s'offrit à sa cavale.

Sonya se lança à sa poursuite, fut freinée par les pèlerins qui se relevaient – furieux qu'on joue à saute-mouton à leurs dépens –, attendit qu'ils s'écartent pour redémarrer à fond de train.

La peur au ventre, Eddie courut comme un dératé vers le Markt. Il dut rebrousser chemin, des barrières en interdisaient l'accès. Que faire ? Par où passer ? Il se souvint qu'il pouvait contourner ces obstacles par les canaux. C'était la seule issue. Il repartit, piqua un sprint en direction du Stadhuis, vira dans une ruelle, déboucha sur les berges, les franchit plus vite qu'un bolide, vrilla sur sa droite, remonta vers le centre à travers les rues vides, Sonya à ses trousses, qui regagnait du terrain.

Il emprunta des chemins détournés, longea l'arrière du Palais provincial, frôla son flanc ouest et, après un dernier effort, alla se cogner contre des grilles. Derrière elles se trouvaient son salut, un espoir qui ressemblait à un gros homme, un type qu'il appela à l'aide :

— Commissaire Ruytens ! Au secours ! Une folle veut me tuer !

À ses cris, Ruytens se retourna, plus qu'étonné d'entendre sa voix.

— Flahaut ? C'est pas vrai…

Il respira un grand coup, ce rebondissement lui coupait le souffle.

— Planckaert, venez voir !

Nadine le rejoignit, pas moins sidérée que lui.

— Eddie ? C'est le jour des miracles, je vais commencer à y croire.

De l'autre côté du grillage, Eddie se mit à supplier.

— Faites vite, elle arrive, elle prétend être de la police !

Il se trompait : Sonya était déjà derrière lui, bras croisés, goguenarde.

— C'est elle ! dit-il en tremblant, elle a un flingue !

Ruytens s'approcha des grilles avec ses hommes. Deux d'entre eux partirent saisir le journaliste.

— Vous vous méprenez, mon cher Flahaut, Mlle Van Hout ne vous veut aucun mal. Elle n'a fait qu'obéir à mes ordres qui étaient de vous ramener : vous vous faites trop rare à notre goût.

— Hein ! C'est quoi ce plan ? Qu'est-ce que vous me voulez ?

— Que tu nous dises où tu étais ces deux dernières nuits, le fixa Nadine.

— Et si je refuse ?

— Ça te coûtera tes dents. On va t'expliquer.

Dans les rues pavoisées, la procession continuait son tour de la ville. Des figurants chantaient, d'autres composaient des tableaux vivants, la fièvre montait dans l'attente de la divine ampoule.

Par HF, les flics furent avertis de l'arrestation d'Eddie. Il ne leur restait plus qu'à serrer Martens. Mais c'était une autre affaire, le bougre se cachait bien...

Près du paddock, l'interrogatoire avança rapidement. Eddie avait peu à dire. Quelque peu surpris, Ruytens résuma ses propos.

— Une femme mariée ? Et cette dame peut confirmer que vous étiez ensemble depuis mardi soir ?

— Oui, commissaire, l'hôtelier également.

— Mm... Vous comprendrez que j'ai besoin de son nom.

— Vous serez discret, je ne l'ai même pas dit à Philippe.

— Je vous jure que je suis pour la paix des ménages.

— Bon... C'est Daphnée, l'épouse de mon rédac-chef.

Ruytens fut à deux doigts d'exploser de rire. Enfin une touche comique dans cette tragédie. Il n'eut que deux regrets : ne pas pouvoir avertir le mari, qu'il détestait, de son infortune, et devoir rejeter la culpabilité sur Martens.

— OK, Flahaut, vous êtes libre.

À ces mots, Nadine reçut un coup en plein cœur. Elle y avait tellement cru.

— Juste pour savoir, mon beau : est-ce que tu m'as entendu donner le numéro de Philippe dans mon bureau ?

Eddie avait des défauts mais il ne savait pas mentir.

— Ouais... Et je l'ai oublié sur-le-champ.

— J'en étais sûre.

— C'est grave ?

— Ça a failli l'être pour toi.

— Oh ! M'aurais-tu soupçonné si j'avais commis cette indélicatesse ?

— Pas seulement… D'après Mama Med, il paraît que tu veux fonder une sorte de secte.

Les joues d'Eddie virèrent au rouge coquelicot.

— Mais elle est marteau, cette ignare, elle n'a rien compris à ce que je lui ai dit.

— Et tu lui as dit quoi ?

— Que mon intention est de fonder un cercle de réflexion. Ça n'a rien à voir avec une nouvelle église ! Mon but est de réunir des intellectuels, des gens sensés qui analyseront les sornettes que l'Église nous raconte depuis des siècles. Franchement, est-ce que Dieu nous a créés à Son image avec de l'argile ? Est-ce qu'Il a fait avaler Jonas par une baleine ? Est-ce qu'Il nous colle des anges gardiens aux fesses ? Je te le demande !

— T'as tort de me poser la question. Dieu, pour moi, est une invention des hommes.

Un solo de trompette mit fin à leur conversation. Le moment tant attendu arrivait, la châsse sacrée n'allait plus tarder d'être présentée à la foule.

Un groupe de cavaliers s'avança vers le Markt. Tous les regards convergèrent vers celui qui tenait le rôle de Thierry d'Alsace. Coiffé d'un casque surmonté d'un crucifix, vêtu d'un haubert, d'une chemise brodée aux armes des Flandres, il conduisait une troupe d'hommes déguisés en croisés.

— Où est Werport ? Je ne le vois pas, s'émut Nadine.

Ruytens trouva aussi que son absence était étrange. Et celle de Philippe idem.

— Qu'est-ce que fiche Daysvat ? Il devrait être là avec lui.

Les cavaliers partirent défiler sans Werport. Son retard devenait inquiétant.

Au soulagement général, il apparut enfin, un heaume sur la tête. Tout sembla rentrer dans l'ordre, si ce n'est que quelque chose clochait. Il se tenait de guingois, le dos courbé, les mains près des rênes. Sa jument fit un écart. La foule murmura. Puis elle se mit à frémir en voyant des gouttes de sang perler sur sa tunique. Et elle hurla pour de bon quand il tomba de sa monture. Ce fut une panique sans nom. On courut dans tous les sens, les plus courageux se portèrent à son secours. Dans cet immense désordre, Nadine et Ruytens durent se frayer un chemin jusqu'à lui. De bourrades en poussées, ils écartèrent les curieux, retrouvèrent Philippe agenouillé près de l'échevin. Sa veste était couverte de sang, il lui avait ôté son heaume. Plus blanc qu'un linge, il jeta à Ruytens un regard consterné.

— Il est mort, monsieur, égorgé avec son poignard de parade. L'assassin n'a pas eu le temps de le décapiter.

Nadine s'accroupit, lui enleva son gantelet droit.

— Mais il lui a coupé le majeur… C'est signé.

Autour du corps de Werport, des gens priaient, d'autres pleuraient ou vomissaient, et Ruytens bouillait de rage.

— Où étiez-vous, Daysvat ? Vous étiez chargé de le surveiller !

Philippe se releva pour faire face.

— Je ne l'ai pas quitté, monsieur, jusqu'à ce qu'il rejoigne la procession à cheval.

— Vous auriez dû le suivre !

— Et comment ? Ce crétin m'a semé au trot !

— Combien de temps l'avez-vous perdu de vue ?

— Pas plus de deux minutes entre le moment où il s'est sauvé de son van et celui où il est arrivé ici.

— Seul ?

— Oui, en queue de peloton, il n'y avait personne sur son chemin.

En haut de la Vlamingstraat, le cortège s'apprêtait à revenir sur le Markt.

Dans l'enclos officiel, on couvrit d'un drap la dépouille de Werport. Les ordres se succédèrent, des policiers coururent dans tous les sens pour dénicher Baudouin, Eddie exigea qu'on lui prête un appareil photo, Nadine partit à la recherche d'indices dans les vans, Philippe activa son portable qui sonnait.

Un souffle, toujours cet abominable souffle.

— Bonjour, commissaire. Triste journée, n'est-ce pas ?

— Vous vous foutez de ma gueule, Conscience ? Vous croyez que j'ai du temps à perdre à vous écouter ?

— Je vais vous en faire gagner, maintenant que Werport est mort.

Comment savait-il qu'il avait été tué ? Hantait-il les parages ? Philippe tourna sur lui-même pour le localiser.

— Cessez cette ronde, commissaire, je suis loin du Markt.

— Alors par quel miracle voyez-vous ce que je fais ?

— Disons que je le devine.

— Bon, passons… Que voulez-vous ?

— Vous annoncer que le dénouement est proche.

— Encore cette rengaine ? Vous racontez n'importe quoi.

— Non, commissaire… Quelqu'un s'est introduit chez vous. A-t-il de mauvaises intentions ? À vous de venir voir…

Fin de communication. Les traits de Philippe se crispèrent. Il trembla, bava, suffoqua puis, sans plus se soucier de Werport, de Ruytens, de l'enquête, fonça droit devant lui, poussa brutalement les gens qui encombraient le passage, arracha son émetteur HF, le jeta dans le caniveau et, comme si le diable le poursuivait, s'enfuit à toute allure de la scène du crime.

Près des vans, le portable de Nadine vibra à son tour. D'un geste exaspéré, elle plaqua l'appareil contre son oreille.

— Planckaert, j'écoute… Non… C'est toi ?

Elle se mit en retrait de ses collègues, parla le plus doucement qu'elle put.

— Werport est mort, Baudouin, c'est fini, tu ferais mieux de te rendre… Quoi, qu'est-ce que tu racontes ?

Elle s'appuya contre un mur.

— Tu es malade…

Ses yeux se fermèrent.

— Où ça ? D'accord, mais après ça je t'arrête…

La course de Philippe s'acheva devant son immeuble. En sueur, fébrile, il composa son code d'accès, poussa le portail, grimpa l'escalier quatre à quatre et, sur le troisième palier, s'immobilisa comme un tigre en chasse. La porte de son appartement avait été forcée.

Il sortit son revolver, se faufila chez lui, contrôla sa respiration, progressa lentement vers le salon et, subitement, devint plus blanc qu'un os : la porte du bureau de Mathilde était grande ouverte, de la lumière en filtrait, quelqu'un s'y trouvait. Fou de douleur, il bondit, découvrit Baudouin occupé à regarder des dessins, libéra la sécurité de son arme. En entendant le déclic, le blondinet se retourna, calme et maître de lui.

— Vous allez me tuer, patron ?

— Comment es-tu entré ?

— Couteau suisse pour la porte principale, clé dans le chiffonnier pour celle du bureau.

— Tu n'avais pas le droit, pourquoi as-tu fait ça ?

— J'aimais Mathilde comme une mère… Je vous aimais tous les deux… Quel gâchis…

Le visage de Philippe se transforma. Ses yeux crachèrent des flammes, ses lèvres se tendirent dans une grimace effrayante, il ne fut bientôt plus le même. Ce fut un autre homme, ou plutôt un monstre, qui s'adressa à Baudouin.

— Et la mort de Mathilde, ce n'en est pas un ? Tu sais pourquoi elle est morte ? Pour du fric ! Par la faute de salauds qui détournaient des fonds ! Werport était un escroc, il avait tout organisé : Jacmin cosignait ses projets, Van Ruydt approuvait ses devis bidonnés, Zenkins utilisait du matériel bas de gamme en gonflant ses factures, tous ces fumiers piquaient dans la caisse au mépris de la vie des gens.

— Ils n'étaient pas les seuls.

— Oui, mais les autres je m'en fous, ceux-là étaient responsables de la mort de ma femme… Et en prime, tu sais quoi ? Juste après notre accident, ils ont remplacé les lampes du chantier pour me faire porter le chapeau.

Il manquait une personne dans son inventaire.

— Et Vermersch ? le relança Baudouin.

— Elle, c'est pire : elle s'est tue alors qu'elle croyait en Dieu.

— Oui, bien sûr… Je l'ai vue entrer dans le confessionnal où vous aviez pris la place du prêtre. Au point où nous en sommes, vous pouvez me répéter ce qu'elle vous a raconté.

— Que Werport venait de la menacer. Il avait deviné qu'elle était le corbeau. À part ça, elle n'a rien avoué que je ne savais déjà.

Sur le Markt, assisté de son chapitre, l'évêque de Bruges bénit la foule…

Baudouin ouvrit une main.

— Je suppose que cette carte débloque la porte arrière du musée Groeninge ? Je l'ai trouvée dans le chiffonnier, elle appartenait à Mathilde, habilitée à y travailler sous son nom d'artiste : Mathilde Jansen.

Philippe ricana.

— Ouais, ces idiots ne me l'ont jamais réclamée, et pour cause : ils n'ont pas fait le rapprochement avec Mathilde Daysvat, assassinée sur la route par une bande de dégueulasses.

— Je comprends pourquoi vous n'avez pas voulu que Wens récupère son adresse. Lui, il aurait fait le lien.

Le blondinet leva les yeux à droite.

— Là où je sèche, c'est sur le motif qui vous a poussé à tuer Zenkins dans le musée. Surtout dans ces conditions.

— Cette ordure avait pris la vie de Mathilde, et la vie de Mathilde c'était l'art ! Il devait crever sur le lieu de sa passion, grotesque et humilié, la langue arrachée pour que l'on sache le menteur qu'il était !

— Comme Jacmin, en quelque sorte.

— Pareil ! Pourriture dans la pourriture !

Un instant de flottement suivit ses cris de haine. Baudouin fit mine de ranger la carte à puce dans sa veste, sa main tutoya son holster.

— Qu'allez-vous faire à présent ? M'abattre comme les autres ?

Il n'avait plus le choix, Baudouin dégaina. Mais, déjà prêt à tirer, Philippe fit feu avant lui. Le blondinet s'écroula entre les montants de la porte, touché en pleine poitrine.

Les yeux fous, Philippe enjamba alors son corps, entra dans le bureau de Mathilde. C'était un sanctuaire dédié à sa mémoire, encombré de souvenirs, de dessins, d'aquarelles, d'objets qu'elle prenait pour modèle. Une lance, identique à celle qui avait servi à humilier Zenkins, y était accrochée avec diverses armes blanches. Philippe glissa son revolver dans son holster, ramassa celui de Baudouin, le mit dans sa poche, en sortit un sac en plastique plein de sang, en retira le majeur de Werport. Avec précaution, il le mit dans un bocal rempli de formol qu'il déposa près des quatre autres doigts.

— Cinq… Cette fois, tu es vengée, murmura-t-il au portrait de sa femme, leurs mains ne tueront plus personne.

Puis, il se tourna vers un crucifix et se signa.

— Je vous en supplie, mon Dieu : pas de pardon pour ces salauds.

Brûlant de fièvre, il quitta le bureau, erra dans le salon, se dirigea vers le bar, avala une rasade de cognac au goulot, s'effondra dans un fauteuil puis, vidé de ses forces, laissa ses yeux se fermer.

Sur le Markt, l'évêque de Bruges s'avança vers l'autel…

Tout à coup, Philippe eut un soubresaut. Ses paupières s'ouvrirent. Son visage avait retrouvé sa régularité, il était redevenu lui-même.

— Qu'est-ce que je fous là ? marmonna-t-il.

Il regarda autour de lui, hagard.

— Où est Baudouin ?

Une voix s'éleva du bureau de Mathilde, une voix qu'il détestait, qu'il ne voulait plus entendre :

— Rassurez-vous, il n'est que blessé.

Comme surgi d'un mauvais rêve, Mister Conscience apparut dans le chambranle.

— C'est terminé, commissaire, il ne vous reste qu'un acte à jouer : celui des aveux.

Abasourdi, Philippe eut toutes les peines à se redresser dans son fauteuil.

— Que faites-vous chez moi ?

— Mon travail… Ma mission est de vous ramener à la raison, une raison que vous avez perdue après votre accident. À votre décharge, nul ne s'est jamais complètement remis d'un écrasement du lobe frontal.

La scène était surréaliste, Philippe ne sut si elle émanait d'un cauchemar.

— Vous vous trompez, je ne suis pas malade.

— Oh ! que si, vous l'êtes. D'aucuns qualifient le mal qui vous ronge de dédoublement de la personnalité. Le terme est réducteur autant que fantaisiste, mais peu importe, il est réel : *l'autre* qui est en vous souffre de folie, c'est ce que je m'acharne à vous faire comprendre depuis le début.

Philippe secoua la tête, cet affrontement n'était qu'une farce.

— C'est une blague… Qui êtes-vous ?

Le Noir se courba.

— Mister Conscience, pour vous servir… Je suis votre conscience… Oui, votre conscience que vous n'écoutez plus depuis des mois. Mais je reconnais que vous êtes bien trop touché pour entendre ma voix. Mathilde, de même, qui s'inquiète pour vous, au point que son âme ne parvient pas à connaître le repos. C'est pour qu'elle soit en paix que l'on m'a prié de revêtir cet aspect après le meurtre de Monika. Hélas, en dépit de mes efforts, vous êtes resté sourd à mes appels, vous avez refusé d'admettre votre maladie. Dommage, parce que sans cela, vous n'auriez pas tué quatre autres personnes.

D'un geste las, Conscience lui montra Baudouin étendu à terre.

— Et vous n'auriez pas tiré sur ce garçon. Il est la seule erreur que j'ai commise. En lui demandant d'aller à la chapelle du Saint-Cœur du Christ, j'espérais que vous auriez un choc, que vous vous dénonceriez enfin en le voyant près du cadavre de Fidéline Vermersch. Mais non, *l'autre* ne l'a pas voulu, vous avez continué à voyager entre deux mondes, avec vos cauchemars qui vous renvoyaient vos meurtres.

Étourdi, Philippe suffoqua, déboutonna le col de sa chemise.

— Non, c'est faux, vous n'êtes qu'un mirage.

La tête de Conscience l'approuva d'un mouvement bref.

— C'est exact, votre mirage personnel. Suis-je réel ou suis-je un avatar de votre démence ? Vous avez la réponse puisque vous êtes croyant. Le rôle d'une conscience est de conseiller le bien et non de l'imposer. L'homme est libre de ses choix.

— C'est vous, le malade ! Je vous mets au défi de prouver ce que vous dites !

D'un claquement de doigts, Conscience fit apparaître un écran dans l'espace, des images l'animèrent.

— Voyez, commenta le Noir, c'est vous pendant votre coma. Regardez bien la femme qui est assise à votre chevet : elle s'appelle Fidéline Vermersch. Elle a honte, Fidéline, elle culpabilise, elle sait que Mathilde est morte à cause de son silence. Alors elle vous raconte tout, elle se confesse comme la dernière des lâches, parce qu'elle pense que vous ne l'entendez pas. Mais elle se trompe, Fidéline, sa voix résonne en vous, votre esprit enregistre sa confession.

L'écran disparut, Conscience termina son récit en fixant Philippe dans les yeux.

— C'est ainsi que vous vous réveillez, au douzième jour, la haine au cœur, car *l'autre* qui vous habite désormais prépare sa vengeance.

Il n'en pouvait plus, Philippe se leva, saisit son revolver, fit feu sur Conscience en tremblant de rage.

— Sortez de ma vie ! Partez ! Vous n'êtes qu'un cauchemar de plus !

Sur le Markt, l'évêque de Bruges se prosterna devant l'autel…

Hébété, titubant, Philippe jeta son revolver, revint dans le bureau de Mathilde. Il ne savait plus où il se trouvait ni qui il était, sinon un homme perdu dans son enfer. L'esprit en morceaux, il s'arrêta devant le corps de Baudouin.

— Non… Ce n'est pas moi qui ai fait ça… C'est l'autre… Je n'y suis pour rien…

Douce et ferme, une voix de femme fit écho à son soliloque.

— S'il te plaît, commissaire, retourne-toi doucement.

Il s'exécuta en ricanant, découvrit Nadine qui le tenait en joue avec son arme. La jeune femme fit un pas en avant, avisa les bocaux où trempaient cinq doigts.

— Comment as-tu pu faire ça ? souffla-t-elle, effarée.

Philippe se défendit d'un rire convulsif.

— Moi ? Je n'y suis pour rien… C'est Conscience le coupable… Mais je l'ai eu, t'as dû voir son cadavre.

— Il n'y a aucun cadavre, commissaire.

Elle s'accroupit pour tâter le cou de Baudouin.

— Il vit, il faut appeler les secours.

Perdu dans ses chimères, Philippe persista à nier.

— C'est Conscience, l'assassin. S'il n'est plus là, tu dois le rattraper.

Nadine se redressa, décrocha les menottes qui pendaient à sa ceinture.

— Tends tes poignets, commissaire, ne fais pas l'imbécile.

Philippe sortit les mains de ses poches. Dans celle de droite, il tenait le revolver de Baudouin. Son bras tremblait, sa mâchoire grinçait.

— Si tu ne me crois pas, c'est que tu es avec eux, hein ? Allez, avoue que tu es avec les salopards qui ont tué Mathilde…

Sur le Markt, l'évêque de Bruges bénit les fidèles avec le Saing-Sang…

Dans le bureau, Nadine tenta de calmer le jeu.

— Pose ton arme, je suis avec toi, on va s'expliquer.

L'index de Philippe se resserra sur la détente.

— Tu mens… Tu es leur complice… Tu dois payer aussi…

Deux coups de feu résonnèrent dans le ciel de Bruges.

Les pèlerins s'agenouillèrent.

Une colombe s'envola.

44

C'était un matin gris.

Le crachin tourmentait le paysage.

Une mouette passa au-dessus du cimetière.

Réuni autour d'un caveau, un groupe se recueillait devant un cercueil.

Le prêtre conclut la cérémonie par un message d'amour.

Le dos voûté, Ruytens, Wens et Eddie s'en allèrent les premiers. Conduits par le frère Benoît, Maynaert, Sonya et Jeff les suivirent après une ultime prière.

Le bras en écharpe, Baudouin tendit le goupillon à Nadine.

— Excuse-moi, mon grand, je ne crois pas à ces trucs, je préfère lui dire adieu à ma façon.

Discret, le blondinet se retira pour la laisser seule avec son chagrin. Les yeux embués de larmes, la jeune femme fit au revoir de la main.

— Salut, Philippe, on aura au moins fait un bout de chemin ensemble. C'était toi ou moi, tu sais. Sans rancune, j'espère.

Elle quitta le caveau, marcha d'un pas lent entre les marronniers, triste et songeuse. Dans son dos, une voix d'homme tenta de la consoler.

— Je sais que vous êtes athée, mais il faut que vous sachiez que Philippe est désormais avec Mathilde.

— Pour les croyants, il serait plutôt avec le diable, lui dit-elle sans se retourner.

L'homme sourit. C'était un Noir, barbu, vêtu de cuir, chapeauté et ganté.

— Les mortels ne sont pas à la place de Dieu. C'est Lui qui décide.

— Et votre Bon Dieu l'aurait accueilli au paradis ? Ben voyons…

— Philippe a tué sous l'emprise de la folie, le Créateur sait faire la part des choses.

— Au moins un… Et après ?

— La conclusion est simple : puisque Philippe est auprès de Mathilde, cessez de vous en vouloir. Il est heureux, maintenant…

Nadine ferma les yeux un instant.

— J'ai été forcée de l'abattre parce que…

La jeune femme pivota pour achever sa phrase.

— Vous ne… pouvez comprendre…

Il n'y avait personne.

Les allées étaient vides.

CHEZ LE MÊME ÉDITEUR

Evan Hunter
LES MENSONGES DE L'AUBE

New York est trop étroit pour Annie, coutumière depuis l'âge de seize ans de fugues aussi mystérieuses que soudaines, notamment en Sicile où Andy, son frère jumeau, a dû se rendre il y a peu pour la faire sortir d'un hôpital psychiatrique.

Jusque-là, les proches d'Annie la jugeaient excentrique – n'est-elle pas adepte du Tantra et créatrice de bijoux érotiques ? –, affabulatrice – ne dit-elle pas être poursuivie par des agents du FBI ? –, mais pas schizophrène, comme le prétend ce médecin italien !

Lorsque Annie disparaît à nouveau, Andy doit, pour la retrouver, rassembler les fragments qui composent, entre tendresse et désespoir, la personnalité de sa sœur. Mais revisiter ce passé l'oblige aussi à exhumer les névroses familiales et à affronter certaines vérités…

*Né à New York, Salvatore Gambino (1926-2005) a multiplié les pseudonymes tout au long de sa carrière. Sous le nom d'**Evan Hunter** ont paru en français dix romans, du classique* Graine de violence *(1955) à* Obsessions *(Presses de la Cité, 2001), cosigné avec un certain…* ***Ed McBain****, son plus illustre double, auteur des* Chroniques du 87e District.

« Une plongée douce-amère dans le déni et les faux-semblants. »
Epok

« Un portrait de femme très attachant. »
Le Monde des livres

Traduit de l'anglais (États-Unis) par Pierre Brévignon
ISBN 2-35287-004-6 / H 50-3864-1 / 288 pages / 7,50 €

Andrew Klavan

PAS UN MOT...

Même à New York, dans le quartier chic de l'Upper East Side, le métier de psychiatre n'est pas de tout repos. Surtout lorsque l'on est spécialiste des troubles de l'adolescence et que l'on est sans nouvelles de sa fille, kidnappée par un inconnu.

En temps ordinaire, le docteur Conrad n'est pas homme à se laisser impressionner. Ne l'a-t-on pas surnommé le « psy des damnés » ? Et pourtant, comment rester de marbre face à Elizabeth, cette nouvelle patiente angélique, schizophrène et qu'il devine dangereuse ?

Étrange Elizabeth, qui porte les stigmates de violences inexplicables, et qui n'a du passé que des lambeaux de souvenirs... Comment le docteur Conrad pourrait-il soupçonner que la clé de son enfer personnel se trouve quelque part dans la mémoire défaillante de cette femme ?

Né à New York en 1954, Andrew Klavan est l'auteur de Présumé coupable *(Lattès, 1998), adapté au cinéma par Clint Eastwood. Pour* Pas un mot..., *porté à l'écran avec Michael Douglas, il s'est vu décerner l'Edgar Award, prix récompensant aux États-Unis le meilleur suspense de l'année. Les éditions de l'Archipel ont récemment publié* La Dernière Confession *et* Dynamite Road (2005 et 2006).

Traduit de l'américain par Bernard Ferry

ISBN 2-35287-001-1 / H 50-3861-7 / 448 pages / 8,50 €

*Cet ouvrage a été composé
par Atlant'Communication
aux Sables-d'Olonne (Vendée)*

*Impression réalisée par Liberduplex
pour le compte des Éditions Archipoche
en août 2006*

Imprimé en Espagne
N° d'édition : 17
Dépôt légal : septembre 2006